KB141368

바다 왈츠,
그리움 블루스

바다 왈츠,
그리움 블루스

바다·섬·길·고향·추억 그리고 사람들 이야기

김창수 산문집

동영사

내 가슴 벅찬 감회들을 담아

돌이켜보면 내가 창작을 시작하게 된 것은 중학교 시절이 아니었나 한다. 아버지는 지방 공무원인 시골 고향의 중학교 서무과장으로 재직하셨다. 어머니는 장남이 학업에 집중하기를 바랐지만, 사춘기에 접어든 나는 방 안에서 공부에만 구속되기에는 너무 답답했다. 방 책꽂이에는 아버지가 모아두신 소설 전집과 단행본 들이 가득했다. 우연히 〈유정〉, 〈무정〉, 〈마의태자〉 등 춘원 이광수의 소설들을 호기심으로 접하게 되었다. 그런 일이 계기가 되었는지 직장 생활 초기부터 꾸준히 습작을 하게 되었다. 덕분에 현재 개인 홈페이지에 400편에 이르는 글을 싣기에 이르렀다.

나의 수필론은 체험을 바탕으로 하되 약방의 감초식으로 이왕이면 익살과 재미를 곁들여야 한다는 것이다. 소박하고 푸근하고 따뜻한 정이 흐르는 글이 좋은 글이라는 생각이다.

꾸준히 이어진 글쓰기의 주제는 기행과 산행을 통한 자연 예찬과, 그리고 추억과 향수를 통한 휴머니즘이 주를 이룬다. 등단 초기 영덕에서 지낼 때 다작에 초점을 두고 주변의 산, 처음 가까이한 바다에 대한 동경, 그리고 낚시로 만난 물고기에 대한 이야기가 많다. 해안 일주 때는 길 위에서 사라지기 쉬운 기억의 파편들을 즉석 메모로 저장하고 기록했다. 어려움도 있었지만, 그 기록의 마디마디에 해안 길 기행문들이 생생히 남게 되었다. 또 2011년 세계육상선수권대회 때 자원봉사를 하며 〈대구일보〉에 연재물로 족적을 남겼다. 이외 IT 정보기술 관련 글들도 개인 홈페이지에 다양한 주제 중 하나로 구성되어 있다. 처음 산문집을 출간하는 터라 바다에 대한 동경과 그리움, 여행 단상, 추억담 등을 중심으로 싣고 그 밖의 글은 다음을 기약하기로 했다.

교회 옆 주황색 슬레이트의 아담한 집에서 부모님과 형제들이 함께 어울려 지낸 그 시절이 그립다. 어머니는 마당에 오이·가지·고추·상추·토마토 등을 심었다. 여름이면 들마루에 앉아 은하수 흐르는 밤하늘 아래 옥수수와 감자를 삶아 먹었다.

아버지가 반변천에서 전날 저녁에 친 그물을 아침 일찍 거두어 오셨다. 모래무지·텅거리·피라미 등 씨알 굵은 물고기가 잡혔고, 우리는 그것을 매운탕으로 만들어 즐겨 먹었다. 시골 여느 집에나 있는 감나무가 우리 집에는 없어 어머니는 감을 사서 벽장 속에 감춰

두었다가 겨울이면 홍시를 꺼내 자식들에게 나눠 주었다.

시골에서 중학교를 졸업하고 홀로 대구에서 자취와 하숙을 했다. 계성고등학교 3학년에 다닐 때 가족들은 모두 도회지로 이사를 왔다. 고향 집 마당 한쪽에 이사 오기 전해에 심은 감나무는 수확을 못 보고 이별을 고해야 했다.

내 기억으로 어머니는 조용하고 남에게 싫은 소리 못 하는 여린 분이셨다. 여느 어머니처럼 자식에 헌신적이었는데, 아들만 4형제를 두어 무뚝뚝한 성격에 마음은 허허롭지 않았을까? 살갑고 따뜻하게 대하지 못한 후회스러움만 가득할 뿐이다.

구슬이 서 말이라도 꿰어야 보배고 첫술에 배부를 수 없겠지만, 늦깎이 등단 뒤 처음으로 산문집을 내게 되었다. 지나온 글들을 다시 보니 어느새 세월이 참 많이도 흘렀다는 느낌이다. 그동안 글을 쓴 기간은 직장 생활 36년과 거의 함께했다. 인생 60 줄에 접어들면 생각이 많아지는 모양이다. 누구나 나름대로 열심히 살았겠지만, 나 또한 직장 생활에 충실하면서도 개인적으로 보람되고 즐거운 경험뿐만 아니라 아픔도 많이 겪었다.

어머니는 1984년 44세라는 너무 이른 나이에 돌아가셨다. 또한 아픈 처자식에 헌신적이고 당신의 몸을 아끼지 않았던 장모와 장인 어른은 2022년 1년 사이로 별세하셨다. 연로하신 아버지의 건강을 기원하며 형제의 우애를 다져본다.

　스포츠 정신과 인류애가 한데 어우러진 세계인의 축제 2003년 대구유니버시아드 및 2011년 대구세계육상선수권대회에 자원봉사로 참가하며 기억에 남는 나날도 있다. 2012년부터 2015년까지 주말과 휴가를 이용해 동해안과 남해안을 따라 시도한 도보 일주도 잊을 수 없다. 남으로는 부산에서 목포까지, 북으로는 부산에서 통일 전망대까지 줄기차게 걸어 아름다운 금수강산의 풍경을 마음껏 즐겼다. 이제 직장 생활을 마감하면서 그동안 모아둔 글들을 정리하려니 가슴 벅찬 감회가 밀려온다. 아직 가지 못한 미지의 길에서는 좀 더 마음의 여유를 가지고 스스로 위로하고 박수 치며 지내고 싶다.

　좋은 인연과 따뜻한 마음으로 오래도록 함께하는 가족·친지·친구·동문, 그리고 여러 지인께 사랑의 마음을 전한다. 음양으로 아낌없는 조언과 격려를 베풀어주신 모든 분께 지면을 빌어 감사드린다.

2023년 1월

김창수

차례

① 바다 왈츠
— 바다·섬·길 이야기

② 그리움 블루스
— 고향·추억·사람 이야기

1

바다 왈츠
― 바다, 섬, 길 이야기

놀래기

파도는 갯바위에 부딪쳐 눈부시도록 아름답고 하얀 물보라를 일으키며 알알이 부서지고 바다로 수직 낙하한다. 파란 잔에 밀키스를 흩뿌린 듯 부서지는 가루가 휘날리면서 나그네의 마음을 설레게 하고 가슴 벅차게 한다.

상쾌하고 담백한 냄새가 깃들인 파란 물은 첫 연인을 가까이 두고 일렁이는 마음을 진정시키려는 듯 차분하게 가슴속으로 촉촉이 스며든다. 파도는 회오리바람과 하얀 풍선을 그리며 어머니 가슴처럼 희고 고운 우윳빛 분말을 마구 쏟아낸다.

나그네는 갯바위 아래 바닥이 보일 듯 말 듯한 짙푸른 물에 조그만 낚싯대를 드리운다. 푸른 어장에 갈매기만 하릴없이 공중을 날고 파도 소리는 갯바위를 삼킬 듯 우렁차게 들린다. 쉼 없이 출렁이는 파도 속으로 마음이 앞서 달려간다.

바닷물은 갯바위에 부딪쳐 구슬처럼 산산이 부서져 희고 파란 혼합 색조로 해조류와 물고기를 가득 쓸어안는다. 바다는 파란 하늘을 지붕 삼아 짙푸른 물을 수백 드럼 쏟아부어도 넘칠 듯 넘칠 듯 넘치지 않는 끝없이 넓은 가슴을 품은 어머니처럼 다가온다. 때로는 거칠게, 때로는 부드럽게 쉴 새 없이 다가온다.

파도는 갯바위 가로 다닥다닥 붙은 송송한 어린 미역을 달래고 어루만져준다. 한바탕 씻겨 나간 미역은 햇빛에 반사되어 윤기가 좌르르 흐른다.

다시 바람이 분다. 파도가 좌충우돌하면서 넘실넘실 춤을 춘다. 파도의 방향은 정해져 있지 않나보다. 동으로 서로, 짧고 길게, 크고 작게, 몸부림을 치면서 갯바위를 사정없이 후려친다.

철썩 처얼썩 척!

물고기는 뒤구르고, 갯바위를 집어삼킬 듯 부서지는 파도는 흰 파편을 날리며 나그네의 옷깃을 파랗게 적신다. 파도에 놀란 것일까? 길게 축 드리운 낚싯대에 손맛이 조금 감지되더니 이내 놀래기 한 마리가 놀라서 딸려 올라온다.

하얀 공중에서 한 바퀴 회전하더니 이내 고개를 숙인다. 희끄무레한 색조에 물고기인지 조그만 돌멩이인지 구분이 안 갈 정도로 놀라운 보호색을 띄었다. 바닷속 바위 색깔과 비슷한 보호색으로 느긋이 유영했겠지만, 성질이 급한지 아니면 욕심이 많았는지 놀래기는 작은 낚싯바늘을 통째로 삼켰다.

바늘을 빼려고 하는데 목젖까지 물고 들어가 빼내기가 어려웠다. 도루묵 같은 물고기처럼 쪼아 먹거나 미끼만 따먹고 가버리는 물고기도 많은데 놀래기는 조심성도 없는 모양이다. 삼켜버린 미끼에 안타까울 정도로 바늘이 깊이 들어가 있었다. 이름을 알 수 없는 각양각색의 바닷고기가 갯바위 아래로 드나든다. 낚싯대를 드리우면 미

바다 왈츠, 그리움 블루스

끼를 먹는 방법도 다양함을 감지한다. 미끼를 새처럼 쪼아 먹거나 놀래기처럼 덥석 물거나 삼키기도 한다. 먹이를 조심스럽게 쪼아 먹는 물고기에 비해 놀래기는 성질이 급한 물고기처럼 보인다. 뭍으로 올라온 놀래기는 얼마 지나지 않아 죽고 만다.

바닷속의 바다를 조그만 정원으로 삼아 신이 뿌린 물고기를 안주 마냥 조그만 낚싯대로 들어 올리는 재미는 쏠쏠하지만 그게 전부가 아니다. 유유자적 세월을 낚으려고 바다에 온다. 바다는 흘러간다. 세월도 흘러간다.

— 2009. 8. 2.

대게 좋은 날

햇볕이 어시장을 찢어지게 내리쪼고 있다. 바람도 잠자는 포구의 널따란 마당은 게 맛을 보려는 사람들로 문전성시를 이룬다. 파란 물결이 띠를 이루며 넘실거리고 갈매기는 날렵한 몸매를 과시하며 주인 허락도 없이 통통배를 제 집처럼 연신 오르내린다.

기다란 오십천의 끝자락과 바다가 만나는 포구의 관문 강구대교는 무미건조하고 밋밋하게 나그네를 맞는다. 하지만 강구대교만 건너면 다리 초입부터 도로를 따라 양편으로 길게 이어진 대게 가게가 줄을 잇는다. 코끝을 자극하는 특유의 향에 빨려 들어가다 보면 초청받지 못한 과객일지라도 마치 아방궁 속의 진수성찬에 참여하는 착각이 들 정도다. 그러나 너무 허름한 주머니로는 바닷속 깊은 곳에서 나오는 맛나는 갑각류를 맛보기는 그리 수월치 않다.

대게가 넘치는 포구는 수백 량이 이어진 기차처럼 길게 늘어져 형형색색의 손님을 태우려고 꼬리 치는 것 같다. 입추의 여지가 없는 포구 난장과 도로변에는 사람과 차량이 뒤엉켜 오색 단풍으로 채색된 채 게 판이 펼쳐진다.

예전과 달리 게를 취급하는 가게가 많이 늘어난 것에 정비례하여 대게 어획 수도 늘어나는 것이 아니고 점차 줄어든다고 한다. 개체 수 감소는 게를 업으로 살아가는 어민에게 타격이 크다고 한다. 그나마 지방자치단체에서 게 어시장에 불꽃을 피우려고 해마다 이른 봄에 게와 사람이 만나는 축제를 연다. 게의 풍요를 위해서는 축제만이 아니라 굿판도 벌여야 할 듯하다.

무질서가 질서요, 게가 반듯하게 못 걷고 게걸음 치는 게 정상인 것처럼 삐딱하게 포구를 바라보면 게 판이 즐겁게 보인다. 붉은 피를 머금은 듯 부드러운 속살을 뿜어낼 듯 붉은 홍게가 문지기처럼 먼저 반긴다. 일반 대게보다 더 고귀하다는 박달게가 게걸음치고, 게 마당에는 게 맛을 보려는 손님들이 눈부터 호강한다.

어시장 바닥에도 게 판이요, 고무 대야에도 게가 넘친다. 식당에서도 대게가 사람을 부른다. 가게 주인과 손님과 대게가 어우러져 주말에 지역 경제의 불꽃을 피우는 고장이다.

사람 반, 게 반이다. '대게가 기가 막혀', '대게 좋은 날', '대게 좋아' 등 눈길을 끄는 독특한 상호도 더러 보인다. 간혹 게 판에 약방의 감초 격으로 엿 가게가 끼어들고 노상에서 상시 파는 고등어·도다리·쥐치·우럭과 잡어가 횟감으로 게 덕에 도매금으로 잘도 팔려 나간다.

해안을 따라 겨울과 봄에 주로 게 마당이 펼쳐진다. 축제의 주인공은 단연 대게다. 조연은 사람과 갈매기가 맡고 배경 무대는 너른 바다가 된다. 사람과 게가 어우러져 뿜어내는 열기는 대게 삶는 가게에서 피어오르는 수증기와 흡착되어 냉혈의 바다도 녹인다.

구불구불 이어진 대게 거리를 펼쳐놓으면 어림잡아 5리는 이어질 듯하다. 동해 작은 포구에서 뜨겁게 불 피우는 주말 경제 산물을 금전으로 환산하면 5리의 바닥을 깔고도 남을 듯해 보인다. 하지만 워낙 가라앉은 경기 침체가 이어지다보니 예전의 살맛 나는 그런 풍경은 아닌 듯싶다.

"대게 사이소. 많이 드리께예."

"싱싱한 대게 많습니다."

"일로 오이소. 손님요!"

왁자지껄하며 게 파는 소리에 귀가 먹먹해진다. 조금 있다 보니 알아듣지 못할 아랍어·중국어·말레이시어가 혼재된 국제 어시장에 들어선 것만 같다. 물론 선원들은 세계 각국에서 들어온 지 오래되었다고 한다.

대게를 주제로 사람 반, 게 반이 모이는 곳이 바로 강구다. 인구라야 고작 1만도 채 안 되는 동해안의 작은 포구지만, 바다에서 건져 올린 어획 물동량은 상당하다. 대게 성시의 주말에는 추위도 아랑곳하지 않고 외지에서 온 사람들로 만원을 이룬다. 갑각류 대게 하나만으로 삶의 열기가 후끈거리는 곳은 세계적으로 강구 이외는 없을 정도로 대게 하면 강구요, 강구 하면 대게로 그 명성은 이미 널리 알려졌다. 혼돈과 무질서가 조화를 이루며 사람 소리가 아우성 치는 지역이다. 파도 치는 바다를 배경 삼아 날으는 갈매기도 사람의 흥을 알기나 하듯 여느 곳의 갈매기보다 더 신나게 춤을 춘다.

게 맛 찾아 먼 길을 마다 않고 달려온 손님에게 대게는 그 맛의 진가를 아낌없이 보여준다. 때로는 무미건조하고 찌든 삶의 활력소가

바다 왈츠, 그리움 블루스

되어주고, 키토산의 향을 뿜어내며 맛도 좋고 건강에도 좋은 바다의 영양 덩어리로 대게만 한 것도 없을 것이다.

대게 앞에서는 넥타이 같은 거추장스러운 체면도 필요 없다. 부지런한 손놀림과 더불어 입만 요란스럽게 놀리면 된다. 대게는 가족 친화적인 갑각류로 자리매김한다. 혼자서 먹기에는 부담이 되고 어울려야 제 맛이 나기에 가족이나 지인이 자연스럽게 엮어진다. 도대체 게가 뭐길래 게를 찾을까? 한때 "니들이 게 맛을 알어!"라는 광고 문구가 유행을 탈 정도였던 대게. 그 맛을 알면 잊을 수 없는 추억이 떠올라 세월이 흘러도 또다시 게 맛을 찾아 동해 작은 포구를 찾는다. 대게는 사람들에게 아무리 먹어도 물리지 않는 저칼로리 고단백 알약처럼 세뇌되어 있는지 모를 일이다.

게 다리 먹고 게딱지 먹고 소주 한잔 걸치면 세상은 둥그스름하게 어른거린다. 내가 치기 어린 몸짓으로 넋두리를 읊고 있지는 않은지 알 필요도 없다. 너른 바다를 안고 살아가는 강구는 그들이 구토하는 마음속 배설물을 끝없이 받아주고 정화해준다. 모름지기 강구는 대게와 바다가 어우러져 이 시대의 과객에게 잠시나마 맛으로 멋으로 신명나는 게 축제의 장을 열어준다.

불타는 햇살이 스펙트럼처럼 산란하여 무지갯빛을 바다에 뿌리며 뚝뚝 떨어진다. 홍조 띤 얼굴로 게 맛을 음미하는 자는 오늘 '대게 좋은 날'이다.

— 2010. 2. 5.

용치놀래기의 꿈

바야흐로 바다가 부르는 계절이 돌아왔다. 을씨년스런 날이 지나면 태양이 내리쬐는 폭서의 계절이 다가온다. 쓸쓸하고 외로운 바다는 잠시 고개를 숙이고, 사람과 사랑이 들끓고 청춘의 피가 넘치는 정열의 바다가 너울너울 춤춘다.

바다 수온이 올라가면 바닷속은 용치놀래기 세상이라 해도 과언이 아닐 정도로 갯바위 부근에 용치놀래기가 꼬리 치며 파도를 탄다. 여름 바다의 용치놀래기는 날씬한 각선미와 미끈한 몸매로 뭇고기의 부러움과 질투의 화신이 된다. 잡으려 하면 몸을 빼고 또 잡으려 하면 앙탈을 부리고 요리조리 잘도 빠져나간다. 마치 용왕이 하사한 기름을 몸에 바른 듯 손이 부끄러울 정도로 잡으려고 하면 쭉쭉 빠진다.

7월 초입에 들어선 강구 금진리 앞바다에서 올라온 용치놀래기는 한 점의 헛살도 없이 탄탄하고 눈부실 정도로 빼어난 몸매를 지녔다. 다른 물고기처럼 군더더기가 없다. 잡티나 주근깨뿐만 아니라 두툼한 뱃살조차 보이지 않는다. 두장에서 꼬리지느러미까지 박힌

푸른 점은 일정한 각을 지으며 연결되어 예사로운 물고기가 아님을 보여준다.

원색을 지닌 물고기는 그리 쉽게 강태공에게 모습을 보이지 않는다. 돌고 도는 계절 속에서 낚시꾼에 낚여 뜬금없이 바다 위 세상으로 나온 물고기는 부지기수건만 대부분 흑과 백을 품었을 뿐 원색을 두른 것은 드물다. 개구리가 팔딱거리고 부엉이가 울어대며 아카시아꽃 짙은 향내가 꿀벌을 유혹하는 계절이다. 그동안 얼굴조차 보여주지 않던 용치놀래기는 1년의 절반쯤 되는 시기에 어김없이 바다를 휘젓고 다닌다.

누가 용치놀래기라 불렀나?

바닷속에서 생존의 몸부림으로 부지런히 활동하다보니 저렇게 준수한 몸매를 지녔나보다. 푸른 줄무늬는 바다의 왕자 같은 징표로 보이고 형형색색으로 아로새겨진 무늬는 분명 범상한 기질을 타고난 용왕의 자손이렷다. 등지느러미는 정열의 마음을 품어 더욱 붉게 빛나고, 뒷지느러미는 붉은 여운을 차분히 가라앉히려는 듯 투명하다.

투명한 새우를 잡아먹어 더욱 고고한 자태를 지닌 용치놀래기! 눈은 소녀처럼 총명스럽게 빛나고 뺨은 귀공자처럼 불그스레 타오른다. 물고기의 전장과 체장과 두장은 균형 있게 발달하여 미인 물고기의 전형이다. 콧구멍은 예사롭지 않은 물고기임을 과시하듯 연신 벌룽거린다. 파란 바다에 몸을 실어 나르는 새개부 아래 뽀얀 속살이 햇살에 반사되어 몸통이 살아 숨 쉬는 듯하고 지느러미에 놀아난 미병장이 춤을 춘다.

어린 용치놀래기의 꿈은 너무나 크고 원대했다. 세월이 흐르고 흘러도, 세속에 이리저리 치여도 그 꿈은 가슴에 담아두고 잊히지 않는다. 내 기필코 저 하늘의 별을 따다 어머니 가슴에 갖다 바쳐야겠다. 별이 빛나는 밤은 예나 지금이나 변함이 없건만 살은 오글오글해져 가고 빛나는 눈동자는 삶의 무게에 짓눌려 게슴츠레해져 갈지라도 어린 용치놀래기의 꿈은 죽을 때까지 변함없이 가슴에 간직하고 살리라.

준수하고 미끈한 용치놀래기가 고고하게 살라고, 꿈을 잊어버리지 말라고 온몸으로 표현한다. 총기 있는 눈빛으로 당당하게 세상을 헤엄치라고 일러준다.

숨죽이던 용치놀래기가 온몸을 뒤척이며 파르르 펄떡인다. 용치놀래기는 그 어떤 물고기보다 오래도록 강태공의 가슴속에 살아 숨쉰다. 만경창파에 용치놀래기가 무리 지어 춤을 춘다.

－2010. 7. 3.

못생긴 쥐치가 바다를 지킨다

하염없이 비가 내린다. 방송에서 어느 아나운서는 지겹도록 비가 쏟아지고 태풍이 올라와서 전국적으로 피해가 크다고 했다. 천고마비의 계절을 시기라도 하듯 하늘은 가는 여름을 붙잡고 쉼 없이 눈물을 쥐어짠다. 올해 여름과 초가을로 이어지는 시기에 자연은 극과 극을 연출한다. 대지를 오래도록 펄펄 끓이더니 24절기의 15번째로 가을 기운이 완연하고 농작물에 이슬이 맺힌다는 백로白露를 전후로 태풍과 비바람이 연일 몰아친다.

비바람과 태풍이 잦아들면 하늘은 언제 그랬느냐는 듯 점점 높아가고 조석으로 사람의 체온에 알맞은 바람이 향기롭고 부드럽게 스친다. 창공은 더욱 푸르고 뭉게구름과 새털구름이 하늘 높은 줄 모르고 두둥실 떠오른다. 산천초목도 짙푸름의 절정 속으로 목놓아 부를 때 바다도 합창을 한다. 가을 바닷속은 망상어·고등어·놀래기·쥐치·메가리·전어 등 각어각색各漁各色의 물고기들이 떼 지어 노닌다.

태풍이 가끔 들락거리는 9월에 산더미처럼 밀려왔다 밀려가는 파도의 여파가 잔잔해질 무렵, 보글보글 끓는 우윳빛 거품을 핥으며 쥐치가 갯바위 가까이 다가온다.

쥐치는 우리나라 삼면 바다와 동중국해 등에 분포하고 있으며, 몸 빛깔은 누른빛 또는 회갈색 바탕에 모양이 없는 암갈색 반점들이 많다. 몸은 타원형에 가깝고 매우 측편되어 있으며, 체고가 높다. 주둥이는 뾰족하고 꼬리자루는 짧으며 머리 높이는 머리 길이보다 훨씬 높다. 수컷의 경우 등지느러미 두 번째 연조가 실 모양으로 길게 뻗어 있어 이것으로 암수 구별이 된다. 등지느러미의 첫 번째 가시는 눈의 뒤쪽 위에서 시작되며 짧은 편이다. 배지느러미 가시는 작고 거칠며 눕힐 수 있다. 산란기는 5~8월로 이 시기가 되면 수심이 10미터 이내인 암초가 많은 연안으로 몰려와 알을 낳는다. 식성은 떠다니는 해조류 밑에서 작은 갑각류를 먹는다.

연근해 어류 쥐치는 전라도에서는 쥐치어, 제주도에서는 객주리, 포항에서는 가치, 부산에서는 쥐고기로 불린다. 쥐치의 종류로는 우리가 쥐포로 먹는 말쥐치를 비롯하여 별쥐치·분홍쥐치·갈쥐치·표문쥐치·무늬쥐치·날개쥐치와 입술과 눈에 화장을 한 미인쥐돔, 돛단배를 연상시키는 돛쥐치 등 헤아릴 수 없이 많다.

쥐치의 특성으로 흥분하면 흑갈색 무늬가 뚜렷이 나타나고, 등·배지느러미의 가시를 세우며 꼬리를 쫙 편다. 먹이 터를 발견하면 1마리당 직경 30센티미터 내외의 장소를 장악하여 다른 쥐치가 침입하면 몸빛이 진해지면서 싸워서 몰아낸다. 그리고 몇 안 되는 후진을 할 수 있는 어류 중의 하나이다. 쥐치는 밤에 잠을 자는데, 이때 에너지를 줄

바다 왈츠, 그리움 블루스

이기 위해 주둥이로 산호나 딱딱한 줄기를 물고 몸을 지탱한다. 물 밖에 나오면 쥐처럼 울어서 쥐치라고 한다.

예전에는 어부들이 어망에 쥐치가 잡히면 재수가 없다고 버렸던 생선을 지금은 말려서(흔히 쥐포 또는 쥐치포라 함) 반찬 재료나 안주 등으로 쓰며, 건강식·기호식으로 많이 이용한다. 쥐치는 지방의 양이 적고 단백질이 많이 함유되어 있을 뿐만 아니라 칼슘·니아신·비타민 B_1 등이 함유되어 있어 노화 방지와 고혈압 등 성인병에 효과가 있다고 한다.

— 전남 해양수산과학관 어류도감

일전에 어느 신문에 '1년 새 어획량 3배로 증가, 국내산 쥐포의 귀환'이라는 제목의 기사가 실렸다. 어획량 급증의 배경에는 수온 상승 등 쥐치 서식 환경이 좋아진 데 따른 것으로 보이지만, 지자체들이 수년 전부터 해파리 억제를 위해 해파리 천적으로 알려진 쥐치 치어를 대량 방류했고, 그 치어들이 자라 어획량이 늘었다는 설도 있다. 좌우지간 쥐치는 먹이가 해파리 종류이고 껍질이 딱딱하고 거칠거칠하고 적이 나타나면 머리에 침이 돋아나서 천적이 사람뿐이라니 쥐치의 효용성이 입증된 셈이다.

뽀얀 거품이 이는 바다를 좋아하는지 갯바위에 부딪치며 넘어오는 파도를 타고 떼 지어 몰려다니는 쥐치는 가히 장관이다. 낚시로 처음 잡은 쥐치는 크기가 손바닥만 했으며, 비늘은 변형되어서인지 거칠거칠한 가죽으로 뒤덮여 있고, 입은 앵두처럼 아주 작으나 뾰족하고 날카로운 이빨을 지니고 있다. 입이 짧아서인지 미끼만 먹고 달아나며 쉽게 잡히는 물고기는 아니었다.

전체적으로 거무튀튀하고 울퉁불퉁한 모양새로 못난이였지만, 눈은 푸른 빛이 도는 듯 육지로 올라와도 한동안 총총하게 빛났다. 내장을 제거할 때 지독한 냄새가 풍겨 살코기 맛도 그러려니 생각했으나 뜻밖에 가자미처럼 담백하고 맛도 좋았다. 역시 겉이 화려한 물고기는 맛이 좋지 않은 모양이다. 용치놀래기처럼 미끈하고 화려한 색조를 지닌 물고기보다 쥐치·아귀·곰치 등 못난 물고기가 더 맛있다는 것을 이미 알고 있어서 그럴까? 예전에 쳐다보지도 않았던 물고기를 요즘 미식가들이 즐겨 찾고 있다니 겉만 보고는 모르고 역시 맛을 봐야 아는 물고기 중에 쥐치도 자리하고 있는 듯했다.

어느 식자는 '못생긴 나무가 산을 지킨다'고 했다. 예쁜 나무는 금방 눈에 띄어 목재로 베어버리니 못생긴 나무가 산을 지키게 된다는 것이다. 근래 바다 어장에는 해파리 떼로 몸살을 앓고 있다고 한다. 그런데 그 해파리의 천적이 쥐치라니 못생긴 쥐치가 아름답고 화려한 해파리를 퇴치하는 바다의 숨은 파수꾼으로 어장을 지키는 셈이된다. 조물주의 형상 중 비단 못생긴 나무와 쥐치만 그러하랴?

— 2010. 9. 13.

바다 왈츠, 그리움 블루스

감포 가는 길

'감포'라는 말 속에서 그리움이 가득 담긴 푸른 물이 뚝뚝 떨어진다. 10여 년 전에 가본 감포로 방향을 정했다. 세월의 더께만큼 내려앉은 마음속 먼지를 홀홀 털어버리고 가벼운 발걸음으로 길을 나섰다. 고독과 그리움의 감포 바다가 벌써 기억의 수평선 너머로 살포시 떠오르고, 해무와 갈매기가 춤추는 심연의 바다로 빨려 들어간다. 멀리 희끄무레한 추억과 함께 반갑고 그리운 얼굴이 떠오르다 이내 사라진다.

　감포는 스쳐 지나가는 그리움의 바다요, 젊은 나날에 고독을 씹어 삼키는 시리도록 아픈 바다이며, 따스한 온기마저 금방이라도 날려버릴 듯 냉혹한 바다이다. 수평선 너머로 떠오르는 새날의 빛을 벅찬 가슴으로 끌어안고 실컷 울고 나면 눈물은 한 점 위안이 되어 바다로 사라진다. 마치 이승 사람들의 눈물이 모여 이룬 듯한 푸른 바다는 짜디 짠 소금기를 머금은 채 쪽빛 물방울을 바람에 실어 공중에 날려버린다. 물빛이 너무도 고와서 서럽기도 하다. 파도는 굴곡 많은 세월을 살아온 것처럼 자꾸만 뒤틀린다.

푸른 물결 넘실대는 망망대해를 마치 앞마당인 양 고기잡이 통통배가 거친 삶을 싣고 물살을 가른다. 간간이 유유자적 떠 있는 거룻배의 모습이 이채롭다. 금방이라도 집어삼킬 듯한 자세로 달려드는 파도에도 아랑곳하지 않고 그물을 끌어올리는 모습을 보노라면 삶이 외경스럽기까지 하다.

거문도에서 '생존 낚시'로 바다를 부대끼며 살아간다는 어느 작가는 "인생이 허기질 때 바다로 가라"고 했다. 허기진 인생이라면 잠시 다녀올 것이 아니라 바다를 몸으로 부딪치고 체험해보는 것도 좋을 듯하다. 통통배를 타고 바다 한가운데로 달려가보자. 수평선과 육지가 자로 잰 듯 일치하는 호수처럼 고요한 천사의 바다에도 몸을 실어보고, 분노의 악마가 득실거리는 거친 바다도 느껴보자. 이따금 파도에 이리저리 뒤틀리는 통통배의 난간에 파란 물이 부서지며 쏟아진다. 쓸쓸하고 거친 바다를 터전으로 살아가는 갈매기도 지쳤는지 휘청거리며 뱃전에 살짝 앉는다. 갯바위는 갈매기들의 안식처가 된다. 밤이고 낮이고 통통배 위에서 혹은 갯바위 위에서 부지런하고 노련한 낚시꾼들의 낚시통에는 시퍼런 고등어가 물을 튀기며 팔딱거린다.

감포에는 떠난 임들의 흔적이 바람에 살랑거리고 지그재그로 밀려왔다 떠나간다. 감포를 목전에 두고 전촌 방파제 너머 갯바위로 발길을 돌렸다. 오래도록 잊고 지냈던 감포로 바로 들어가기 전에 전촌의 쓸쓸한 가을 바다가 너울거렸다. 쥐라기 시대에 불쑥 솟았다는 갯바위에는 갈매기 배설물이 마치 오랜 세월 동안 쌓여 응고된 나이테가 둥그런 융단처럼 깔려 있다. 바다로 뻗은 큰바위 너머로 감포가 길고양이처럼 전촌 바다로 아련히 밀려왔다 사라진다.

추령터널에서 감포 가는 길에는 굽이굽이 단풍의 터널이 이어진다. 이곳의 단풍도 신라인을 닮아서일까? 은은하면서도 고운 자태로 산과 계곡에 수를 놓는다. 만산홍엽의 바다라기보다 만산황엽의 엷은 자태가 카펫처럼 깔리고, 단풍의 향기는 해풍에 실려 전촌 바다로 널리 퍼져 나간다.

전촌 갯바위에 서면 감포가 파도 뒤에 숨었다가 슬며시 드러나곤 한다. 손짓을 하면 금방이라도 달려올 듯한 친구가 감포에 산다. 친구가 사는 감포는 덜 쓸쓸하고 덜 고독한 바다로 가슴에 파고든다. 회오리 인생을 돌고 돌아 감포에 홀로 있는 친구는 흰머리가 뒤덮인 초로의 아저씨가 되어 있다. 전화 너머로 울리는 음성으로도 삶의 더께를 직감할 수 있다. 푸른 바다에 펄떡펄떡 뛰어노는 벵에돔처럼 살기에는 퍽퍽한 인생이 그리 녹록지만은 않은 세월의 갈림길에 모두 서 있다.

산더미처럼 밀려오는 짙푸른 바다의 파도에 감포 친구처럼 지천명을 바라보는 자는 갯바위에 넘어지면 쉬 일어나지 못한다. 상처 난 부위는 금방 아물지 않고, 진득한 흔적으로 남아 인생 여정처럼 함께 흘러간다. 친구가 있어 더욱 그리운 감포는 아이러니하게도 쉬 마음을 내려놓지 못한다.

전촌에서 보면 감포는 북으로 지척에 있지만, 남으로 방향을 돌리면 대왕암을 바라볼 수 있는 곳이다. 만파식적萬波息笛을 얻었다는 전설이 파도처럼 따라오는 이견대와 불력으로 나라를 지키고자 했던 문무왕의 은혜에 보답하는 감은사, 호국 용이 되어 신라를 지키려는 문무대왕의 혼이 서린 대왕암이 짙푸른 바다를 따라 길게 이어진다.

　전촌과 감포를 따라 펼쳐진 바다는 신라인의 혼이 서린 듯 유난히 깊고 푸르다. 우국충정의 눈물과 얼이 담긴 바다는 오늘에도 마치 적의 침입을 거부하는 몸짓이다. 거센 파도를 일으키며 온몸으로 짙게 밀려왔다 밀려간다.

— 2010.11.16.

　　　　　　　　　　　　　　　　　바다 왈츠, 그리움 블루스

고독한 바다에 별이 쏟아진다

경주에서 감포 가는 길은 참 편안하다. 길이 넓어서가 아니다. 왕복 2차선 좁은 도로지만 왠지 아늑하고 포근하다. 산길 – 숲길 – 시골길 – 바닷길을 달리는 버스는 경주를 감싸는 보문호와 덕동호를 따라 오르락내리락하며 시간을 정지시키고 인자한 자연미가 넘치는 풍경을 실컷 보여준다. 굽이굽이 이어진 길을 따라 수려한 강산 속으로 한참을 달려간다. 경주와 감포는 같은 행정구역이어서 그런지 요금이 싼 편이다.

경주에서 버스로 감포에 가려면 경주시외버스터미널 건너편에서 시내버스를 타면 되는데, 말이 시내버스지 50분가량 걸리는 시외 구간이나 다름없다. 편도 요금이 시내버스 수준이다. 만일 행정구역을 달리한다면 훨씬 비쌀 만한 거리다. 부담 없이 갈 수 있는 감포는 승용차도 좋지만 시간에 구애받지 않는다면 버스로 가는 것도 퍽 운치가 있어 좋다.

감포 내항 포구 오른쪽에는 횟집들이 다닥다닥 붙어서 고요한 감포에 생기를 불어넣어준다. 제법 큰 횟집이 즐비하다. 주말에는 관광버스와 승용차로 붐빈다. 그러나 횟집 주변만 시끌벅적하지 읍내에 들어서면 고요하다. 주인을 잃어버린 듯한 빛바랜 다방에서 금방이라도 미스 김이 문을 열고 나그네를 부를 듯 너덜너덜한 문이 파르르 떨고 있다. 건너편 찐빵가게에는 열 받은 찐빵이 하얀 김을 모락모락 피우며 허기진 손님을 유혹한다.

포구에 갈매기들이 몰려든다. 바다로 떨어진 멸치를 주워 먹으려고 온 힘을 다해 달려든다. 물갈퀴를 쉼 없이 흔들어대고 부지런히 부리를 놀린다. 갈기갈기 뜯겨 바다로 떨어진 멸치는 먼저 보고 삼키는 놈이 임자다. 어영차 김빠진 힘도 내야 한다. 포구에 들기도 전에 지쳐버린 사나이에게 멸치는 힘을 준다. 어선에 산더미처럼 가득 실린 멸치가 곧 에너지다. 포구에 정박한 배 위에서 그물에 걸린 멸치를 털어내는 소리에 겨울 포구는 휴식이 없다. 멸치 비늘로 뒤덮인 어부의 얼굴에 표정이 없다. 파도를 헤치고 억세게 살아온 바다에 동화된 사나이의 표정은 무뚝뚝한 바다의 얼굴이다.

그물에서 벗어난 멸치가 더러는 바다로 떨어지고, 또 더러는 정박 중인 배 밖의 부두로 떨어진다. 바다에 떨어진 멸치를 갈매기는 궁둥이를 하늘로 두고 주둥이부터 집어넣어 잽싸게 낚아챈다. 동네 할아버지가 허리 숙여 부두 바닥에 떨어진 멸치를 까만 비닐봉지에 주섬주섬 주워 담는다.

"어디에 쓰려고요?"

"회로 먹어도 되고, 무와 김치를 넣어 끓여 먹으면 끝내주지."

멸치를 터는 요란스런 사나이의 합창으로 바다에 잔잔한 파문이 인다. 멸치 때문에 할아버지와 어부, 이름 모를 사나이와 갈매기는

바다 왈츠, 그리움 블루스

친구가 된다. 저마다 제 할 일에 여념이 없다.

제법 씨알 굵은 멸치는 배가 터지도록 쌓여 있다. 멸치 배도 터지고 어부의 마음도 터지면 좋으련만 따스한 햇볕마저 사나이의 얼굴을 살짝 비켜간다. 정박 중인 배 위에서 사나이 대여섯 명이 그물을 동시에 치켜들고 발을 들었다 놓으며 일정한 장단에 맞춰 멸치를 털어내는 모습을 촬영하자 선주가 찍지 말라고 한다. 초상권 침해가 될 수 있다고 했다. 멸치를 터는 사나이는 말이 없는데 햇볕을 등진 카메라에 얼굴은 보이지 않고 검은 실루엣만 멸치 비늘과 뒤범벅되어 햇살에 반들거린다.

고독과 적막이 송대말 등대를 감싸고 푸른 기운이 감도는 솔솔 숲에서 뿜어져 나오는 바람의 향기가 멀리 퍼지는 감포항이다. 그 너머 외딴 바다에 겨울이 깊어지면 학꽁치가 은빛 꽃 무리를 이루며 시퍼런 바다를 휘젓고 다닌다. 갯바위를 휘젓고 다니는 꾼들이 기회를 놓칠세라 연방 학꽁치를 낚아 올린다. 미끈하고 날렵한 학꽁치는 쪽빛 물결에 반짝거리며 수중과 다른 세상에서 칼날처럼 몸을 세우고 몸부림을 친다. 몸짱이라 할 만큼 미끈한 몸매를 지닌 꽁치는 크지도 작지도 않은 파도를 따라 무리를 이루며 망상어 등 다른 어종들을 제치고 제 세상처럼 파도를 탄다.

바다는 말이 없다. 송대말 등대만이 고요히 바다를 바라본다. 주상절리처럼 엮어진 갯바위로 바다는 끊임없이 다가온다. 바람과 너울, 파도와 갯바위가 춤추는 바다는 뽀얀 속살을 우윳빛 융단처럼 거침없이 쏟아낸다. 바닷속을 뒤집을 듯 갯바위로 부딪치는 파도는 가끔 한스러운 모습으로 다가온다. 하얀 거품을 뿜으며 차갑도록 아름다운 여인처럼 멀리서 손짓한다. 가까이하기엔 너무나 먼 거리다. 바다의 유혹이 가끔 도사린다.

바다는 2개의 색을 가졌다. 짙푸른 코발트색과 뽀얀 우윳빛을 지녔다. 파란 바다는 저절로 하얀 바다가 되지 않는다. 파란 바다는 갯바위와 부딪치며 부서지고 으깨져야 하얀 포말을 쏟아낸다. 파란 물은 검은 갯바위에 용해되어 알알이 부서지고 또르르 바다를 뒤집는다. 소금기 머금은 순수의 물줄기를 뿜으며 하얀 속살을 드러낸다. 고운 살결을 거침없이 드러낸다. 너울과 바람, 파도의 조화로 뽀얀 물줄기는 바닷속에 튀어나온 갯바위로 오르고 분수와 폭포를 만들며 화려한 장관을 연출한다. 바닷속에서 제 몸을 드러내는 갯바위는 살을 깎는 고통을 감수한다. 성난 듯 달려드는 파도에 온몸을 내어주고 기기묘묘한 갯바위로 분연히 일어선다.

바다는 고독하다. 고독한 자는 바다를 찾는다. 어부는 고독을 얼굴로 삼키고 갈매기는 고독을 입으로 삼킨다. 바다·등대·파도는 고독을 밀어버린다. 때로는 냉혹한 사자의 눈빛처럼 한 점이 되어 질풍노도의 고독을 삼켜버린다. 바다는 때로 호수처럼 잔잔하게 고독을 안으로 품는다. 바다를 바라보는 자에게 넉넉한 여신처럼 아늑하고 포근한 추억을 선사한다. 겨울 남자는 황야의 쓸쓸한 낭인처럼 고독을 씹으며 바다를 걷는다. 그러나 바다보다 더 고독한 자 있으랴! 고독한 바다에 우윳빛 별이 쏟아진다.

— 2010. 12. 7.

겨울 바다의 끼룩끼룩 갈매기

토끼가 지혜롭게 재주를 넘는다는 신묘년에 소한의 집에 놀러 갔다가 얼어 죽었다는 대한이 휭허케 지나갔다. 춥지 않은 소한 없고 포근하지 않은 대한 없다는 옛말처럼 뒤늦게 반짝거린 대한의 잔영인지 겨울 날씨치고는 포근했지만 매서운 바닷바람에 체감온도는 영하였다.

감포 포구를 지나 바다가 지척에 보이자 어린아이처럼 마음이 급해 언덕배기를 뛰어올라갔다. 금방이라도 씨알 굵은 망상어가 갯바위로 뛰어오르고 쏟아대는 햇살에 학꽁치가 은빛 무늬를 반짝이며 허공에서 춤을 출 것만 같다.

바다가 눈앞에 보이는, 솔숲을 울타리로 두른 송대말 등대 위로 새파란 하늘에 희고 고운 새털구름이 반짝거리다 흩어졌다. 마치 행운의 여신처럼 왔다가 사라진 구름이 이채롭다. 감포 송대말 등대 앞바다는 천사의 숨결같이 잔잔한 바다였다. 고요한 바다를 바라보니 마음도 차분히 가라앉았다. 질주하는 파도도 없다. 살포시 다가온 파도는 갯바위를 부드럽게 어루만지고 사라진다. 그리고는 이내 하얀 거품으로 산산이 부서진다.

겨울 바다는 차가움 속에 아름다움이 숨어 있고, 아름다움 속에 차가운 기운이 스며들어 있다. 하지만 아무리 아름다운 바다일지라도 지구촌 이상 기온으로 북극의 얼음이 빠르게 녹고 한반도가 마치 빙하의 계절이라도 온 듯 수일간 쏟아진 북풍한설에 근해도 사람의 몸과 마음도 차갑게 얼려버렸다. 날이 풀려도 얼어붙은 마음은 땅과 바다보다 쉬 풀리지 않는다. 어느 지역은 90년 만의 강추위라 하고 또 어떤 지역은 20년 만의 잔인한 계절이 왔다고 했다. 기상예보에 의하면 대구도 30년 만의 강추위라고 한다.

물고기도 잠을 잔다는 음력 2월 영등철 같은 송대말 등대 앞바다는 중년의 문턱을 넘는 여인 같다. 가슴골이 아직 당당하면서 조금 차갑지만 중후하고 아름다운 그런 여인 같은 바다다. 빙하의 계절이 돌아온 듯한 바다, 얼음장같이 차가운 바다에 두 눈을 부릅뜨고 봐도 고기는 시야에 포착되지 않았다. 낚시꾼의 미끼에 굶주린 학꽁치가 은빛 물결을 타고 달려왔다가 사라지고는 했다. 잠시였지만 학꽁치 일곱 수와 망상어 한 마리에 만족하기로 했다.

바다를 애타게 바라보는 넓적한 갯바위 앞에 일흔은 넘은 듯한 강태공은 연방 담배를 피운다. 깊은 주름 속에서 삶의 무게가 얼핏 엿보인다. 바다는 성질이 난 듯 담배 연기를 죽여버린다. 빨간 불빛이 이내 사그라진다. 이 좋은 바다에 와서 굳이 담배를 피우는 강태공을 보노라면 한숨이 절로 난다. 담배 피우는 강태공에게는 미끼도 건드리지 말라고 물고기 전령사를 통해 용왕에게 건의라도 해야 할 듯하다.

갈매기도 추위에 지쳤는지 고양이처럼 울며 야단법석을 떤다. 옆자리의 나이 지긋한 낚시꾼 여럿이 돌아가면서 고함을 지른다.

"물오리 죽일 놈!"

"저놈의 물오리 때문에 왔던 고기도 달아나버린다니까!"

"또 왔다. 저놈의 물오리!"

낚싯대로 마구 휘저으니 화들짝 놀란 물오리 새끼가 기우뚱 수면 아래로 잽싸게 숨어버린다. 물오리의 질주는 앙증스럽고 귀여워 웃음이 나왔다. 300여 미터 앞의 갯바위 위에 조그만 무인 등대가 있고 그 옆 갯바위에도 낚시꾼들이 있다. 그 사이에 갈매기들이 무리 지어 먹이를 사냥한다. 물고기 사냥의 달인답게 갈매기는 날렵하게 주둥이와 발로 물고기를 낚아챈다. 해면과 부딪칠 듯 말 듯 발가락으로 물을 치고 날아오르다 다시 아래로 꽂힌다. 갯바위에 하얀 배를 드러낸 갈매기가 무리 지어 앉아 있다. 갯바위를 애무하듯 부서지는 포말이 갈매기의 하얀 솜털에 부딪치며 한 폭의 수채화를 그려 놓는다.

이따금 통통배가 햇살을 뜨겁게 받으며 지나간다. 생존을 위해 바다를 전답으로 살아가는 어부의 그물 걷기가 논밭에서 가을걷이하는 농부의 모습으로 다가온다. 차가운 바다도 저 어부의 마음까지는 얼게 할 수 없다. 그는 온몸으로 생존의 그물을 건져 올리고 있다. 거문도에 있는 어느 시인은 인생이 허기질 때 바다로 가서 바다와 부대끼라고 했다. 그는 스스로 생계형 낚시를 한다고 했다. 수적으로 따지면 바다로 가서 낚시하는 다수는 생계형도 아니고 생존형도 아니다. 무엇에 빠진 것처럼 낚시 중독자로 그냥 바다에 가는 것이다.

물론 덤으로 세월도 낚고 스트레스도 푼다.

낚시꾼의 현란한 유혹에 일단의 학꽁치 무리가 차가운 바다를 횡단하며 갯바위 가까운 수면 위로 잠시 떠올랐다. 그러나 학꽁치는 그것이 속임수였다는 것을 알아차리고는 이내 사라졌다. 하지만 노련한 낚시꾼도 만만찮다. 학꽁치 등장의 찰나에 손짓 발짓 온갖 쇼를 연출하며 연방 낚아 올린다.

학꽁치의 은빛 비늘과 바다 위로 쏟아지는 눈부신 햇살이 서로 부딪치며 아름다운 무늬를 만들어낸다. 학꽁치가 지나간 자리에는 무지갯빛 여운이 일렁이고, 낚시꾼이 쓰다 남은 미끼는 바다 아래로 슬그머니 가라앉는다. 늘 배가 고픈 갈매기는 끼룩거리고, 뽀얀 속살을 드러내며 갯바위를 애무하는 파도는 하늘과 그러데이션을 이루며 산산이 부서진다.

이제 어둠이 내리고 밤이 온 뒤 물새마저 잠들어버리면 바다는 바람과 친구되어 또 다른 모습으로 태어날 준비를 한다. 갯내음에 절여진 포구는 검은 장막 속으로 빨려들 듯 잠을 잘 것이다.

—2011. 1. 23.

바다 왈츠, 그리움 블루스

그해의 붉은 바다

지난해 영덕에서 잠시 머물 때 주말이면 낚시하러 바다로 나가곤 했다. 어족이 예전 같지 않다는 동해에 그런대로 철 따라 잔재미를 주는 물고기가 더러 올라왔다. 놀래기는 기본이고 용치놀래기가 봄을 알리고 복어가 뽁뽁거리며 여름을 몰고 왔다. 망상어와 배도라지·쥐치·뱅에돔, 지느러미에 약간의 독을 담은 독가시치가 가을 바다를 휘젓고 다녔다. 바다에 매료되어 인적 없는 바닷가를 거닐다보면 세월 따라 덧없이 지나간 청춘도 내 속에 들어와 자리한다.

북서풍이 연일 몰아치는 계절은 모든 것이 움츠러든다. 겨울 바다도 예외는 아니다. 칼바람에 눈보라가 휘날리고 얼음물같이 차가운 겨울 바다에는 놀래기 외에는 제대로 활동하는 물고기가 보이지 않는다. 저만치 봄 바다를 기다리다 낚시 TV에서 한 조사가 '영등철'에는 특히 물고기가 잡히지 않는다고 말하는 것을 보고 난생처음 들은 그 말이 무엇인지 궁금했다.

흔히 음력 2월을 '영등철'이라고 한다. 막바지 추위가 기승을 부리고 수온은 바닥을 칠 때 영등할미가 심술 부리는 계절이라 해서 붙은 이름이라고 한다. 수온이 바닥까지 내려가고 물고기는 움츠러드니 자연 아무리 노련한 강태공이 낚싯줄을 던져도 미끼를 쳐다보지도 않을 것이다. 물고기도 이때만큼은 만사가 귀찮은 모양이다. 맛좋은 새우 미끼도 그림 속의 미끼인 셈이다. 겨울잠을 자는 곰처럼 비축된 에너지로 적어도 '영등철잠'을 자는 것이다.

영등철이 멀리서 손짓하는 막바지 겨울 바다에 태양도 어질어질한 모양이다. 빛바랜 해는 몽롱한 자세로 바다에 수많은 파편을 떨어뜨린다. 그 빛에 영롱한 보석처럼 반사된 수면 위로 바다오리가 잔파도를 탄다. 한적한 동네 놀이터에서 어린아이가 그네를 타는 것처럼 바다오리는 두 겹 세 겹 일렁이는 파도에 몸을 싣고 두둥실 떠다닌다. 차가운 겨울 바다 위에서 잔파도를 즐기는 오리 때문은 아니지만 물고기도 낚시꾼도 오리五里 안에 없다.

방파제 양쪽에서 포구 지킴이로 서 있는 빨간색 등대와 흰색 등대 위로 일자형의 기다란 구름이 아무렇게나 쭉쭉 그어져 있다. 어린이가 그린 풍경화처럼 하늘은 단순하고 곱다.

갈매기 몇 마리가 바다 위를 꾸역꾸역 날아다니며 고함을 지른다. 야옹야옹 고양이 소리 같기도 하고 끼룩끼룩 갈매기 소리도 같기도 하다. 바다가 제 세상인 양 창공을 휘젓는다. 갈매기의 밥은 곳곳에 널려 있다. 부지런한 갈매기는 바다로 갯바위로 오르락내리락 한다. 갯바위에 널브러진 쓰다 버린 새우 미끼는 오롯이 그들의 차지가 되면서 주변을 깨끗이 청소한다. 갈매기 배설물로 하얀 그림이 그려진 갯바위에 이따금 파도가 시원스레 쓸어내면 희끄무레한 갖가지 형상의 조각품이 만들어진다.

차가운 겨울 바다일지라도 이따금 앙증스런 치어 떼가 제트기처럼 지나가고 배고픈 망상어가 겁 없이 미끼를 건드리다 놀라 자빠진다. 씨알 굵은 망상어는 자신의 신세가 황당한지 그들 밖의 세상에 갇혀 몸부림치다 포기해버린다. 몇 수 안 되는 물고기에 때로 감옥 안에서 에너지를 마구 쓰지 않고 쥐죽은 채 조용히 지내는 놀래기는 운 좋게 철창이 열리면서 원래 세상으로 다시 돌아간다. 힘 좋은 망상어가 살아남는 게 아니라 살아남은 놀래기가 강한 것이다.

무인 등대와 갯바위 사이로 통통배가 하얀 포물선을 그리며 지나가고 갈매기가 그를 호위한다. 흐리멍덩한 해는 기울기 시작한다. 바람 소리, 파도 소리, 갈매기 소리, 갯바위 파도 소리를 모아 바다는 겨울 바다 교향곡을 쉼 없이 연주한다.

바람이 시샘을 부리는 갯바위 위에 웅크리고 앉아 낚싯줄을 드리우자 오른쪽 엄지와 검지에 미세한 떨림이 감지된다. 잔고기들이 달려드는 것 같다. 잔고기 몇 마리가 미끼를 쫑쫑 물어뜯으면 느끼지 못하는 경우가 많다. 씨알 굵은 망상어가 미끼를 건드리면 손가락에 감지되는 떨림이 크다. 낚싯바늘에 걸린 씨알 굵은 물고기가 지그재그로 달아나면 낚싯줄은 팽팽해지고 낚싯대는 활처럼 휜다. 대부분 한 번쯤 달아나려고 시도하다가 이내 포기한다. 바늘에 걸린 채 달아나봐야 더욱 옥죄일 뿐이다. 낚싯줄과 바늘이 매개되어 낚시꾼과 물고기는 미묘한 전쟁을 치른다.

바다는 때로 바람이 주연이고 갈매기·갯바위·파도·바다오리 들은 조연이 된다. 바람이 많이 부는 날이면 영리한 물고기는 바람을 놓칠 리 없다. 바람 불어 좋은 날에 낚시꾼과 물고기가 겨루면 백전

구십팔패라 해도 과언이 아닐 정도로 물고기는 마음껏 미끼를 뜯어 먹는다. 바람이 낚시꾼과 물고기 사이의 전파를 방해해버린다.

바람이 심하게 부는 바다에는 어신이 제대로 전달되지 않는다. 바다에 바람이 일면 물고기의 예민한 감각과 시각이 더욱 발달하는 듯하다. 영등철을 지척에 둔 겨울 바다는 다가오는 봄을 맞이하러 모두가 잠을 잔다. 사계절 내내 시끄러운 바다는 없다. 세월을 낚으려면 영등철 바다를 가야 한다. 바다에 순응하는 자만이 바다의 참 묘미를 느낄 따름이다.

어질어질한 해는 산 너머에 이를 무렵에야 분산된 에너지를 서서히 응집하며 강렬한 빛을 발한다. 마지막 불꽃을 모아 포구로, 바다로 제 몸을 불사른다. 새털 같은 구름 조각이 빛의 가운데로 타들어가고, 타버린 구름은 엷고 고운 깃털이 되어 산산이 부서진다. 파도는 갯바위에 부서지고, 새털구름은 석양에 부서지고, 마음은 바다에 부서진다. 빛 고운 입자로 붉은 바다가 한겨울을 불사른다. 조각조각 쏟아지는 일몰의 파편이 혼불이 되어 포구 수면 아래로 마지막 산란을 한다. 마치 물고기의 암수가 짝지어 마지막 정열을 바르르 불태우고 깊은 수면 속으로 사라지듯 일몰의 정염은 포구 깊숙이 들어와 열정적으로 태우고 서서히 사라진다.

음력 1월과 2월 사이에는 바다에 진한 내음이 소리 없이 퍼진다. 윤기 흐르는 미역이 탐스럽게 자라 어촌 마을에 널브러져 있다. 돌고래도 새끼를 낳고 먹는다는 미역 예찬은 따로 이야기할 필요도 없다. 차가운 바다 어디선가 "휘이휘이" 새울음 소리에 귀를 열고 돌아본다. 영등철 그 차가운 바다에 늙은 해녀가 미역을 따며 잠시 수면 위로 올라와 숨을 쉬고 있다. 그 숨소리가 "휘이휘이" 마치 새떼 쫓는 소리처럼 들린다. 귀를 기울이면 "휴" 하며 한 많은 세월을 보낸 어머니 한숨처럼 들리기도 한다.

감포 정류소 옆에서 채취한 미역을 파는 아낙네는 길고 긴 미역 두 뭉치를 돌돌 말아 건넨다. 어떤 이는 비싸다고 손을 내젓는다. 해녀의 노고에 비하면 미역은 결코 비싼 해산물이 아니다. 온몸을 던져 미역을 채취를 하는 해녀보다 더 억세게 일하는 이도 없을 것이다. 보이지 않는 위험한 바다 전답을 일구는 해녀의 물질은 그 어떤 일꾼보다 거칠고 험난하다. 때로는 목숨을 걸고 미역이나 소라·전복 들을 채취하는 해녀의 모습에 삶의 외경을 느낀다.

바다를 스쳐 지나가는 나그네가 어찌 바다를 속속들이 알겠는가? 바다가 삶이 되어버린 어촌 사람들. 갈매기와 파도가 쉼 없이 드나드는 포구에서 바다를 전진기지로 삶을 일구어가는 창조자들이다. 그들의 터전에 내일이면 희망의 붉은 기운이 또다시 동터올 것이다.

— 2011. 2. 6.

울어라, 동해야!

빛의 무게를 이기지 못하는 밤이 서서히 검은 어둠 속으로 사라지고 도회의 빌딩 숲 사이에는 하나둘 전등이 켜진다. 카멜레온의 색조를 품은 네온사인이 현란하게 춤을 추지만, 시간이 흐르면 여명의 눈동자 속으로 서서히 사그라진다.

도시의 가로등 터널을 지나 경주 가는 고속버스에 몸을 실었다. KTX가 빠르고 편리하지만 때로는 고속버스도 시간과 공간적인 이점에다 비용 절감 등으로 이용하기가 수월하다. 동대구터미널에서 경주시외버스터미널까지는 요금도 싼 편이고 배차 시간도 빨라 교통이 편리했다.

KTX 신경주역은 경주 외곽에 자리잡고 있어서 시내까지는 다시 시내버스로 갈아타야 되지만, 고속버스는 경주 톨게이트를 지나 곧장 시내까지 진입하므로 번거롭지 않다. 특히 경주를 거쳐 감포나 양남 등 동해 바다 쪽으로 가고자 하는 경우 경주시외버스터미널 건너편에서 바로 시내버스를 타면 되니 KTX보다 교통이 편리하다는 이점이 있다. 비용도 동대구에서 감포나 문무대왕릉까지 KTX의 절

바다 왈츠, 그리움 블루스

반 정도밖에 들지 않는다. 경주에서 감은사나 문무대왕릉, 양남 가는 시내버스는 시간 단위로 시내버스가 다니기 때문에 대중교통을 이용하는 맛도 나름의 운치가 있다.

경주행 고속버스에 몸을 싣고 잠시 두리번거리자 어느새 터미널에 도착했다. 경주에서 동해 동북 방면 감포나 동남 방면 문무대왕릉, 읍천, 양남 쪽으로 가려면 덕동호 추령터널, 골군암 진입로를 지나 어일 버스정류소까지는 같은 길을 달리고 양북면 소재지에서 길이 갈라진다. 양북에서 바다가 보이는 동해까지는 제법 너른 들판이 시야에 들어오고, 들판 사이를 흐르는 하천과 멀리 나지막한 산이 둥글게 휘돌아 간다. 신라 천년을 움직인 화랑도의 기상이 산하를 감싸는 듯하고, 해안에 침입한 왜적을 물리치려 이 들판을 달렸을 선조의 체취가 바람에 나부끼는 듯하다.

문무대왕릉으로 가는 시내버스가 양북을 벗어난 지 얼마 안 되어 갑자기 멈춰 섰다. 어린 학생 둘이 시내버스를 오르면서 기사를 보고 "잠깐만요. 고맙습니다" 하더니 밖을 내다보며 "빨리 온나!"라고 다그친다. 목욕 도구를 들고 아이들의 어머니가 엉거주춤 뛰어오고 있다. 아주머니는 가쁜 숨을 몰아쉬며 시내버스를 타기 전 지갑을 떨어뜨린 것 같다며 허탈해한다. 어쩔 수 없다는 듯 그들이 내리자 무정한 버스는 엔진 소리를 크게 내면서 내달렸다. 학생 둘과 어머니의 모습이 멀어지면서 햇살에 아른거린다. 고개를 돌리니 차창 밖으로 감은사가 쏜살같이 지나간다.

동해의 푸른 물결을 바라보다 어느덧 문무대왕릉을 지나고 월전 원자력발전소 부근에서 내렸다. 현무암인지 화강암인지 오랜 세월

침식작용으로 바닷가에 갯바위는 하나같이 오밀조밀하고 윤기 흐르는 조각품을 전시해 놓은 듯하다. 원전 방폐장 앞바다 해수욕장에서 문무대왕릉까지 고운 모래의 백사장이 펼쳐진다. 파도에 떠밀려온 미역과 제를 지낸 듯 돼지고기 파편이 아무렇게나 널브러져 있다. 바다는 모든 것을 감싸고 포용한다. 쏴쏴 파도와 자갈이 부딪히는 소리에 바다는 요란하다. 검은 융단을 깔아놓은 듯한 옥돌 자갈과 비단처럼 곱고 부드러운 모래사장에 갈매기 군단이 모여 앉아 사랑과 평화를 노래한다. 모래사장에 남긴 갈매기의 발자국이 가늘게 어지러이 도장처럼 찍혀 있다.

달려오는 파도는 길고 긴 백사장을 삼킬 듯 하지만 고운 모래에 심취된 탓인지 5미터를 남겨놓고 힘을 다해 하얀 물보라를 일으키며 스러진다. 물속에서 모래폭풍을 일으키다 마치 한껏 에너지를 분출하고 힘이 다한 수컷처럼 힘없이 사그라진다. 뽀얀 거품이 알알이 부서지면서 모래사장을 부드럽게 애무하며 그 속으로 스르르 스며든다.

에너지는 에너지를 낳고 힘은 힘을 낳는 모양이다. 백사장 주변으로 달려오는 파도는 힘없이 사그라지나 그 옆으로 듬성듬성 난 갯바위 주변은 멀리서 달려온 파도가 단단한 벽에 부딪힌다. 힘과 힘이 폭발적인 에너지로 분출되어 하얀 물의 파편들이 하늘로 치솟고 가끔 갯바위를 덮친다. 모래사장과 갯바위를 만나는 파도는 하늘과 땅처럼 갈라선다. 인간도 갯바위같이 강한 자에 강하고 모래같이 약한 자에 약한 바다를 닮는다면, 바다와 같은 마음으로 서로 순응하며 살아갈 수 있을 것이다.

"쾌갱쾌캥 쾌갱쾌캥…."

요란한 징소리와 기도하는 도량이 넓은 백사장 바로 앞에 펼쳐진다. 문무대왕릉이 손짓을 하는 것 같다. 연신 카메라 셔터를 눌러댔다. 우수에 많은 불자가 모여든 것 같다. 문무대왕은 살아서 삼국 통일의 초석을 다졌고, 죽어서는 동해의 호국용이 되어 천년 미소를 지으며 오늘도 살아 숨 쉰다. 금방이라도 마음이 닿을 듯한 거리를 두고 문무대왕릉은 갈매기의 교신으로 훨훨 춤을 춘다. 신명 나는 것은 징만 아니다. 갈매기도 신이 났다. 염불에 관심 없고 잿밥에만 마음을 둔 갈매기라도 좋다. 신라 천년의 미소가 살아나고 호국용을 찾아와 억만 겁 시간을 초월하여 한데 어울려 기도하는 모습은 천상천하 이보다 더 감동적인 풍경은 없을 듯하다.

수중릉 앞바다는 유난히 맑고 푸르다. 그 바다에서 노니는 갈매기도 희고 깨끗하다. 문무대왕의 혼이 서린 바다는 무한의 나라 사랑인가! 깊이를 잴 수 없는 검푸른 바다는 감히 왜구가 범접할 수 없는 영역이요 기개가 서린 성역이다.

산과 바다가 호응하며 "타타타" 징소리에 문무대왕릉이 일어서는 듯하다. 하얀 하늘이 갑자기 돌변하더니 이내 해가 중생의 머리 위로 솟아오른다. 경주 외곽에서 신라 천년의 미소를 채취하고자 감은사로 발길을 돌리려다 후일로 미루기로 했다. 이견대를 소리 없이 지나고 대본 방파제를 지나 대본2리 마을버스 정류소에 멈춰 섰다. 동네 아낙네 2명이 하염없이 감포 가는 버스를 기다린다. 한 아주머니 장바구니에 문어 한 마리가 들어 있다.

"그거 뭐하려는지?"

"잡은 문어인데, 장에 내다 팔려고. 나그네 양반, 사시지."

이윽고 마을 아낙네 두세 명이 버스를 타려고 길을 건너온다.

"이게 뭐예요?"

앳되 보이는 여학생이 묻는다.

"문어여."

아주머니의 문어는 마치 동물원의 원숭이처럼 구경거리가 된다.

"조그만 문어 한 마리 팔면 얼마 남는다고…."

"그래도 안 팔면 뭐할 거여. 노인에게는 5000원도 아쉽지."

이윽고 시내버스가 도착했으나 아주머니는 버스를 타지 않았다.

"죽은 문어 누가 산다고…."

가만있어도 좋을 텐데 뒤늦게 나선 한 아주머니가 허허로운 마음에 비수를 꽂는다.

차창 밖으로 썰렁한 바람이 인다. 대본에서 감포로 가는 해안 도로 가로 횟집이 즐비하다. 바다를 바라보며 마을의 집들이 올망졸망 모여 있다.

감포 송대말 등대 앞바다는 언제 보아도 고즈넉스럽고 한가롭다. 노송이 문지기가 되어주는 송대말 등대는 질감 좋은 하얀 그림이 되어주며 동해의 푸른 바다로 끝없이 빛을 뿌린다.

— 2011. 2. 20.

바다 왈츠, 그리움 블루스

바다는 그리움이다

바다는 그리움이다. 까닭 모를 그리움이 파도처럼 밀려오면 나는 바다로 달려간다. 파란 바다에서 뿜어나오는 하얀 거품은 뭍을 향한 그리움이다. 그리움이 넘쳐 갯바위를 넘나들다가 때로는 땅 위로 올라온다. 꿈결이라도 올망졸망한 갯바위 너머 바다가 보이면 훌쩍 바다를 찾는다. 비가 가로막고, 눈이 가로막고, 바람이 가로막고, 인간의 무리가 가로막을지라도 싱그러운 바다는 언제나 내게 따뜻이 손을 내민다.

포구 내에서 비릿한 청어가 파란 빛을 내뿜는다. 등 푸른 청어가 얽히고설켜 있다. 초롱초롱한 눈망울과 하얀 뱃살에 파란 점이 박힌 듯 고운 자태는 함부로 범접할 수 없는 청아한 여인처럼 곱다. 빛깔 좋은 청어를 바라보기만 해도 마음은 호수처럼 잔잔해진다. 맑고 신선한 바다의 내음이 금방이라도 와락 달려드는 듯하다.

만우절의 바다는 호수처럼 고요하고 잔잔하다. 일을 잊어버리려 나왔으나 바다는 거짓을 모른다. 내일 다시 내 일을 찾아 도회를 헤맬지라도 지금은 바다에 손맛을 느끼며 마음을 녹일 것이다.

잔잔해 보이는 바다여도 물밑은 치열한 삶의 연속이다. 이따금 몰아치는 심술궂은 바람은 바다에 솟아난 갯바위를 가볍게 넘나들고 잔파도에 갯바위에 다닥다닥 붙은 미역이 긴 머리 소녀처럼 미끈하게 윤기가 좌르르 흐르며 밀려왔다 밀려간다. 마음은 지척인데 가까이 하기엔 너무 먼 당신처럼 푸른 바다에 미역이 춤을 춘다.

　파도에 물고기에 갯바위에 시달린 미역은 겨울 내내 움츠리고 지내다가 봄이 되면 향긋한 내음을 사방에 퍼뜨리며 물고기를 꼬이고 사람을 유혹한다. 미끈한 몸매는 리듬체조 선수처럼 유연하고 어디가 줄기고 몸통인지 한 점 헛살도 없이 온몸을 드러낸다. 갈색 줄기는 중심을 잡고 잎은 사방으로 뻗어난 미역을 조금 떼다 씹어보면 시큼하고 고소한 바다 내음이 폐부를 알싸하게 찌른다.

　오래도록 바다에 씻기고 다듬어진 미역은 갈조류 미역과의 한해살이 바닷말 갈조류다. 잎은 넓고 편평하며, 날개 모양으로 벌어져 있고, 아랫부분은 기둥 모양의 자루로 되어 바위에 붙어 산다. 빛깔은 검은 갈색 또는 누런 갈색으로, 가을에서 겨울 동안 자라고 늦봄이나 첫여름에 홀씨로 번식한다. 요오드, 칼슘의 함유량이 많아 발육이 왕성한 어린이와 산부産婦의 영양에 매우 좋다. 국으로 끓이거나 무침을 해서 식용한다. 중국·일본·한국 등 동북아시아 지역에서 주로 이용되는 식품으로, 고려 시대인 12세기에도 먹었다는 기록이 보이는 등 오래전부터 식생활에 널리 사용되었다고 한다.

　잔잔한 바다에 대형 선박이 지나가면 그 꽁무니를 따라 바람이 일고, 갈매기 똥이 바다로 떨어지면 잔잔한 파문이 인다. 바람은 파도를 일으키고, 파도는 그리운 육지를 따라 뭍으로 밀려온다. 지그

바다 왈츠, 그리움 블루스

재그로 이는 바람 따라 구름 따라 바다는 소용돌이친다.

일정한 곡선을 그리며 잔물결 일렁이는 수평선을 바라보다 제법 묵직한 무게의 힘이 손가락에 걸린다. 손맛을 오래 느끼고자 급한 마음을 억누르며 짐짓 한가로이 객기를 부렸다. 씨알 굵은 물고기는 금방 알아챈 것일까? 때를 놓칠세라 손맛으로 제법 큼직한 물고기는 바늘에 걸린 몸뚱이를 끌고 줄을 잡아당기더니 바위 속에 숨어버렸다. 황당하기는 바다도 마찬가지일 것이다. 조심스럽지 못한 물고기의 입질은 용왕도 도와주지 못할 것이다. 그것이 자연의 이치이며 바다의 본능일 것이다.

낚싯줄을 끌고 바위로 몸뚱아리를 숨겨버려 마치 바늘이 바닥에 걸린 듯 낚싯대를 이리저리 휘어보고 잡아당겨도 움직이지 않았다. 영리한 물고기는 바위 안에 숨어 나오지 않는다. 물고기가 이기냐 사람이 이기냐 시간 싸움에 결국 두 손을 들어버렸다. 긴장된 마음은 사라지고 치열한 물밑 싸움은 싱겁게 끝나버렸다.

낚싯줄을 잡아 당겨보지만 바늘과 물고기는 떨어져버리고 전장에서 다친 상처투성이의 병사처럼, 앙꼬 없는 찐빵처럼, 헐렐레 갓끈 떨어진 삿갓처럼 허공을 가르며 낚싯줄에 시계추마냥 추만 덜렁거리며 줄은 허공에 맴돈다. 조금 후 숭어 한 마리가 보란 듯이 파란 바다를 가르며 유유자적 지나간다. 마치 낚시꾼과 머리싸움에서 이긴 개선장군같이 서서히 지나간다. 필시 그놈은 숭어 아니면 씨알 굵은 망상어였을 거야! 우연히 대물이 스치고 간 자리에는 한바탕 물회오리 바람이 일었다.

인적 없는 고요한 바닷가에 갑자기 어딘선가 까르르 여인네 웃음

소리가 날아온다. 포항에서 왔다는 사진 동호회 회원들이 단체로 사진촬영 나왔다고 했다.

"아저씨, 물고기 좀 잡았습니까?"

"고기를 썰어 미역에 두루 말아 초장에 찍어 먹읍시다."

"아직 달랑 두 마리밖에 잡지 못했수다."

호수처럼 잔잔한 바다지만 찰랑대는 파도에 사진 셔터 소리도 파묻히고 만다. 낚싯대와 초라한 강태공의 뒷모습도 사진 동호회 회원의 표적이 된다. 낚싯대를 드리우다가 갑자기 조용해져서 뒤돌아보니 한 여성이 셔터를 누르다 눈이 마주치자 씨익 웃는다. 바다를 배경으로 예술 창작에 여념이 없는 그들의 어깨 너머로 나른한 햇살이 빗발처럼 쏟아진다.

미역을 먹을 수 있는지, 미역을 딸 수 있는지 어린이처럼 천진난만하게 묻는다. 푸른 바다를 가리키며 답한다.

"바다에 물어보시라."

서늘한 바람이 일고 갈색 미역이 허리를 흐느적거리며 파도에 몸을 맡기며 춤을 춘다. 시커먼 주상절리 형태의 너른 갯바위에 중년의 여인들이 걸터앉아 화려한 물결무늬의 그림을 창조한다. 갯바위는 사람 냄새, 분 냄새로 그득하다. 파란 바다에 붉은 꽃잎이 떨어지고 마음도 타들어간다. 그들이 떠나자 고요하던 바다에 갑자기 파도가 일고 하얀 거품이 쏟아진다.

— 2011. 4. 3.

깊고 푸른 태종대의 고등어 떼

하늘과 바다와 산이 형제처럼 나란히 어깨를 두른 태종대는 변화무쌍한 일기에 따라 붉으락푸르락 수많은 형태의 얼굴을 드러냈다.

잿빛 하늘에서 금방이라도 비가 쏟아질 듯하다가 이내 구름 사이로 해가 눈부신 얼굴을 드러내며 붉은 햇살이 부챗살처럼 펼쳐졌다. 거짓말처럼 먹구름은 멀리 비켜나 있었다. 바다는 파도를 일으키며 지그재그로 어디론가 흘러가는 듯했다. 햇살을 온몸으로 받아들이는 바다는 파도 끝에 수많은 물방울을 뿌려댔다.

격렬한 파도 아래에 잠겨 있는 물고기는 인간의 눈에 전혀 보이지 않는다. 바다와 물고기와 인간 사이의 통신 역할을 담당하는 낚싯줄의 미세한 감촉은 아무에게도 전달되지 않았다. 적어도 오후 중천에 구름 사이를 헤집고 돋아난 해가 서쪽으로 기울기 전까지는 바람 소리, 자갈 소리, 파도 소리만이 적막한 풍경을 깊고 깊은 골짜기로 내몰았다.

파도의 우악스러운 기력에 몰린 자갈은 저들끼리 똘똘 뭉쳐 바다로 휩쓸리지 않으려고 파도와 맞서 발버둥을 치며 짜글짜글 울부짖었다. 자갈이 우는 소리는 바다 양편으로 둘러싼 소나무 숲 우거진 산과 바위에 부딪혀 메아리가 되어 태종대 태원 자갈마당으로 되돌아온다. 파도 소리, 자갈 소리에 태종대 앞바다는 태고의 자연 모습 그대로 나그네를 맞는다. 파도와 자갈이 격돌하는 바닷가에는 하얀 거품이 끊임없이 일어서다 사그라진다. 쪽빛과 하얀색이 어우러진 바닷가에 형형색색의 관광객들이 바다를 배경으로 추억 만들기에 여념이 없다.

한 아이가 바다에 고함을 지른다. 무슨 말인지 알아들을 수 없다. 흰 거품을 일으키며 자갈을 뒤덮는 바다를 향해 아이는 힘차게 돌을 던진다. 건너편에서 낚시하던 노인이 아이를 바라보며 흐뭇한 미소를 짓는다. 바다는 아이와 중년의 사내와 노인을 모두 끌어안는다. 누구나 다가오면 언제든지 변함없이 모두를 끌어안을 것처럼 바다는 풍성한 가슴으로 내민다.

소나무 숲과 기암괴석 큰 바위가 듬성듬성 둘러쳐진 바다 사이로 안개가 걷히듯 태평양이 꿈을 꾼다. 손에 잡힐 듯한 거리에 화물선이 둥둥 떠다니며 육지를 애타게 바라본다. 이따금 유람선이 파도에도 아랑곳하지 않고 춤을 추며 관광객을 실어나른다. 뒤뚱거리며 파도를 타는 유람선 깃대 위로 갈매기가 졸졸 따라다닌다. 유람객도 파도를 타고 유람선에서 흘러나오는 노랫가락도 파도를 타고 육지로 메아리를 날려 보낸다. 트로트 장단은 빠르다. 빠른 물살처럼 경쾌하고 신이 난다. 갈매기와 관광객이 파도에 몸을 신고 춤을 추며 오래도록 한 폭의 풍경화를 연출한다.

굴곡진 갯바위에 우뚝 선 낚시꾼의 행렬이 길게 이어진다. 산과

바다 왈츠, 그리움 블루스

바다가 만나는 수직 절벽 아래 틈새 갯바위는 울퉁불퉁하고 날카로운 톱니바퀴 형태도 더러 있어 여간 조심스러운 게 아니다. 하지만 유람선 선착장의 평평한 시멘트 바닥과 이어지며 제법 넓직한 공간을 만들어준다.

파도치는 날에 사람들은 안다. 깊어가는 가을에 전갱이와 고등어가 언제 몰려오는지. 낚시꾼들은 시간을 가늠하며 태종대 갯바위로 낚싯대를 들고 온다. 시리도록 푸른 하늘과 소나무 숲을 바라보며 하늘과 바다와 숲이 한곳에서 숨을 쉬는 삼색의 조화에 도취한다. 그때 갑자기 갯바위 앞쪽에서 있던 형제인 듯한 낚시꾼 바늘에 고등어가 걸려 올라왔다.

어신의 감지가 전혀 없던 바다에 드디어 고등어가 왔다. 고등어와 전갱이가 어울려 단체로 태종대 갯바위 앞으로 몰려든다. 고등어의 식사 시간은 오후 3~4시부터 시작해서 해가 질 무렵 절정을 이루는 모양이다. 태종대 앞바다로 몰려드는 고등어는 날씨와 파도 등에 따라 식사 시간이 달라지는 모양이다. 고등어는 일정한 시간이 되면 태종대 앞바다로 왜 몰려드는지 알 수는 없다. 해가 질 무렵 고등어 떼가 몰려들면 꾼들의 고함과 탄성에 조용하던 바다는 소란스런 장터로 변해버린다.

고등어가 올라오는 시간대에 갯바위는 낚시꾼과 구경꾼 들이 인산인해를 이룬다. 카메라 셔터 소리, 환호와 몸부림치는 고등어의 몸짓으로 갯바위는 화려한 무대가 된다. 바다도 놀란 듯 파도 소리는 묻히고 만다.

한치의 틈새도 없이 일렬횡대로 이어진 낚싯대마다 고등어가 발버둥을 치며 연신 올라온다. 갑자기 바다와 제일 가까운 곳에 낚시하던 꾼에게 시선이 쏠렸다. 고등어, 전갱이가 주류인데 비주류인 숭어가 낚시에 걸려 물 밖으로 얼굴을 드러낸 것이다. 서서히 잡아당기면서 끌어올리는데 그만 낚싯줄이 터져버렸다. 뜰채가 없었던 모양이다. 한참을 숭어와 씨름하던 꾼은 허탈한 모습으로 한참이나 발아래 바다를 바라보았다.

기차로 귀가 중에 대전에서 왔다는 옆 좌석의 연세가 칠십이라는 분에게 숭어 낚시에 관한 이야기를 들었다. 왕년에 부산이나 포항에서 살 때는 낚시를 많이 했다면서 뜰채가 없으면 힘으로 숭어를 낚아채기는 어렵다고 했다. 숭어를 잡으려면 먼저 숭어의 힘을 빼야하는데 '물을 먹이면 된다'는 것이다. 그게 무슨 뜻이냐고 물으니 자세히 설명을 했다. 낚싯줄을 탄탄하게 당기는데, 천천히 수면 밖으로 끌어당겨 계속 물을 먹이다가 해안 가까이서 힘이 빠진 숭어를 잽싸게 위로 쳐올리면 그 탄력으로 쉽게 올라온다고 했다.

고등어 채비를 넣자 살 오른 고등어가 걸려들며 몸부림친다. 낚싯줄이 이리저리 휘감기고 탱탱해진다. 달아나려는 고등어와 낚아 올리려는 꾼의 장단이 묘한 대조를 이룬다. 낚싯줄에 걸려 올라온 등 푸른 고등어를 바늘에서 빼려고 하면 고등어는 힘을 다해 몸을 뒤튼다. 고등어 몸통을 잡으면 매끈한 촉감과 기세등등한 힘에 손맛은 점입가경이다. 바늘에 이미 걸린 고기 중에는 망상어나 놀래기처럼 체념하고 가만히 있는 물고기가 있는가 하면 학꽁치나 전갱이, 고등어처럼 바늘에서 빼려고 몸통을 잡으면 더 요란스럽게 발버둥치는 물고기도 있다.

바다 왈츠, 그리움 블루스

고등어는 군집성 어종으로 몰려다니다보니 낚시로 잡는 시간도 순식간이다. 운이 좋으면 한두 시간에 한두 통도 거뜬이 잡는다고 한다. 그러다보니 희한한 광경도 곧잘 연출된다.

바다 물밑 속에는 낚시꾼이 던진 미끼가 촘촘히 박혀 있고, 이를 덥석 무는 고등어가 여기저기 갯바위 위로 올라온다. 더러는 낚아 올리는 탄력에 의해 옆 사람의 낚싯줄에 뒤엉켜 그것을 푼다고 서두르다보면 마음만 급해지고 더 엉켜버리는 경우가 다반사다. 또한 낚싯바늘이 여러 개 달린 고등어 채비가 서로 뒤엉켜 얼른 풀려고 하면 도리어 더 감겨 다급한 마음에 전부 잘라버리고 새로 카드 채비를 묶기도 한다.

여기저기 고등어가 올라오고 순식간에 이루어지는 고등어 낚시에는 체면이고 체통이고 필요 없다. 오직 한 마리라도 더 낚아올리려는 꾼들의 태종대 앞바다의 고등어 낚시 몰입은 정신이 없다. 황혼에 타들어가는 바다보다 더 정열적이며 태평양보다 깊고 푸르다.

—2011. 11. 20.

겨울 강구를 노래하다

냉혹한 바다보다 더 검푸른 추위가 설날 연휴를 덮쳤다. 얼음보다 차가운 기운이 세상을 뒤덮고 있지만, 혹독한 추위도 강구 가는 나그넷길을 막지 못했다. 커다란 대게와 배 형상의 철제 모형이 옛 강구교 위에서 바람에 이리저리 뒤뚱거린다.

바닷바람은 육지로 올라와 칼바람이 되어 옷깃을 헤집고 가슴이 시리도록 파고든다. 매서운 한파가 쏟아져도 강구 포구 옆 바람막이 하나 없는 노상 활어시장에는 겨울을 뚫고 처절하리만치 싱싱한 삶이 펄떡거린다. 누드 어시장에서 활어를 파는 할머니의 붉은 손끝에서 뿜어져 나오는 뜨거운 삶의 열기가 입김과 어우러져 냉혹한 바다를 녹인다. 버려지는 물고기 내장을 먹으려고 몰려오는 갈매기는 그들의 친구가 된다.

수십 명의 상인이 쪼그려 앉아 광어·도다리·우럭·고등어·오징어 등 활어를 파는 가게 옆에는 대게가 나란히 도열하여 자기들도 팔아달라고 아우성이다. 겨울철 강구 포구 주변은 대게가 주류를 이루지만 활어시장도 만만찮게 뜨뜻이 겨울을 보낸다.

바다 왈츠, 그리움 블루스

2년 전 강구에서 들렀던 단골 가게로 가 마음먹고 횟감으로 3만 원어치를 샀다. 숭어와 광어를 사고 나니 뭔가 허전한 기분이 들어 추가로 내자가 좋아하는 아나고, 즉 붕장어도 샀다. 요즘 활어를 사면 즉석에서 기계로 썰어주는데 단골가게 아주머니는 한결같이 손으로 횟감을 썬다. 오래도록 손으로 칼질을 해서 아프지 않느냐고 물으니 "왜 아프지 않겠느냐?"고 되레 되묻는다. 그래도 기계로 썰면 맛이 덜하다면서 기계 못지않게 빠르게 썰어준다.

바다가 보이는 모텔에 여장을 풀고, 생선회와 초장을 버무려 점심을 때우고 나니 멀리 펑퍼짐한 바다가 눈앞으로 몰려왔다. 포구 주변 모텔이나 민박집은 대개 대게 가게와 붙어서 숙박하기에는 다소 망설여지나 다행히 대게 가게와 좀 떨어져서 눈치 볼 것 없이 모텔로 직행했다. 이번 강구행에는 모처럼 내자와 동행하여 바다에서 맞는 적적함이 반으로 줄어든 느낌이다.

강구는 대게로 겨울과 이른 봄이 한철이지만, 주변 상인의 얘기로는 예전같이 사람이 많이 오지 않는다고 한다. 물론 택배로 주문하는 경우도 많지만, 대게는 명산지에서 가족이나 지인과 함께 바다를 바라보며 먹는 맛이 참맛이 아닐까 한다.

동광어시장 뒤편 창포말 등대 방면 내항 바닷가에는 매립공사가 한창이다. 대게 철에 주차난으로 발길을 돌리는 고객을 잡기 위해 바닷가를 매립해서 주차장으로 활용한다는 계획이다. 이미 바다 가운데 테트라포드를 쏟아부어 육지의 경계선을 그어버렸고, 매립지 주변 바닷가는 강처럼 바닥이 드러나 보인다. 강구의 지도를 바꾸는 공사가 진행 중이지만, 왠지 강구의 추억이 조끔씩 바다로 사라지는 느낌을 떨쳐버릴 수 없다.

길게 이어진 테트라포드 바깥 바다는 인공적인 벽에 저항이라도 하려는 듯 파도가 거세다. 테트라포드와 매립지 안쪽 갯바위에 갈매기 군단이 모여 타는 저녁 노을을 바라보며 앞날을 걱정하는 듯 앉아 있다. 지친 몸과 마음을 달래기도 하는지 하얀 깃털을 나풀거리며 자기들끼리 따스한 체온을 나누고 있었다. 모텔 창문 너머로 갈매기들이 비상하며 강구의 하루를 접는다.

이튿날, 설날에 해는 바다에서 어떤 모습으로 떠오르는지 마음은 새벽부터 벌써 바다로 달려갔다. 아침 7시 10분쯤 옷을 두껍게 입고 원시인 모습으로 바닷가에 섰다. 바다는 포효하는 범처럼 하얀 이빨을 드러낸 채 으르렁거리며 갯바위를 삼켰다 내뱉고는 한다. 바다는 쉼 없이 새날을 그리고 있다. 붉으락푸르락거리며 카멜레온처럼 변화무쌍한 차가운 겨울 바다에도 물밑으로 생명의 맥박은 뱃고동처럼 울려 퍼진다.

마침내 수평선 너머로 붉은 기운이 퍼지고 새날을 반기는 갈매기가 대형 군단을 이루며 창공을 가른다. 마치 새날을 맞이하듯 하늘과 바다가 하나 되어 웅장한 교향곡을 연주하는 듯하다. 장엄한 일출의 파노라마가 10여 분 간 지속된다. 마치 태고의 신비를 여는 것처럼 자줏빛 커튼이 펼쳐진다. 하늘과 바다는 한 폭의 수채화가 되고 창공에는 갈매기가 점점이 뿌려진다. 온통 붉은빛으로 채색된 바다에 동화된 나그네 마음도 붉게 타들어간다. 온몸에서 붉은 열기가 꿈틀거린다.

속살을 드러내는 바다 위로 붉은 물이 뚝뚝 떨어진다. 붉은 체온을 머금은 수평선 너머로 무리 지은 갈매기가 하나둘 독립 비행을 한다. 마치 새 세상에 홀로 선 듯 갈매기는 이리저리 묘기를 부린다. 붉은 기운을 마시고 생존의 본능으로 아침 먹이를 찾아 나서는 모습이 멋스럽고 우아하다.

대게가 제 세상인 겨울 포구는 아무리 달려도 대게 안 세상이 강구요, 대게 밖 세상도 강구인 것을 안다. 세파에 재빨리 적응하지 못하고 가끔 뒷걸음질 치기도 하지만, 대게 껍질처럼 추억을 차곡차곡 쌓으며 강구는 대게와 함께 사람의 마음속으로 가라앉는다. 시외버스 꽁무니를 타고 강구의 노래가 울려 퍼진다.

"내 사랑 강구. 한 번도 뵌 적 없는 할아버지가 포구에서 고기 장사로 돈을 벌었다네. 어릴 적 아버지와 삼촌으로부터 귀가 따갑도록 들었다네. 할아버지의 흔적이 곳곳에 배어 있을 내 사랑 강구. 알 수 없는 인연으로 나 또한 2년 전에 영덕에 잠시 기거하면서 강구를 뻔질나게 돌아다녔다네. 이제 강구를 떠났지만, 마음이 적적할 때 언제나 가고 싶은 강구. 동해의 영원한 대게 천국, 강구는 마음의 바다라네."

— 2012. 1. 29.

신선 비경, 소봉대 낚시

대설 전후로 맹추위가 기승을 부리다가 잠시 사그라진 주말에 포항
행 시외버스에 몸을 실었다. 이른 아침 시외버스 안에는 승객이 없
다. 운전기사와 나뿐이다. 둘이서 이런저런 얘기를 주고받다가 까
만 밤이 걷힐 무렵 포항에 닿았다. 시내버스로 문덕에 도착하니 간
이 대합실에는 아주머니 몇 분이 대화를 나누다가 나더러 어디 가느
냐며 거리낌 없이 묻는다. 길을 묻거나 배차 시간을 묻기라도 하면
단답형이 없다. 언제나 한 줄 이상으로 대답하는데 행간에는 구수한
인정미마저 넘쳐흐른다. 문덕 차고지 건너편에서 양포 가는 시내버
스에 올라탔다.

시골버스는 추위에도 아랑곳없이 인정을 태우고 씽씽 달린다. 어
느 가수의 노래처럼 시골 버스가 마치 살아 있는 듯 구불구불한 해
안 길을 따라 경쾌하고 시원스럽게 달린다. 옛날 자갈이 깔린 도로
를 달릴 때처럼 덜컹거리는 맛은 없지만, 도회의 시내버스보다는 한
결 운치가 있다.

시내버스 안에서 할아버지와 할머니, 그리고 운전기사 사이에는

바다 왈츠, 그리움 블루스

자연스러운 대화가 오간다. 요즘 젊은이들 사이에서 회자하는 난해한 용어 하나 없이 그들은 오래전부터 소통해온 방식대로 거리낌 없이 소통하고 있다. 그들이 나누는 대화에 이해관계를 따지지 않는다. 시골길을 달리는 시내버스 운전기사와 승객은 남이 아니다. 친척보다 더 가깝게 허물 없이 대화를 주고받는다. 나그네가 곁에서 듣다보면 구수한 인정미가 버스 안에 흐르는 듯하여 추위조차 잊어버린다.

포항시 장기면 계원2리 마을 앞 바닷가에 있는 소봉대는 조그만 산과 갯바위가 뭉쳐져 마치 금강산의 소품처럼 풍경이 아름답다. 소봉대는 지난여름 양포에서 감포까지 도보 여행으로 거쳐 간 지역이다. 풍경이 매우 아름다워 많은 시인 묵객이 지나갔던 곳이라 한다. 소봉대 입구에는 조선시대 대학자 회재晦齋 이언적李彦迪의 시문이 서 있다.

바다가 접하는 마을 입구에서 약간 비탈진 산언저리 길을 따라 소봉대에 오르면 동해가 한눈에 조망된다. 그리 높지 않은 산 위로는 한 폭의 동양화를 그리듯 솔송이 몇 그루 서 있고, 육지에서 떨어져 나간 갯바위 몇 쌍이 그리움에 사무치듯 인연을 놓지 못하고 소봉대와 연결되어 있다. 멀리 왼편으로는 해안 마을이 바닷가로 뻗어나 있고 오른편으로는 긴 백사장 끝머리에 소봉대의 형제 같은 갯바위가 마주하며 미끈한 모습으로 유혹한다.

소봉대에서 바닷가로 내려가면 기묘한 형상을 두른 큰 바위 서너 개가 각을 지고 바다를 향해 포효한다. 톱날처럼 날 선 각을 이루며 무수한 소봉우리 군집단을 넘나들면 마치 소품 위를 건너는 듯한 착

각을 일으킨다. 파도를 온몸으로 부대끼며 해전을 치르는 갯바위는 물밀듯 밀려오는 파도를 결사항전으로 막아낸다. 파도는 갯바위로 기어오르며 산산조각 부서지고 장렬히 전사한다.

대지가 뻗어나간 동해에서 차마 육지를 버리지 못하고 난간에 기대어 소봉대 작품을 만들었으니 신선 비경이 따로 없다. 한 발자국 건너면 세속의 세계로 접어들지만, 잠시라도 소봉대에서 신선이 되어 마음을 풀어본다. 소봉대 너머 갯바위에서 풍경에 도취하여 잠시라도 한눈을 팔면 천길 낭떠러지로 떨어질 것만 같은 갯바위다. 정신을 집중하지 않으면 낭패를 당할 수도 있다.

오랜만에 바닷가에서 해풍을 맞으며 낚싯대를 드리웠다. 갯바위 끝머리 너른 암반 위에서 물살이 조금 센 곳으로 낚싯줄을 내리자 이리저리 흔들린다. 새우 미끼는 물고기를 속이기에는 안성맞춤이다. 미세한 어신 탐지로 챔질하자 새우 미끼를 덥석 물어버린 망상어의 힘이 손바닥에 전달되며 짜릿한 전율이 오른다. 낚싯줄이 탄탄해지고 요동칠수록 물고기는 수렁 속으로 빠진다. 조금씩 릴을 감자 물고기 얼굴이 드러나고 재빨리 낚싯대를 들어 올렸다.

망상어는 알을 뿌리는 다른 물고기와 달리 체내수정을 통해 번식하며 몸속에서 부화한 알이 자라다가 뒤에 새끼를 몸 밖으로 내보낸다. 아가미뚜껑에 2개의 검은 반점이 특징이다. 놀래기와 더불어 제일 흔하고 잘 낚이는 씨알 굵은 망상어를 낚고보니 은은한 황금색이 감돈다. 미끈한 몸매에 벙긋거리는 입과 커다란 눈망울에 빨려들듯하다.

망상어 세 마리를 잡고 인증샷을 찍은 뒤 바다로 돌려준다. 안분

바다 왈츠, 그리움 블루스

지족한 마음으로 나그네는 바다와 하나가 되어 해풍 따라, 바다 따라 마음도 실타래처럼 풀어져 흘러간다. 잿빛 하늘과 검푸른 바다 사이로 바람이 거세다. 바람이 세차니 바다는 더욱 짙푸르고 차가운 냉기마저 감돈다. 기묘한 소봉대 갯바위 주변에 낚시꾼들의 욕심 덩어리도 부질없는 듯 어신의 감지가 별로 없는지 낚싯대에 걸려 오는 물고기가 좀체 보이지 않는다. 간간이 겁 없는 잔챙이만 올라오고 그럴듯한 수확은 별로 없는 듯하다. 굴곡진 갯바위 너머로 다소 위험해 보일 정도로 서 있는 어느 낚시꾼 머리 위로 갈매기가 대형 편단을 이루며 활공한다.

갯바위에 부딪치는 파도는 커다란 덩어리로 결집하여 하얀 얼음 조각처럼 각을 세우고 고운 입자를 품으며 소용돌이친다. 바다는 바람을 일으키고, 바람은 파도를 일으키고, 파도는 에너지가 되어 갯바위로 몰려든다. 산산이 부서지는 파도는 또 파문을 일으키며 사그라진다.

2시간 정도 낚싯줄을 드리우다 낚싯대를 접었다. 파도의 힘이 너무 거세다. 오랜 세월 해풍과 파도에 단단히 다져진 갯바위 사이로 떨어지는 무수한 물방울이 가녀린 여인의 섬섬옥수처럼 곱다. 바다는 언제나 마음의 평화를 가져다주는 고마운 벗이다.

― 2012. 12. 17.

바다 고둥과 따개비의 힘

산과 들녘에 초가을의 때깔이 점점 깊고 짙푸르러 간다. 엊그제 구룡포 석병에서 팬션을 운영하는 주인장에게 들린다고 미리 약속을 해서 포항행 시외버스에 몸을 실었다. 저 푸른 초원 위에 구름 같은 집은 없지만, 구름을 벗삼아 가을이 농익어가는 구룡포 석병 주변 바다는 시리도록 푸르다.

주인은 잠에서 덜 깬 모습으로 나그네를 반긴다. 수년 전에 동해 바닷가를 어슬렁거리다가 우연히 만나 지금껏 그 인연이 이어지고 있으니 느지막이 사회에서 만난 지인인 셈이다. 지난번 경산 복숭아를 주문해서 선물해준 답례로 두루말이 화장지와 초코파이, 새우 과자 들을 사서 건네고 홀로 팬션 옆 갯바위에서 낚시를 했다.

초가을 바다는 눈이 부시도록 맑고 푸르지만 물고기는 배가 부른지 좀체 갯바위 가로 나오지 않는다. 갯바위 입질이 거의 없어 낚시를 포기하고 구룡포 석병2리 갯가에서 갯것을 보다가 갯바위에 붙은 바다 고둥이 눈에 들어왔다. 운동화를 벗고 맨발로 물이 무릎을 넘지 않는 얕은 갯가에서 바다 고둥을 잡았다.

맨발로 잔잔하고 얕은 바다에 발을 담그고 험하지 않는 갯바위를 오르내리락한다. 갯바위의 울퉁불퉁한 바닥이 발을 자극하고 미끈한 녹조류가 발을 쓰다듬는다. 온몸이 건강해지는 느낌이다. 그저 바라만 봐도 좋은 바다지만, 바닷물에 발을 담그니 세월의 때가 덮인 발이 소독되는 것 같은 느낌이다.

바다 고둥은 민물로 치면 다슬기에 대적할 만하지만, 개개의 맛은 민물 고둥에 떨어진다. 바다 고둥은 다른 음식과 섞여야 맛이 더 우러난다. 된장이나 국에 넣으면 두드러지지 않고 그저 은은한 바다향이 퍼지는 정도다. 물론 바다 고둥을 봉지에 넣어서 팔기도 하는데 민물 고둥에 비하면 왠지 독립적인 맛이 떨어진다.

바다 고둥은 민물 고둥처럼 크기는 비슷하나 모양은 좀 빠진다. 미끈하지도 않고 바닷속에서 얼핏보면 잔돌같이 울퉁불퉁하고 색깔도 비슷하다. 텁터름한 잔수염 같은 이끼류도 붙어 있다. 민물보다 더 치열한 생존 환경에서 자라다보니 그런 모양이다. 파도와 바람, 너울, 태풍, 해일에 살아남으려고 안간힘을 쓰는 모습이 갯바위에 찰싹 달라붙은 고둥을 보면 상상이 간다. 상어, 고래, 참치도 만만찮을 파도와 너울 속에 조그만 고둥이 휩쓸려 나가지 않으려고 앙칼진 모습으로 갯바위에 다닥다닥 붙어 있는 모습이라니…. 마치 육지의 호랑이, 코끼리 같은 거물들 사이에 개미가 기어가는 꼴이다.

바다 고둥 옆에는 따개비와 거북손이 남남처럼 붙어 있다. 갯바위는 육지의 바위와는 쓰임새가 사뭇 다르다. 육지의 바위는 말 그대로 돌덩어리라면 물에 완전 잠긴 갯바위나 반나의 갯바위는 차라리 바다의 돌밭이라 할 수 있다. 오랜 세월 파도와 바람에 깎이면서 부들부들한 해조류와 녹조류를 키운다. 고둥과 거북손 따개비가 제 집처럼 방을 만들고 먹이사슬의 순환으로 물고기가 드나든다.

따개비는 갯바위에 붙어 꿈쩍을 않는다. 갯바위와 한몸이 되어 단단한 돌처럼 굳어버린 따개비는 바다 고둥과 달리 손으로 줍거나 쉬이 딸 수 없다. 그렇다고 큰 칼로 따는 것은 모기 보고 장검을 빼는 격이니 조그만 칼로 살살 따내야 갯바위에서 떨어진다. 바다 고둥이나 따개비는 멋있으려고 갯바위에 붙어 있는 것이 아니다. 살아 남으려는 갯것의 몸부림이요 생존의 본능이다.

따개비와 바다 고둥의 놀라운 생명력은 자신의 덩치보다 몇백 몇십 배나 크고 힘센 고등어, 삼치, 놀래기보다 더 유연하고 끈질기다. 다른 어패류는 바다를 떠나 물이 없으면 호흡을 하지 못해 금방 죽지만, 보잘것없어 보이는 고둥이나 따개비는 물이 없어도 한동안 죽지 않는다. 어디에 물주머니가 달려 바닷물을 몸속에 품는지 고둥과 따개비의 목숨은 강하다. 갯바위에서 따내어 검은 비닐봉지에 넣고 집에 와도 한참을 살아 있다. 물고기라면 벌써 죽었을 것이다. 예전에 낚시로 물고기를 잡으면 전갱이나 고등어, 꽁치는 제 성질을 이기지 못해 몸을 비비고 뒤틀며 몸부림치다 이내 죽어버린다. 돌색을 닮은 놀래기는 이들보다 생명력이 좀 더 강해 뭍으로 올라와도 잠시 조용히 지내다 서서히 가버린다.

고둥과 따개비의 놀라운 생명력이 경이롭다. 작은 것이 맵고 강하며 아름다운 모양이다. 강해서 살아남은 것이 아니라 살아 남은 고둥과 따개비가 강한 것이다. 따개비가 촉수를 곤추세우며 꿈틀거리고 바다 고둥이 차 멀미에 시달렸는지 몸을 비비 꼰다. 하지만 이제 어쩔 수 없다. 인간의 입맛을 위해 된장찌개 속으로 한 웅큼 희생될 수밖에 없다.

뜨거운 물에 바다 고둥과 따개비를 넣고 끓이다 불을 끄고 보니 놀라운 일이 벌어진다. 껍데기 속에 든 고둥 속살은 익을대로 익었는데 따개비 살은 녹아 없어지고 삿갓처럼 껍데기만 남았다. 너무 오래 끓인 것 같다. 따개비 살은 사실 껍데기에서 반은 노출되어 갯바위에 죽자살자 붙어 있다. 갯바위에서 떨어지면 따개비는 삶의 기반을 빼앗긴 셈이 된다. 부드러운 따개비 살에 갯바위도 두 손을 든다. 바닷속의 어패류 중 보잘것없이 취급받는 고둥과 따개비도 부드러움과 유연함이 남다르기에 생명력이 강한 모양이다.

사람이나 물고기나 조물주가 만든 형상과 기질은 제 각각이지만 그것 때문에 운명이 달라지는 경우가 많다. 제 성질을 못 이겨 화를 참지 못하는 물고기와 사람이 얼마나 많은가! 바다에 가거든 한 번쯤 갯가에 숨은 바다 고둥, 따개비, 거북손의 놀라운 생명력을 더듬어보자.

— 2014. 9. 21.

바람의 언덕, 우제봉과 내도

만물이 꿈틀거리고 생동하는 봄날이다. 가만있어도 입가에 봄바람이 맴돈다. 그러나 연분홍 치마가 봄바람에 휘날리는 춘삼월 호시절도 언젠가 스러져지고 만다. 저녁놀처럼 붉게 가슴을 물들이고 불꽃처럼 타오르다 뚝뚝 떨어지는 동백꽃과 같이 서서히 기억의 저편으로 사라지고 말 것이다.

거제도 바람의 언덕과 우제봉, 그리고 내도가 오늘의 트레킹 코스다. 거제대교를 건너니 섬 바다가 오밀조밀 펼쳐진다. 눈이 호강한다. 천인단애, 기암절벽이 파노라마처럼 흘러간다. 파도의 높이만큼 바위는 쭉쭉 자라서 해금강의 풍경을 연출한다. 해상 풍경이 그야말로 장난이 아니다.

그림 같은 바다 풍경이 그리움을 낳고, 그리움은 또 다른 풍경을 낳는다. 바람의 언덕길에도 동백꽃이 피었다 사그라지고 신선대에는 구름 같은 인파가 몰려간다. 하늘 한구석에는 뭉게구름이 시간의 난도질 속에 조각 구름이 되어 금방이라도 쪽빛 바다에 뚝뚝 떨어질 듯 신선대 위로 흘러간다.

신선대는 바닷가에 우뚝 솟아 있었다. 나무 데크 따라 상춘객의 행렬이 길게 이어지고, 사방에는 파릇파릇한 애기 방초가 앙증맞게 대지를 뒤덮고 있다. 길가 화단에는 유채꽃이 노랗게 피어 있고, 벌이 윙윙거리며 꽃가루에 온몸이 노랗게 물든다. 시루떡을 올려놓은 것처럼 층층이 포개어진 갯바위를 반석 삼아 신선대는 고고한 신선처럼 큰 바위를 두르고 우뚝 솟아 있다. 신선대 상층부에는 기개의 상징인 양 소나무 한 그루가 불뚝 서 있다. 부산 태종대 신선대처럼 날카롭지는 않더라도 두루뭉실 인근 산과 조화를 이루며 따로 또 같이 바다를 뒹군다.

신선대 앞바다에는 고만고만한 섬들이 들쭉날쭉 숨었다 드러나기를 반복한다. 섬은 바다에서 살아 숨쉰다. 신선대 앞 너른 반석 끝에서 섬과 바다를 바라보며 낚시하는 강태공들의 풍경이 게으른 봄처럼 한가롭다. 물고기야 안 잡힌들 어쩌하랴! 신선놀음이 따로 없다. 신선놀음에 도취된 것일까? 일행이 찍은 나의 사진을 보니 눈을 감은 모습이 절반이다. 파도에 곰삭은 갯바위에서 떨어지는 포말이 하얀 이를 드러내며 까르르 쉼 없이 웃는다.

지도상으로 보면 거제도 최남단 동쪽 갈곶리에서 바다 쪽으로 우제봉과 해금강까지 길게 뻗은 모습이 마치 용이 해금강을 집어삼킬 듯한 형국이다. 신선대에서 다시 올라와 지척에 있는 반대편 바닷가로 발길을 돌렸다. 이름하여 '바람의 언덕' 너머로 풍차가 덩그러니 바다를 지키고 있다. 주변 풍경은 제주도 성산봉의 애기봉과 닮은 구석이 있다. 오늘 따라 바람의 언덕에는 바람이 별로 불지 않는다. 바람이 머물다 간 자리에는 인파의 물결이 흐느적거린다. 동백꽃이 떨어져 가는 봄을 아쉬워한다. 사람들이 머물다 간 자리에는 바람이 있다. 지나고 난 인생처럼 바람의 세기는 죽는 날까지 요동을 치기도 하고 잠잠하기도 한다.

풍차가 서 있는 둔덕배기 아래에서 바람처럼 나타나서 바람처럼 사라지곤 하던 고향 선배를 만났다. 각자 일행 때문에 반가움도 잠시, 두어 마디 안부를 주고받다가 아쉬움에 같이 사진 한 장 찍고 헤어졌다. 바람의 언덕에서 고향 선배를 우연히 만나니 바람 불어 좋은 날이 따로 없다.

바람의 언덕에서 다시 신선대 부근 언덕 위 도로로 나와 관광버스로 10분 거리의 우제봉으로 향했다. 우제봉 입구 표지판에는 마애각 서불과차라는 거창한 안내문이 이목을 끈다.

진시황이 불로초를 구하기 위해 서불이라는 사람을 보냈는데 동남동녀 3,000명을 거느린 서불은 남해 금산, 거제 해금강, 제주 서귀포를 거쳐 일본 후쿠오카현 야메시로 건너갔다. 우제봉 절벽 암벽에 서불이 다녀갔다는 뜻의 '서불과차'라는 글자를 새겨놓았다고 한다. 아쉽게도 사라호 태풍 때 유실되었다고 전해진다.

진시황의 불로초 사연에는 동방의 나라 풍경에 매료되어서인지 여기도 예외는 아니다. 진시황의 사자들은 불로초를 구한다는 핑계로 일부러 경승지 남해 바다를 택한 것은 아닌지 상상해본다.

우제봉 가는 길 초입에 들어서자 동백나무 터널 길과 나무가 빽빽이 들어서 하늘이 안 보일 정도로 숲이 우거져 있다. 서자암 낮은

바다 왈츠, 그리움 블루스

옥상에는 장독이 가득 모여 있고 장독대 위로 동백꽃이 곱게 피어 있다. 동백새가 똥박똥박 지저귀며 휘리리 날아갈 듯한 풍경에 매료되면 잠시나마 속세의 번잡함을 잊을 수 있다. 갈수록 세상살이가 치열하고 번잡하며 여유가 없어지는 것 같다.

서러운 동백꽃이 가지마다 뚝뚝 떨어진다. 동백꽃이 떨어진 주변에는 삼나무·팽나무·산벚나무가 기지개를 켜며 봄을 만끽한다. 새싹거리는 봄에 꽃과 나무를 보지 않으면 봄에 대한 예의가 아니다.

우제봉 정상에 올랐다. 으랏차차! 봄날에 남해 최남단 바다를 산정에서 둘러본다. 이름하여 '해금강'이 발아래 한눈에 펼쳐진다. 가히 묘경妙景, 가경佳景이요 절경絶景이다. 해금강을 한눈에 바라보니 호쾌·장쾌·유쾌하다. 얽키고설킨 복잡한 세상사를 쾌도난마처럼 쓸어버린다. 해금강 풍경 앞에서 왕후의 밥과 걸인의 찬이 따로 없다. 나물 몇 점에 차고 메마른 밥이라도 바다를 배경 삼고 해금강을 안주 삼으니 진수성찬이다.

해금강을 자세히 보니 3개의 섬이 모인 것 같기도 하고, 3개의 봉우리가 모인 것 같기도 하다. 해금강 통로에는 칼날 같은 갯바위가 수문장처럼 해금강을 호위하고 통통배와 유람선이 드나든다. 망망대해 잔잔한 바다에 유람선이 지나간 자리에는 비단결처럼 곱고 고운 하얀 물보라가 일고 억겁의 세월과 바람, 파도에 씻끼고 깎인 바위가 사자머리 등 기묘하고 기괴한 형상으로 가히 장관이다.

우제봉에서 간단히 요기하고 낙엽이 깔린 동백나무 숲길을 걸으며 하산했다. 사각사각 걷는 길은 푹신하고 마음은 한가롭다. 소나무와 동백 사이로 이따금 연분홍빛 창꽃이 고개를 내민다.

해금강유람선 매표소 부근에서 일행은 잠시 휴식을 취한 뒤 다시 버스에 올라 구조라 포구로 향했다. 버스 안이나 밖이나 온통 바다 풍경이 주위를 압도한다. 구조라 포구에서 작은 배를 타니 선장이 환한 미소로 반긴다.

배는 성난 사자처럼 자기 몸체보다 더 큰 물보라를 일으키며 전속력으로 달려 7분 만에 내도에 도착했다. 부드러운 바닷바람을 맞으며 나그네를 반긴 것은 '동박새 울음 담아/자연으로 품은 웅지/엄마 품속 전복 소라/아침 바위 잠 깨우고/흑진주 몽돌 소리'로 시작하는 김명규 시인의 시 〈내도〉였다.

내도는 해안선이 3.2킬로미터 정도로 아담하고 작은 섬이다. 거북을 닮았다 해서 '거북섬', 모자를 닮았다 해서 '모자섬'이라고도 불리며 15가구 정도 대부분이 민박을 치른다고 한다. 명품 내도 트레킹 코스는 선착장에서 좌로 약간의 경사진 산중 길을 따라 세심전망대 – 연인길 삼거리 – 신선전망대 – 희망전망대 – 선착장으로 이어지며 약 1시간 반 정도면 풍경을 벗삼아 걷기에 충분하다.

한려해상국립공원 내 자연의 섬 내도는 원시림이 살아 숨 쉬는 숲의 섬답게 동백나무가 80퍼센트를 차지한다고 한다. 트레킹 코스를 걸으며 이곳에서 주로 자란다는 나무 이름을 적어본다. 팥배나무·검노린재·산가막살나무·붓순나무·센달나무·육박나무·후박나무·머귀나무 등 처음 들어보는 생경한 나무들이 자라지만 왠지 그 이름이 정겹다. 신선전망대에서는 지금은 남의 땅(?) 멀리 대마도가 가끔 시야에 잡힌다지만 해무에 아득하고, 그 앞에는 외도가 한눈에 잡힌다. 외도는 개인이 소유한 섬이라고 한다. 배용준과 최지

바다 왈츠, 그리움 블루스

우 주연의 KBS 드라마 〈겨울연가〉의 마지막 회 장면의 배경이 되었다고 한다.

선착장 부근에서 멍게와 해삼을 안주 삼아 일행과 동동주 한잔을 걸쳤다. 가격이 비싼 게 좀 흠이지만 잔은 차야 맛나고, 안주는 조금 먹어도 배부르다.

내도 산과 바다에서 불어오는 해산풍이 가슴을 적시고 마음을 적신다. 섬도 흐르고 바다도 흐르며 마음도 흘러간다.

— 2015. 3. 29.

하하하! 하화도

4월은 꽃철이다. 꽃다운 청춘이 아닐지라도 마음의 청춘은 언제나 푸르다. 꽃이 만개하는 화사하고 청명한 봄날을 점찍어 자유의지로 어디든 갈 수 있는 자는 복 받은 자들이다. 꽃놀이 하면 주로 산을 찾지만, 오늘은 꽃도 아름답고 사람도 아름답다는 머나먼 남해의 섬 하화도下花島를 찾았다.

차창 너머로 산하는 꽃물결이 일렁이고 들판에는 꽃바람이 분다. 4월의 산하는 온통 꽃으로 채색된다. 진달래 피고 새가 울면은 그리운 님들이 찾아올 듯한 녹음방초, 만화방창 춘정의 욕구는 어찌할 수 없는 조물주의 선물이다. 함안 휴게소에 잠시 정차하여 등반대장 부부가 조식으로 건네준 하얀 밥에 미역국을 말아 먹으니 혀에 보드랍게 안기면서 씹히는 미역의 감칠맛이 꿀맛이라는 표현밖에 달리 할 말이 없다. 입안에도 봄향이 사르르 퍼진다. 산행하면서 조식으로 먹은 음식 중에는 최고의 걸작품이다. 아마 봄기운을 듬뿍 받은 등산대장 부부의 정성이 미역국에 들어간 것은 아닐까 상상해본다.

바다 왈츠, 그리움 블루스

한려수도 여수 앞바다는 언제 한 번 꼭 가보고 싶은 섬 바다였다. 〈한국의 섬〉(이재언 지음) 여수 편에서 여수 앞바다에 둥둥 떠 있는 수많은 섬의 지식을 주마간산 격으로 섭렵하고 남해에 당도하니 한려수도의 섬이 그리 낯설어 보이지는 않았다.

육지 속의 섬으로 산화한 백야도를 건너 백야도 선착장에 도착한 뒤 예정보다 10분 늦게 배에 올랐다. '승선 한정 인원 129명'이라고 적힌 카페리호는 본체보다 꽁지가 길다. 마치 가재처럼 텁텁한 모양새는 유람선이라기보다 도섬을 오가며 많은 승객과 화물, 그리고 물자를 실어나르는 혼합형 배라고 해야 어울릴 듯하다.

배의 선미가 올라가고 뱃고동이 울린다. 선미 부분에서 단체로 온 초등학교 동창처럼 보이는 사람들의 걸죽한 입담이 가관이다. 대기하고 있던 남녀 일행에게 어서 배에 빨리 올라타라고 직원이 다그치자 아침부터 이미 술 한잔 걸쳤는지 신소리를 한다.

"뭐라고? 배에 올라 타라고? 어느 배 말이고. 난 아무 배나 안 올라가는데 일편단심 한 배여. 니는 남의 배에 자주 올라타나?"

듣기에도 민망할 정도의 걸죽한 농담이 오간다.

배는 이미 한려수도로 들어섰다. 여수 앞바다에는 돌산도·금오도가 포진하고 서쪽에는 여자만을 끼고 남으로 백야도·제도·개도, 그리고 개도에서 서북으로 하화도·상화도·사도·낭도·둔병도·조발도가 연꽃 그림처럼 펼쳐져 있다.

파도를 가르며 배는 개도에 잠시 접안했다가 하화도로 뱃머리를 돌렸다. 배 밖에서 바라보니 주변은 온통 기암으로 가득한 섬 천지다. 깎아지른 바위에도 꽃은 피고 고만고만한 섬 둔덕에는 황토색

밭뙈기가 아름답게 드러난다. 꽃을 품은 봄날의 섬 기행도 색다른 묘미가 있다. 백야도에서 출발한 배는 하화도까지 20여 분 소요되었다.

하화도는 꽃섬답게 배가 접안하는 마을 입구 서쪽 해안 절벽 위로 온통 꽃밭이다. 진달래·섬모초·야생화로 뒤덮은 마을 왼편 해안 절벽 위에는 꽃 천지로 꽃다발이 걸린 듯하다. 그냥 말만 하화도가 아니다.

하화도는 여수의 아래 꽃섬으로 임진왜란 당시에 인동 장씨가 뗏목으로 가족들과 피난하던 중 동백꽃·섬모초·진달래꽃이 아름답게 피어 있는 마을에 정착하면서 꽃섬이라 불리게 되었다고 전해진다. 섬의 모양이 복을 가득 담은 복조리 같다고 하기도 하고 구두를 닮은 모양 같다고도 하지만, 배 안에서 오가면서 바라보니 복조리도 닮고 구두도 닮은 듯하다.

여수에서 남쪽으로 21킬로미터가량 떨어져 있고, 하화도에서 주로 가는 출항지는 육지와 연결되어 섬의 의미가 사라진 백야도이다. 하화도는 해안선 길이 6.4킬로미터이고 마을 앞 서북쪽 1킬로미터 시야에 선명하게 들어오는 위 꽃섬이라 불리는 형제 꽃섬 상화도가 있다. 하화도 섬 둘레를 도는 꽃섬길은 총 5.7킬로미터로 3시간 정도 소요된다. 하지만 주변 경관을 조망하며 사진 촬영하다보면 시간이 더 걸리기도 하므로 귀가 시에는 백야도로 출항하는 배편의 시간을 잘 맞춰서 섬길을 걸으면 된다. 하화도 정상은 118미터로 그 아래 선착장 부근을 중심으로 마을이 형성되어 있다.

거제 내도처럼 하화도 꽃섬길도 섬 전체를 둘러보면서 해수면보다 지대가 높은 곳에 꽃섬길이 형성되어 가는 길마다 꽃길이요, 보는 눈길마다 에매랄드빛, 옥빛보다 더 고운 빛깔이다. 청정 지역 한려수도의 바다를 눈이 시리도록 바라보며 걷는 길은 힐링의 길이요 마음 치유의 길이다.

해식애로 깎이고 깎인 기암괴석, 병풍바위, 너른 반석, 콧구멍처럼 듬성듬성 드러난 갯바위, 해안 동굴 등을 바라보며 걷다보면 시간 가는 줄 모르고 도끼 자루 썩는 줄 모를 정도로 그 섬에 안기고 싶은 섬이 바로 하화도다.

섬둘레 코스는 선착장을 출발하여 휴게정자 – 순넘밭넘 구절초공원 – 큰산전망대 – 깻넘전망대 – 큰굴삼거리 – 막산전망대 – 큰굴삼거리 – 애림민 야생화공원 – 선착장과 마을로 이어진다.

따스한 봄날 바람 없는 날에 선착장에서 마을 왼편 지대가 제법 가파른 언덕길을 따라 바다에서 바라본 꽃다발 같은 지역을 따라 올라갔다. 꽃섬길은 해안에서 융기한 지대가 높은 해안길을 따라가기 때문에 바다 조망도 좋고 일부 구간은 마치 등산하는 기분이 들기도 한다.

트레킹 초입 언덕에 바지런히 드러난 아담한 양옥집이 서 있다. 지나가면서 조그만 마당을 둘러싸고 있는 담장에 다시마를 너는 꽃보다 아름다운 중년의 아저씨와 아줌마를 잠시 만났다. 다시마를 좀 팔 수 있느냐고 물으니 팔지는 않고 먹으라며 한 웅큼 건네준다.

꽃섬길은 섬 따라 구불구불 오르막 내리막이 잘 형성되어 있다. 길 주변마다 진달래, 철 지난 동백·철쭉꽃·창꽃, 이름 모를 야생화가 피어 지루함을 느낄 겨를이 없다. 거기다가 도중에 함께한 일행

중 어느 교수가 건네준 '개도 막걸리' 한 사발에 꽃섬길은 신선의 길로 잠시 접어든다. 사방팔방 섬 바다요, 사방팔방 꽃바다가 봄날의 하화도다.

길죽한 구두 같은 섬 둘레길 휴게정자에 다다르자 멀리 자라목같이 늘어뜨린 막산전망대 방향이 어슴프레 보인다. 붉디 붉은 철쭉 너머 주황빛 슬레이트로 뒤덮인 가옥이 동화 속의 그림처럼 옹기종기 모여 있는 마을이 한눈에 내려다보이고, 그 위 왼편으로는 태양 전지판이 햇살에 반짝거린다. 마을 위쪽으로는 고만고만한 밭들이 널브러져 있고, 어디선가 개구리 울음소리, 꼬꼬댁 닭 울음소리도 들린다. 꽃 속에 파묻힌 하화도에도 닭이 있고 그 바다에는 놀래기도 있다.

섬길은 아름답다. 꽃섬길에서 본 하화도의 사람들이 닦은 밭길과 마을길도 산으로 언덕으로 구불구불 올라가며 주황빛 슬레이트 집과 조화로이 융화되어 더욱 아름답게 빛난다.

순넘밭넘 구절초공원에는 9월 9일에 줄기 아홉 마디 꽃이 피고 한방과 민간 부인병 등 약용으로 쓰인다는 구절초가 지천이다. 구절초공원에서 바다를 조망하며 '순넘밭넘'의 유래가 궁금해진다. 개도 막걸리 한잔 더 걸쳤다면 아마 숫놈밧놈이라고 읽을 뻔했을지도 모르겠다. 좌우지간 부인병에 좋다 하니 구절초가 고마운 꽃임에 틀림없다.

큰산 전망대에서 바라보니 망망대해, 더 이상 육지와 섬이 나아갈 곳이 없다. 호쾌한 한려수도의 바람을 맞으며 깻넘전망대 옆 나무 데크를 따라가니 내리막 하산 길이다. 막산전망대 사이로 섬의 목 같은 큰굴삼거리 옆에 해식단애 절경이 장관이다. 천길 낭떠러지 아래 에메랄드빛 바다를 품은 작은 만에는 해식동굴이 자리 잡고 그 위로는 기기묘묘한 병풍바위를 두른 막산전망대가 있다. 시간이 너무 지체되어 막산전망대는 오르지 못했다. 오른편 상화도가 손에 잡힐 듯한 평평한 섬길 끝에서 여가 발달된 하화도와 50미터쯤 떨어진 조그만 바위섬을 향해 셔터를 눌렀다. 매발톱 같은 형상의 바위섬은 바위기둥을 옮겨놓은 듯 수직으로 바다에 들러붙어 있다.

큰굴삼거리에서 선착장까지 해안길은 비교적 평탄하고 지척 상화도의 오밀조밀한 풍경을 감상할 수 있다. 유채꽃이 만발한 해안길 끝자락에는 이미 먼저 당도한 일행의 웃음소리가 파도에 휩쓸려 간다.

봄이 가고 파도치고 비가 오면 하화도의 꽃무리도 꽃비처럼 뚝뚝 떨어질 터이다. 오늘 하화도의 꽃섬길 여행은 비록 일회성이라 할지라도 등반대장이 언급한 '행복하려면 행복한 자 곁으로 가라'는 행복 충만한 인생길을 만드는 단초가 되기에는 충분했다.

— 2015. 4. 12.

사량도에는 없는 길이 없다

깊은 봄날이 서서히 저물어간다. 일기는 벌써 여름으로 들락거린다. 온 세상이 푸르다. 산천초목이 푸르니 마음조차 푸르고자 하나 마음의 푸름은 마음대로 되지 않는다. 사량도蛇梁島 산속은 흰 점 하나 보이지 않는 초록 바다요, 산 아래 바다는 푸른 바다로 선명히 대비된다. 맑고 청명한 5월 초하루 사량도는 초록과 푸른색, 그리고 흰색 배경 그림으로, 주황색과 청색을 입은 가옥이 덧칠하여 한 폭의 풍경화를 연출한다.

토끼 같은 밭뙈기와 계곡 사이로 개구리 소리 요란하다. 어릴 적 집 옆 논에서 밤마다 시끄럽게 울었던 '개굴개굴' 개구리 소리가 오늘 따라 추억을 반추하며 정겹게 들린다. 사량도의 개구리 소리는 산 중턱까지 들렸다.

원래 통영의 연대도와 만재도를 가려 했으나 형편이 여의치 않아 사량도로 방향을 잡았다. 섬 속의 등산이라서 님(바다)도 보고 뽕(등산)도 따는 일석이조의 효과가 섬 등산이라 여겨져 주저 않고 사량도 행 버스에 올랐다. 삼천포에서 직선으로 보이는 사량도까지는 배

바다 왈츠, 그리움 블루스

로 40여 분 소요되었다. 산은 가파르고 모질게 보였다.

배 위에서 얼추 보니 봉우리가 5개요, 골은 8개 정도로 깊게 패였다. 골이 깊으면 산도 깊은 법. 제법 큰 산이 육지에서 떨어져 나간 것 같다. 긴 섬의 왼편과 오른편 끝 높이가 비슷하고 가파르게 솟아 있다. 오늘의 종주 코스는 섬의 윗섬(상도) 북서쪽 내지 선착장에서 남동쪽 끝머리 사량면사무소까지 약 6.5킬로미터로 지리망산(일명 사량도 지리산 398미터)과 가마봉 – 출렁다리 – 옥녀봉을 거쳐 금평까지 이어지며 육지의 산에 비해 높이나 규모는 작아도 암릉미나 등산 묘미는 절대로 뒤지지 않는다.

선착장에서 해안 따라 조금 걷다가 이내 산 중턱으로 난 숲길은 초입부터 가파르다. 주변은 소나무로 빽빽이 숲을 채우고 숲 사이로 바람과 바다가 들락거린다. 흙길이다. 하지만 얼마 못 가서 이내 바위로 뒤범벅된 등산길 같지 않은 등산길이 나오고 일부는 등산길 같은 길이 나오기도 한다.

등산길 대부분이 기묘한 바위와 숲으로 뒤덮여 있어 한눈팔았다가는 낭패를 당할 수도 있다. 흙길도 가끔 보이지만 대부분 암릉바위를 타야 한다. 차근차근 걸어가면 그리 위험한 구간은 별로 없다. 지리망산 초입에서 멀리 내려다보면 일부 구간은 마치 산성길처럼 좁고 가파르다. 암릉과 바위를 가끔 타면서 오르막과 내리막이 쉴 없이 이어지고 칼날 같은 바위와 병풍바위, 시루떡을 세로로 포개어 놓은 듯한 바위, 석축 기둥 바위, 판자 바위, 자루 바위 등 그 형상도 기묘하다.

지리망산에서 옥녀봉 가는 등산길에는 전후좌우 사방으로 바다가 내려다보인다. 바다 풍경 조망은 반드시 길을 멈추고 보는 것이 안전하다. 걸으면서 풍경 조망하다가는 바위에 채이고 풍경에 걸려 넘어질 수도 있다. 사량도 능선 주변에는 또 다른 사량도가 있다. 사진을 찍으면 영락없는 해금강이다. 시루떡을 세워놓은 듯한 혹은 톱날 같은 산 속의 기묘한 산이 마치 분재처럼 솟아 있다.

길이 없는 절벽 바위에는 스테인드 사다리를 세워놓았는데 90도 각도로 아찔하다. 암릉이 많고 바위가 많은 사량도 등산길에 손은 바위와 나무, 그리고 사다리는 저절로 친구가 된다.

출렁다리 위 천길 낭떠러지 아래로 좌측은 옥빛보다 고운 대항 해수욕장이 둥글게 자리하고, 오른편으로는 멀리 아랫섬(하도)와 연결하는 연륙교 공사가 한창이다.

옥녀봉에서 바라본 사량도 앞바다 다도해 섬은 바다를 동강동강 오려냈다. 섬이 바다를 둘러싸고 바다는 섬에 갇혀 있다. 때로는 아득한 수평선도 보이지 않는다. 바다라기보다 호수에 가깝다. 바람도 별로 없고 파도도 치지 않는다. 통통배와 여객선이 바다를 가르며 파도를 일으킨다.

하산 후 사량면사무소에 거침없이 들어가 생수로 목을 축이고 일회용 커피를 마시자 오랜 시간 등산으로 타는 목마름이 사라졌다. 요즘 물도 사 먹어야 되니 면사무소에 비치된 생수는 그야말로 감로수다. 사량의 짬뽕은 해물 건데기가 면을 덮었지만 싱싱하다. 맛은 중간 정도로 친다.

사량도를 떠나 귀가하는 배를 타니 서서히 까치놀이 물들어간다. 지난번 도보 기행 때 낯익은 고성 상족암과 남해 창선대교, 그리고

바다 왈츠, 그리움 블루스

늘도, 초양도가 그림처럼 흘러가고, 멀리 사천대교 너머 하늘 꼭대
기에는 연분홍 저녁노을이 황홀하게 타들어간다.

사량도 해로에서

안개 자욱한 호수에 섬이 내려앉았다
구름이 머물다간 자리에 통통배가 파문을 일으킨다

해무가 서서히 걷히고
호수는 카멜레온 같은 바다가 된다
섬과 섬 사이로 고뇌의 섬이 있다

섬과 섬이 이어지고
바다와 바다가 이어진다

해무 가득한 사량도 가는 길
새끼 섬 수우도, 농가도 잠든 바다에

악양의 동정호를 감탄한 두보도 울고 갈
한려수도의 수려하고 환상적인
몽롱한 풍경에 넋을 잃는다

— 2015. 5. 2.

연대도 원시길을 걷다

5월은 장미의 계절이자 아카시아의 계절이다. 도심 골목길 담벼락 너머로 붉은 장미가 고개를 불쑥 내밀 때면, 산야에는 하얀 아카시아꽃이 짙은 향기를 발산하며 흐드러진다. 푸르름으로 가득한 5월의 산하에 점점이 뿌려진 장미꽃과 아카시아꽃은 적과 백으로 선명하게 대비된다. 화려하고 요염한 꽃은 대체로 향기가 별로 없고, 수수하고 단촐한 꽃은 진한 향기로 자신을 드러낸다. 연대도에 핀 양귀비도 장미처럼 고혹적이고 화려하지만 향기가 없다.

아카시아꽃의 진한 향기를 맡으며 국내 최초로 에코아일랜드에 도전하고 있는 섬, 연대도烟臺島와 만지도晚地島를 찾았다. 통영 달아 선착장에서 출발한 조그만 도선은 15분 만에 연대도 선착장에 도착했다. 선실 밖으로 나갈 수 없다는 선장의 지시에 배가 지나가는 주변 섬을 가까이서 사진을 찍지 못한 아쉬움은 있었다. 하지만 승객의 안전을 고려한 선장의 명령은 바다에서는 절대복종이니 들을 수밖에 없다.

바다 왈츠, 그리움 블루스

옛날 왜적의 침략에 대비해 산 정상(연대봉 228미터)에서 불을 피워 연기로 위급함을 알렸던 연대가 설치된 것에서 유래한 섬으로 알려진 연대도는 통영에서 남쪽으로 18킬로미터 떨어져 있으며 행정구역으로는 통영시 산양읍에 속하고 총면적 1.4킬로미터 80여 명의 주민이 살고 있다. 전 세대가 태양열 에너지를 사용하고 있으며, 주민이 직접 참여하여 친환경적인 지겟길, 다랭이 꽃밭을 조성하고 집 대문에 걸린 명패는 스토리텔링으로 기재하여 자연과 사람이 하나 되어 사는 명품 섬으로 비쳐진다.

　　선착장 주변에는 자연산 미역이 마치 옷을 넌 것처럼 빨랫줄에 길다랗게 널려 장관을 이룬다. 독특한 미역 내음이 감미롭다. 에코 아일랜드체험센터는 각종 태양열 기구들이 전시되어 있다. 해풍에 이리저리 주홍빛 치마처럼 하늘거리는 양귀비 군락이 요염한 자태로 마음을 끌어당긴다. 그 위쪽은 해송이 군락을 이루고, 아래쪽에는 에메랄드빛 바다가 곱게 펼쳐진다.

　　에코아일랜드체험센터에서 왔던 길을 100미터쯤 되돌아 나오면 섬 왼편에서 오른편으로 한 바퀴를 도는 둘레길인 '지겟길'이 나온다. 섬 한 바퀴를 도는 지겟길은 2.7킬로미터로 한 사람이 지나갈 정도의 작은 길이지만 마치 오솔길처럼 정다운 길이다. 길은 섬 산으로 올라간다. 인공적인 길이 아니라 자연을 해치지 않으면서 최소한 사람이 다닐 정도의 길이 오히려 더 운치가 있다.

　　길 주변에는 덤불과 섬에서 자라는 꽃과 관목이 무성하여 오르막길 내내 발걸음이 가볍다. 시야는 멀리 바다를 가끔 바라보지만 무성한 해송 숲과 넝쿨로 잘 보이지 않는다. 해송 사이로 드러난 바다는 파편처럼 조각조각 이어지고 바다 건너 학림도가 숨을 때면 조그만 전망대가 나타난다. 하늘과 바다가 하나 되는 전망대 앞에는 멋드러진 기암절벽 바위가 병풍처럼 펼쳐놓은 오곡도가 손에 잡힐 듯 손짓을 한다.

　적당한 오르막과 내리막이 구비구비 흐르는 지겟길은 등산 초입 일부 구간에 흙 위에 짚으로 엮은 것을 길 위에 얹어놓았고 대부분 자연 그대로 흙길이다. 섬 사람들의 자연친화적인 삶의 모습을 길에서도 엿볼 수 있다. 섬 사람들의 섬 사랑은 길가에 놓은 표찰에도 잘 드러난다.

　'제발 식물 채취하지 마셔요.'

　안내 표찰은 조그맣고 앙증스럽지만 섬의 자연을 보호해달라는 무언의 압력이 뇌리에 깊게 박힌다. 광나무, 생강나무 등 크고 작은 나무가 숲을 이루는데 대부분은 바닷가에서 자라는 상록 교목 곰솔(해송)이 섬 전체를 아우른다. 한마디로 해송 단지다. 지겟길은 해송과 해송 사이로 자연스럽게 나그네 길을 만들어준다. 오직 지나간 사람만이 만끽하는 추억의 길이 된다.

　바다와 소나무, 그리고 하늘이 친구가 되어 흘러가는 연대도 지겟길에서는 말이 필요 없다. 지겟길에서 따로 또 같이 걷더라도 자연과 교감하며 자연스럽게 걷는 것이 최상의 걷기다. 그냥 앞만 보고 걸을 수 없는 길이 연대도 지겟길이다. 비록 짧은 코스지만 섬 산길, 섬 둘레길, 섬 해안 길 등 섬이 품은 길을 제대로 만끽하려면 시간이 부족할 정도로 아름다운 지겟길이다. 마음이 급하면 지게를 지고 걸으면 섬의 참모습을 보게 된다.

섬 둘레길을 여러 곳 다녀봤지만, 연대도 둘레길만큼 사람 손이 덜 탄 섬길도 드문 것 같다. 해송으로 가득한 원시길 주변에는 이름 모를 많은 식물이 나그네를 끌어당겨 시간을 머무르게 한다. 연대도 남서쪽 지겟길, 오곡도를 바라보는 전망대에서 해송 단지와 각종 식물이 군집한 해안 내리막길 주변은 한마디로 천연 수목원이다.

북바위전망대에 서면 내부 지도가 선명하게 보이고 그 너머로 연화도·우도·욕지도가 어렴풋하다. 바다에서 보면 삼각형 모양의 연대도 봉우리와 그 아래 해안가에 마을이 운집하고 있는 연대도 옹달샘에 샘물이 제법 졸졸 흐른다. 연대도 지겟길 끄트머리 대나무 터널을 지나면 소나무를 머리에 두른 기암바위 2개가 타원형 몽돌해수욕장을 감싸고 병풍처럼 서 있다. 옥빛 바다에 기암바위는 가히 절경이다. 지겟길 아래 마을 입구에는 에코아일랜드 섬답게 태양전지판이 눈부시게 번쩍거린다. 섬 끝 산정에는 아름드리 굽어진 해송이 천년의 세월을 부대끼며 바다를 굽어본다.

연대도 오른쪽 끝머리 산정에서 앞을 보니 연대도와 만재도를 연결하는 주황빛에 초록 줄로 연결된 현수교 출렁다리(2014년 12월 17일 완공, 2015년 1월 22일 개통, 길이 98.1미터, 높이 2미터)가 놓여 있고, 마치 2개의 섬을 엮은 듯한 만지도가 꿈틀거린다. 바다 오른쪽으로는 멀리 학림도와 저도, 송도가 시야에 잡히고 왼쪽으로는 한려수도의 섬이 아련하게 점점이 박혀 있다. 지도상으로 납도·막도·봉도·적도·소봉도가 펼쳐진다.

출렁다리 입구에서 지나가는 이에게 사진 한 컷을 부탁하자 한

컷이 아니라 대여섯 컷을 연속 촬영해준다. 한두 컷만 부탁하자 많이 찍어서 좋은 것만 선택하라며 웃음을 날린다. 일행인 듯한 옆 아주머니가 한술 더 떠 같이 찍자며 너스레를 떤다. 풍경 좋은 출렁다리 앞에서 넉살을 떨어보는 여유가 넉넉하다.

만지도는 연대도 서쪽 가까이에 있으며 인근의 섬에 비해 비교적 늦게 사람이 입주한 섬이라는 데서 유래한다. 섬의 형상이 마치 지네와 같이 생겼다 하여 만지도라 부르게 되었다는 설도 있다.

연대와 만지도를 연결하는 출렁다리는 흔들거리며 온몸으로 해풍과 옥빛 바다를 삼킨다. 출렁다리를 지나면 에메랄드빛 바닷가에 마치 누군가 그린 듯 사랑의 하트 돌무지가 그림처럼 놓여 있고, 밀물과 썰물에 하트가 나타났다 사라졌다 한다. 출렁다리에서 만지도 마을까지는 해안 따라 나무 데크가 놓여 있어 해상 산책로처럼 아늑하고 포근하다. 시간적 제약으로 만지도 산 중턱에서 섬 둘레길 걸음을 멈추고 다시 연대도 선착장으로 돌아왔다.

풍경이 길을 막고, 길은 풍경을 막는다. 풍경이 길을 멈추고 삭막한 마음을 어루만진다. 그 길은 인공적인 길이 아니라 원시림 길이다. 연대도 지겟길에서 어릴 적 시골 고향 산길을 반추해본다. 나무하러 다니던 그 지겟길 말이다. 그대 마음이 허허롭거나 원시적인 그대 본모습을 찾으려면 조용히 연대도, 만지도 지겟길을 한번 다녀오게나.

—2015. 5. 10.

　　　　　　　　　　　　　바다 왈츠, 그리움 블루스

감포 송대말 등대 주변의 파도

병신년 한 해가 서서히 저물어간다. 경주에서 감포 가는 길은 덕동 댐 시부걸 황용을 지나간다. 마치 용의 꼬리처럼 산과 산 사이로 구불구불 이어진다. 길 옆으로 상수원보호구역 냇가에는 맑은 물이 사시사철 흘러간다.

시부걸 앞산 위로 쭈뼛쭈뼛한 나무가 일렬횡대로 신라의 호위병처럼 서 있고, 겨울 햇살이 실타레처럼 엷게 퍼진다. 추령터널을 지나면 화랑, 수력원자력 본사 앞을 지나면 어일에서 문무대왕릉이 있는 대본과 감포 가는 길이 갈라진다. 지명에서 보듯 천년의 세월이 흘러도 신라의 미소는 곳곳에 베어 있다. 어일 간이정류소에서 잠깐 정차한 버스는 해안 마을 전촌을 지나 감포로 씽씽 달린다. 언제와도 포근하고 정다운 감포다.

경주를 지나면 주변에 골굴사·불국사 등 유명한 사찰과 불교문화 유적이 많은 것은 삼척동자도 아는 사실이다. 불교문화가 가득했던 신라의 길 위를 지나가면서 세월의 더께 속에 문득 인연이란 두 글자에 방점을 찍어본다. 인연과 악연은 한글 배열 순서만큼 가깝고 호연과 인연은 한글 배열 순서만큼 멀다. 불가에서는 옷깃만 스쳐도 인연이라지만, 그 인연을 악연이 아닌 호연으로 지속적으로 유지하기란 참으로 어렵다.

감포 버스정류장에 내리니 수년 전이나 지금이나 별반 달라진 게 없는 모습이다. 선창 주변에는 횟집들이 여전히 늘어서 있고 송대말 등대로 가는 길 주변에는 다방과 빵집, 분식집이 그래도 신식 바람을 덜 타서인지 오히려 정겹다. 학꽁치 낚싯바늘을 사려고 예전에 들렀던 조그만 낚시점을 찾았으나 가게 흔적이 없다. 주변 할머니에게 물어보니 2년 전에 타계했다면서 씁쓰레한 표정을 짓는다. 2년 전 가끔 낚시점에 들러서 낚싯바늘과 새우 미끼를 사면 낚시 상황 등을 자세히 알려주던 정다운 할아버지도 이제는 저세상에서 편히 지내고 계시리라.

송대말 등대 주변은 멀리서 바라보면 참으로 이국적이다. 하얀 포말에 등대 두서넛, 송림으로 가득찬 언덕에 하얀 등대는 감포의 상징이다. 파도가 높은 날에 포구에는 추위에도 아랑곳하지 않고 낚싯꾼들이 줄지어 한자리 차지하고 부지런히 어신을 탐색한다. 조무래기 전갱이가 가끔 올라오지만, 그 사이에 학꽁치 한두 마리도 올라온다. 오늘같이 파도가 높고 바람 부는 낮에는 바다 구경이나 하고 세월을 낚는 것이 더 좋다.

송대말 등대는 활처럼 휘어진 포구 너머 감포의 상징처럼 높은 언덕에 우뚝 솟아 있고, 등대 입구에 다다르면 일망무제 광활한 바다가 한눈에 조망된다. 송대말 등대 앞바다에 오늘 바람이 거세고 파도 소리가 뇌성벽력처럼 울린다. 파도야, 어쩌란 말이냐? 송대말 등대 앞바다에는 거대한 눈사태가 일어났다. 집채만 한 파도는 너울성 파도라는 위장막을 두르고 해안 가까이서 포효했다. 멀리 너른 바다는 잠잠한데 눈앞의 바다는 거대한 물마루가 치솟더니 산산이 부서지기를 반복한다 물마루 사이로 에너지는 더욱 응집되어 큰 각을 만들고 갯바위를 넘어 하얀 실타래처럼 사방으로 풀어진다.

파도는 파도를 낳고

파도는 눈부신 햇살을 빨아들이며

파도는 비행 갈매기의 축복 속에

파도는 갯바위의 호위 속에

장렬히 산화한다

파도는 일어서고

파도는 스러진다

스러진 파도는 연쇄 파도를 일으키고 뒤엉켜

거대한 막을 형성하고 띠를 이루며

거침없이 포효한다

크고 작은 갯바위를 넘나들며 분수를 일으키고 기묘한 갯바위 바짓가랑이로 낙화하며 하얀 물결이 된다. 너울성 파도의 웅장함과 담대함은 신의 경지에 이르러 인간은 감히 접근하지 못하고 그저 신의 한수에 감탄사를 연발한다. 송대말 등대 앞바다에 고래등만 한 너울성 파도가 일어섰다. 곧추세운 파도의 파도는 파도의 파도를 낳고 파도의 자식은 물마루 사이로 물보라를 일으키고 갯바위 너머로 눈보라를 일으킨다.

지구의 이변은 사하라사막에만 있으란 법은 없다. 엊그제 뜨거운 사하라사막에는 37년 만에 하얀 눈이 내렸다고 각종 원색의 사진이 인터넷을 강타했다. 송대말 등대 앞바다에는 인터넷에 실리지 않은 파도의 눈사태가 일어났다. 평소에 보기 어려운 너울성 파도의 눈사태이니 이변이다.

병신년 크리스마스 전날에 송대말 등대 앞바다의 기묘한 갯바위와 해안 사이에 고래등 파도는 수만의 입자로 부서져 눈보라를 일으킨다. 너울성 파도는 포말을 일으키고 포말은 가루처럼 부서지면서 하얀 거품을 내뿜는다. 송대말 등대 앞바다는 가끔, 아주 가끔 자정하며 분노한다. 신의 이름으로 갯바위와 뒹굴며 거대한 파도를 일으키고 포말로 하얀 눈사태 같은 조각품을 연출한다.

파도가 심하게 치는 날에는 바다로 가보시라. 그렇다고 아무 바다나 가지 말고 바다 같은 바다, 제대로 조망되는, 이왕이면 전망 좋은 하얀 등대가 서 있는 바다에 가보시라. 파도치는 날에는, 파고 3~4미터 이상 예고 시에는 송대말 등대 앞바다, 겨울 바다를 가보시라. 우레와 같은 파도의 합창에 눈은 맑아지고 귀가 얼얼해진다. 눈과 귀는 오직 바다로 향하면 세상의 모든 터럭과 잡념은 바닷속으로 빨려들 것이다. 저 바다의 웅장한 오케스트라에 귀를 기울여 보시라.

파도의 포효를 제대로 보려면 수평선에서 45도 이상 되는 지대 높은 곳이 좋다. 송대말 등대 전망대는 바다의 교향시를 제대로 음

바다 왈츠, 그리움 블루스

미할 수 있는 동해 최고의 명당이다. 포효하는 바다도 지대가 낮은 곳에서 바라보면 때로 밋밋한 바다가 된다. 위로 쳐다보는 바다는 제대로 보이지 않는다. 사람 사이나 바다는 위로만 쳐다보지 말고 안분지족하면서 아래로 내려다봐야 자신의 참모습을 돌아볼 수 있다. 파도는 사람을 가리지 않고 거침이 없다.

— 2016. 12. 25.

첩첩섬중, 신선의 거처 선유도

신선이 논다는 선유도仙遊島는 정말 신선이 놀아도 될 만큼 주변 풍경이 빼어났다. 하늘에서 가장 가까운 선유봉 정상에서 사방을 바라보면 선유도 일대 풍경이 70퍼센트 정도로 잡히면서 산과 바다는 파노라마처럼 흘러간다.

선유봉 앞에 서면 선유해수욕장의 고운 백사장이 한눈에 들어온다. 오른편 기암바위 너머로 횡경도·방축도·말도 등 사방에서 호위하는 섬들이 병풍처럼 펼쳐진다. 선유대교는 저도의 콰이강다리처럼 무녀도와 이어지고, 선유도를 지나 장자대교를 건너면 병풍(사자)바위 아래 그림 같은 장자마을이 길을 가로막는다.

사납지도 요란스럽지도 않은 선유도 주변은 바다라기보다 호수에 가까울 정도로 잔잔하다. 육지와 이어진 탓인지 섬 아닌 섬으로 새만금간척지대에서 국토 서해를 확장시켜주고 있다. 무녀도에서 선유도 일부 도로 구간은 공사 중이라 다소 어지럽다. 올 연말에 개통되면 무녀도에 발을 담그지 않고 곧장 선유도로 갈 수 있다지만 무녀도의 해안길 따라 걷다가 다시 산중 오솔길 등산도 나름대로 묘

바다 왈츠, 그리움 블루스

미가 있다. 선유도 일대는 어느 길을 다녀도 최종 출구는 무녀도로 가는 한 길이므로 신선처럼 시간을 잊고 풍광을 즐기며 유유자적 트레킹하기 좋은 곳이다.

서해안 쪽 섬나라는 처음이다. 대구에서는 먼 거리라 일찌감치 그림의 섬으로 격렬비열도나 고군산열도의 선유도는 동경의 섬으로 가슴에 품어왔고 언젠가 한 번은 가리라 늘 생각했던 지역이다. 다행히 최근 동서남북 사방팔방 고속도로가 지그재그로 연결되어 대구에서 서해안으로 접근성이 많이 높아졌다.

호남의 곡창 김제 호남평야를 지나 군산 방면으로 들어서니 끝없는 지평선에 국토가 결코 좁지 않음을 느끼며 다소 지루하기까지 했다. 대간척사업으로 국토의 지도를 바꾼 새만금간척지대 길로 들어서니 도로 좌우로 바다가 이등분된다. 어디가 서해이고 내륙 쪽 방향인지 헷갈릴 정도로 수평선은 끝이 없다. 지평선과 수평선이 접목하여 풍요의 고장을 일구는 새만금지역은 자연과 인간이 만들어낸 국토의 보고다.

무녀도에서 선유도까지는 도보로 1시간 정도 소요되고, 장자도는 선유도에서 지척이다. 신선이 소리 없이 논다는 선유도로 들어가려면 1시간 정도 무녀도를 탐색하고 걷는 것은 일종의 워밍업으로 여행의 몸풀기에 해당한다. 선유도의 관문은 무녀도라 무녀에 호기심이 들어 무녀도를 검색해봤다.

섬의 주산인 무녀봉 앞에 장구 모양의 장구섬과 그 옆에 술잔 모양의 섬이 있어 마치 무당이 굿을 할 때 너울너울 춤을 추는 모습과 같다

하여 무녀도라 불렀다. 또한 무녀도의 본래 명칭은 '서드이'인데, 그 뜻은 열심히 서둘러 일해야 살 수 있다는 뜻에서 '서드니'라 한다.'

— 〈한국민족문화대백과사전〉

선유도는 본래 군산도로 불렸다. 군산도가 선유도(고군산군도)로 바뀐 이유는 조선 초 왜구의 침략이 극에 달했던 시절 조선 태조가 왜구를 방어하고자 수군 부대를 서해안의 전략 요충지인 군산도(선유도)에 설치함에서 유래한다. 이후 왜구가 선유도를 우회하여 내륙을 공격하는 사례가 빈발하자 세종 때에는 아예 군산도의 수군 부대를 금강 입구인 진포(현 군산시)로 옮김으로써 현 군산시 지명이 군산으로 정해졌고 본래 군산도는 옛 군산이라 칭하게 되었다. 선유도라는 이름은 섬의 경치가 너무 아름다워 신선이 놀았다고 하여 불렸다.

— 군산시 문화관광

장자도의 서쪽 바닷가에는 마을 수호신 같은 사자바위가 우뚝 솟아 있다. 60년 전만 해도 고군산군도에서 가장 풍요로운 섬으로 꼽혔다. 태풍의 천연적인 대피항으로 예전에는 밤에도 고기잡이 배들이 넘쳐났다. 장자어화로 유명한 장자도가 이제는 그 명성을 신선이 다시 내려와 인간들과 논다는 선유도에 자리를 내줬다지만 장자도 역시 바다에 떠 있는 한 점의 그림이다.

무녀도에서는 셔틀버스가 운행되고 자전거도 대여(유료)해준다. 일부 구간은 공사 중인 비포장길이어서 먼지가 풀풀 날리지만 조금 여유를 가진다면 해안 따라 갯벌과 바다를 구경하는 것도 좋다.

바다 왈츠, 그리움 블루스

선유도를 제대로 보려면 선유팔경을 모두 보아야 한다지만 그것은 도끼 자루 썩는 줄 모르는 여유를 가져야 가능한 일이다. 시간이 없으니 주마간산격이지만 선유도를 둘러본 것으로 여겨도 크게 무리는 없을 듯하다. 선유팔경은 선유낙조·명사십리·평사낙안·망주폭포·삼도귀범·장자어화·월영단풍·무산12봉을 일컫는다.

　선유봉 정상에서 선유도 해수욕장 반대편을 바라보면 앞바다에 둥둥 떠 있는 섬 장계터가 힌눈에 조망된다. 임진왜란 때 이순신 장군이 울둘목전투 명량해전을 승리로 이끈 직후 12일간 선유도에 머무르며(1597년 9월 21일~10월 3일) 승전 장계를 올리고 아들 면이 왜적과 싸우다 목숨을 잃었다는 아산 본가의 처참한 소식도 들었던 역사의 현장 장계터. 부안 위도를 거쳐 선유도에 닻을 내리고 잠시 머물며 지친 심신을 달랬던 곳이라 한다. 이순신의 충정이 하늘에 닿아 신선이 잠시 자신의 휴양소를 대여해준 것은 아닐까?

　선유도의 길은 미로처럼 얽혀 있지만 시발점과 종점이 따로 없다. 가는 길 주변마다 빼어난 풍경을 자랑하고 뽐내니 신선도 특별한 길을 별도로 두지 않고 가는 길이 꽃자리다. 마치 신선이 선유도에 들어온 길손에게 어떤 묵시록을 예시하는 듯하다.

　　앉은 자리가 꽃자리니라

　　네가 시방 가시방석처럼 여기는

　　너의 앉은 그 자리가

　　바로 꽃자리니라

　　　　　　　　　　　　　　　　　　— 구상, 〈꽃자리〉 부분

선유도에서 장자도로 넘어가는 다리 위에는 낚시꾼도 있다. 어제 군산에서 와서 하루 머물렀다는 어떤 아저씨가 장자대교 중간에서 30미터 아래로 지렁이 미끼로 낚시를 놓아 꽤 큼지막한 쥐놀래기·도다리 등을 잡아 시선을 끌었다. 표정을 보니 고기는 안중에 없는 듯하다. 던지면 올라오니 세월 낚기보다 더 쉬운 신선놀음이 따로 없다.

선유도 해수욕장 백사장은 단단해서 발이 빠지지 않고, 모래 주름이 밭이랑처럼 선명하다. 비단같이 결이 고운 입자 사이로 잔잔한 파도 주름이 밀려왔다 밀려간다. 갯벌과 갯벌 사이에 섬이 있고 섬과 섬 사이에 갯벌이 있다. 갯벌 너머로 주황색 집들이 듬성듬성 놓인 아늑한 섬마을이 손에 잡힐 듯하고 갯벌은 고요하다.

섬첩첩 섬중의 섬 고군산열도에 포진한 선유도에서 잠시 신선놀음해보는 것도 좋을 듯하다. 선유도에서는 신선도 그대의 마음을 훔쳐보고 있으니 선유도에서만큼은 몸과 마음을 신선에게 풀어놓고 곡절 많은 인생길 티내면서 주름잡지 말자. 어차피 인생은 자기중심으로 사는 신선놀음이다.

— 2017. 5. 1.

바다 왈츠, 그리움 블루스

학림도, 학처럼 고고하게

우연히 학림도鶴林島라는 섬 얘기를 듣고 어디에 놓여 있는지 검색해보았다. 통영 남쪽 한려수도에 떠 있는 섬으로 송도·저도·연대도·만지도와 오누이처럼 다닥다닥 붙어 있다. 지난번 지겟길로 유명한 연대도 섬길 여행의 추억이 반추되어 달아항에서 위 섬 중 제일 먼저 도착하는 학림도를 마음에 담았다.

무엇보다 달아항에서 배편으로 10분 거리에 있어 변화무쌍한 바다 날씨도 별로 장애가 되지 않을 듯했다. 또한 무더위로 푹푹 찌는 대구를 탈출하는 것도 나쁘지 않았다. 이왕이면 가벼운 낚시로 손맛을 볼 수도 있어 학림도를 찾기로 했다. '통영' 하면 충무김밥, 꿀빵, 이순신 장군 유적지, 동피랑 벽화, 서호시장, 유치환, 박경리 등 애국·예술·먹거리의 이미지가 금방 떠오르면서 한려수도의 중심지답게 묘한 매력을 끄는 도시다.

통영종합터미널에서 달아항으로 가는 시내버스가 자주 있어 교통은 편리하다. 그러나 지겟길과 출렁다리로 유명한 연대도와 만지도·학림도 등을 드나드는 배편은 그리 많지 않아 미리 시간표를 알아보고 가는 것이 좋을 듯하다.

통영종합터미널에서 산양읍을 지나 욕지도로 가는 삼덕항을 거쳐 달아항까지는 시내버스로 1시간 소요된다. 달아항 선착장 주변에는 단체 섬 나들이객이 많다. 낚시꾼이나 섬 주민 외에 열에 반올림 열은 목적지가 연대도, 만지도라 해도 과언이 아니다. 나 또한 단체 나들이객으로 작년에 연대도를 다녀온 터라 그 그림 같은 추억의 풍경은 두 번이면 깨질 것 같아 한 번으로 족하다고 여기고 있었다. 대합실에서 만난 진주에서 왔다는 분들 역시 연대도행이다. 학림도에 내릴 때도 선원이 연대도 가지 않느냐며 묻는다.

11시 입항과 14시 30분 출항 배표를 끊었는데 편도 10분 거리라 배 타고 이리저리 두리번거리다 보면 이내 당도하지만, 눈으로 담는 한려수도의 풍경은 10분으로도 족하다. 섬인지 육지인지 섬과 섬 사이에 바다는 좁고 바다와 바다 사이에 조그만 섬이 수를 놓으니 바다라기보다 섬바다라는 표현이 알맞을 듯하다.

학림도는 섬의 형세가 새의 모양을 닮았다 하여 새섬 조도라 불리다가 소나무를 많이 식재하여 소나무숲에 학이 많이 서식하니 학림도로 개칭하였다. 지형상으로 북동쪽에서 남서쪽으로 길게 뻗어있으며 돔·우럭·뽈락 등 가두리양식이 활발하다.

― 학림정보화마을

학림도 선착장 주변으로 진료소와 산양학교 분교 마을에서 운영하는 팬션이 아담하게 자리하고 있다. 외지 관광객이 적어서인지 한

산하고 어촌 마을이 깨끗했다. 바닷가 해안공원을 따라 굽은 길을 따라가면 기묘한 갯바위가 나그네를 반긴다. 기암 사이로 패인 해수탕 같은 웅덩이에는 에메랄드빛 바다의 잔파도에 기암의 그림자가 일렁인다. 웅덩이 가에서 놀던 문어 한 마리가 인기척에 놀라 머리를 감싸고 쏜살같이 물속으로 사라진다. 전망대가 보이는 자리에서 가벼운 채비로 낚싯대를 드리운다. 갯바위에는 따개비와 거북손이 다닥다닥 붙어 있고 새끼 게들이 활보하고 있다.

전망 데크로 오르니 바닷바람이 가슴을 적시고 마음은 바다로 풍덩 빠진다. 구멍 숭숭 뚫린 갯바위 주변으로 파도가 쉼 없이 들락거린다. 멀리 거제도·비진도 등이 손에 잡힐 듯하다. 낚시가 목적이 아니지만 한 마리는 낚아야겠다고 마음먹는다. 멀리 섬들의 풍경이 가경이다. 주상절리 같은 해식애 기둥 아래 사구가 드러나고 해식단애 위로 조무라기 밭이 한 폭의 그림이다. 물고기는 새우 미끼만 따 먹고 얼굴을 보여주지 않는다. 섬의 시간은 한정되어 마음만 급해진다. 손맛이나 한번 보자며 뚫어지게 쳐다보는데 운 좋게 복어 한 마리가 낚였다. 사진 한 컷 후 바늘을 빼려 하자 왼손 엄지손가락을 물었다.

"그놈 참 성질 되게 급하네…."

하얗고 보드라운 배를 하늘로 두고 바늘을 빼자 경사진 갯바위를 대굴대굴 구르더니 바다로 풍덩 떨어진다.

마을과 반대 방향으로 해안길을 쭉 가다보면 구멍 뚫린 기묘한 갯바위가 즐비하다. 새들의 낙원답게 인적 없는 갯바위에는 새소리와 날갯짓 소리와 파도 소리만이 들릴 뿐 마치 무인도 같다.

바지락체험장 갯벌을 지나면 해안 갯바위 사이로 움푹 패인 웅덩이가 듬성듬성 드러난다. 덜 진화한 섬 안에서 탐사꾼처럼 관찰하는 묘미도 있다. 학림도는 길죽하다. 마치 새의 가늘고 긴 다리 같은 해안길이 드러난다. 연대도 지겟길처럼 섬을 두르는 오솔길이 없어 아쉽다. 그것이 섬을 자연 그대로 있게 하는지 모르지만 오솔길 정도는 있어야 섬 전체를 즐길 수 있지 않을까 싶다. 출항 배편을 기다리는데 마을 노인은 섬 둘레길을 열도록 건의를 했다고 전한다. 그전에 주민들끼리 미리 준비하기로 했는데 아마 몇 년 뒤에는 연대도 이상으로 학림도가 알려질 거라며 예의 섬자랑이다.

섬에 머무른 시간은 3시간 30분. 길 위에서 만난 것은 마을 어르신 몇 분과 길고양이 한 마리. 사람이 그리운 걸까, 할머니가 나그네더러 배 들어올 때까지 쉬어 가란다. 올해는 옥수수 등 밭작물이 시원찮다며 가뭄보다 산짐승 탓을 한다. 이 조그만 섬에도 산돼지, 고라니 들이 손바닥만 한 밭을 기웃거린다니 섬 노인의 한숨이 클 법도 하다. 학림도 풍경은 한마디로 조용하고 깨끗하며 마을 뒤편 해안의 기묘한 갯바위 군단이 볼 만하다. 아쉬운 점은 힐링할 수 있는 산중 오솔길이 없다는 것. 체험 유료 양식장이 있어 여유가 있으면 이용해볼 만하다. 시간이 없어 보지 못한 섬 오른편 끝과 딱섬 풍경, 그리고 속 깊은 학림도의 잔영은 후일로 남겨둔다.

학처럼 고고하게 자라가는 학림도가 되기를 기원하며 멀어지는 섬을 향해 두 손을 흔들었다. 학림도여, 안녕!

—2017. 7. 24.

바다 왈츠, 그리움 블루스

용초도, 한려수도의 숨겨진 보물섬

한려수도의 시발 섬 한산도 아래에 마치 초식 공룡이 걷는 듯한 형상의 용초도龍草島가 있다. 용과 호랑이가 서로 싸우는 모양과 같다 하여 붙여진 이름이라고 한다.

한려수도에 촘촘히 박힌 섬 안의 섬 용초도에 가려고 통영에서 하루 머물렀다. 긴 연휴지만 쏟아지는 차량의 홍수 속에 고속도로는 만원이다. 평소 대구에서 통영까지 2시간 소요되는데 가다 서다를 반복하고 정체되니 3시간 40분 걸렸다.

한국의 나폴리라는 통영에서 아침 일찍 배를 타기 위해 서호시장 앞에 있는 여객선터미널 부근에서 하루 숙박할 곳을 찾았다. 길을 나서면 대개 당일 귀가하는데 섬 여행이라 하루 머물러야 하기 때문에 먹는 것보다 자는 것이 먼저 신경 쓰였다.

여객선터미널 부근은 예상대로 숙박료가 비싸 서호시장에서 중앙시장까지 가격을 알아보고자 몇 군데 여관을 들락거렸다. 가격이 비슷하지만 한 군데 상대적으로 저렴한 곳에 여장을 풀고 중앙시장 쪽으로 통영의 맛을 찾아 나섰다. 한끼가 뭔 대수랴만은 같은 값이면 다홍치마라고 중앙시장을 돌아다녀봐도 마땅한 것을 찾지 못해 결국 통영김밥으로 저녁을 해결했다. 속에 밥만 들어 밋밋하지만 반찬이 일품이다. 무와 어묵 무침, 그리고 싱싱한 오징어 무침이 통영김밥의 진수다.

중앙어시장 옆 문화마당에는 밤이 깊어감에도 주변 상가에서 흘러나오는 불빛과 거리 연주를 보려는 시민과 관광객이 어우러져 밤이 알록달록 휘황찬란하다. 좁은 공간에서 문화공연과 먹거리타운이 어우러져 불야성을 이루는 곳은 드물게 본다. 꿀빵, 충무김밥, 어시장, 그리고 어시장 옆 동피랑, 바닷가 거북선 모형이 오밀조밀하게 문화광장…. 조금만 더 정비한다면 그야말로 한국의 나폴리로 손색이 없을 것 같다.

아침 7시 배편을 이용하려고 40분 전에 나갔으나 여객선터미널은 벌써부터 붐빈다. 부속 도서가 많다보니 배 운항이 마치 버스 다니듯 자연스럽다. 한산도·제승당·비진도·소매물도·연화도·욕지도·두미도·죽도·용초도·추도 등을 나서는 배가 비슷한 시간대에 뱃고동을 울리며 미끄러지듯 포구를 출발한다.

하늘은 잿빛구름으로 가득하고 갈매기들이 배를 따라온다. 해상일기예보로는 파고 1~3미터라지만 아침 바다는 잔잔하다. 설령 파도가 높다 하더라도 섬으로 둘러쌓인 바다여서 운항에 큰 방해가 되지 않음은 출항 얼마 되지 않아 감지한다.

배 위에서 바라보는 통영 한려수도 초입은 장관이다. 전후좌우로 제일 큰 한산도를 중심으로 섬들이 점점이 박혀 있다. 섬 너머 섬이 있고 섬 위에 섬이 있다. 섬 너머 섬산이 있고 섬산 너머 또 다른 섬

산이 있다. 섬과 섬 사이에 고독이 있다지만 한려수도 섬 사이에는 신의 축복이 있다. 섬은 하나같이 숲을 이고 해식애 단구로 하얀 이빨을 드러내며 거품을 문다. 배 위에서 통영 출항 때나 입항 때 왕복 2시간 동안 심신은 섬과 바다 풍경에 푹 빠진다. 선실 내에서 있기란 한려수도에 대한 예의가 아니다. 용초도에 도착하니 선박 직원이 빨리 내리라며 다그친다.

용초도 선창 입구에 용초마을이 한눈에 들어온다. 어디로 가야 하나, 어디로…. 지도를 펼쳐 보니 남북이 헷갈린다. 길 가는 마을 할매한테 물어보자 포로수용소 방면을 곧장 알려준다. 포로수용소 이정표가 용초마을에서 200미터 해안길에 있다. 여기서부터는 곧장 시멘트 포장 오르막길이다. 야트막한 산 중턱으로 오르는 길이다. 마을 뒤편 길은 고개 넘어 해안 용머리와 황금바위 입구까지 이어진다. 시멘트길이라 좀 아쉽지만 인적이 없고 소나무가 우거져 힐링공간이 된다. 인적 없는 길에 거미줄이 잠시 훼방꾼이 되지만 개의치 않는다. 조그만 섬에 드문드문 묘지가 도드라져 보인다.

용초도 마을은 교회와 주황색 가옥이 어우러진 섬 속의 그림이다. 마을 뒤편 해안가 황금바위가 주단을 깔았다. 너른 황금 반석이 즐비해서 조심해서 걸으면 걷기에 어려움이 없다. 숲속에는 새들의 지저귐과 멀리 건너편 섬에서 들리는 개 짖는 소리, 길 주변 나무 사이로 쉼없이 드나드는 바람 소리가 그득하다. 길옆 밭에는 수확하지 않은 보랏빛 고구마가 살아 숨쉰다.

2시간 동안 갯바위 낚시로 잠시 세월을 낚고 덤으로 손맛을 얻는다. 매가리 한 마리가 맥없이 얼떨결에 낚여 올라오고 감성어 새끼

한 마리, 복어 서너 마리 올라오고 다른 바닷고기는 얼굴도 안 보여 준다. 파도 소리, 바람 소리가 어울리는 황금 갯바위 너머로 소나무 몇 그루가 고고한 자태를 뽐낸다. 용초도에 가면 너른 반석이 넓다랗게 펼쳐져 신선놀음 장소로는 최고다.

용초마을에서 용머리, 황금바위까지는 왕복 40분 소요되니 산보로도 안성맞춤이다. 용초마을로 다시 내려와 해안길을 걸었다. 용초마을에서 호두마을까지 40분 소요되는데, 왼편이 섬으로 둘러쳐져 있고 호수 같은 바다를 끼고 도는 해안길이다.

용초도는 용초마을과 호두마을로 나뉜다. 호두마을 입구는 마치 자라목처럼 길다. 공용 화장실 뒤편은 해안과 맞닿은 절벽이 해식단애로 융기되어 가경이다. 주황과 빨강 집들의 마을에 하얀 호두진료소가 이국적인 풍경을 연출한다. 호두마을 방파제에는 부모와 자녀로 보이는 한 가족이 고등어를 부지런히 낚아 올린다. 13시 통영으로 돌아가는 배가 선착장에 들어섰다. 추석 연휴 귀가하는 마을 사람이 대부분인 듯 웃음소리가 가득하다.

통영에서 출발한 배는 귀가 시에는 용초·호두를 거쳐 죽도 등을 지나가기 때문에 출항 때보다 시간이 더 소요되었지만, 덤으로 배 위에서 죽도와 한산도 풍경을 마음껏 감상할 수 있었다.

통영여객터미널에 도착 후 인근 중앙시장과 김밥, 꿀빵 거리에 다시 들렀다. 동피랑이 붙어 있는 중앙어시장은 여전히 붐빈다. 통영은 내국인도 많이 오지만 알아들을 수 없는 말소리의 외국인도 많이 찾는다.

언제 고객의 입 안으로 들어갈지 모르는 바다에서 잡힌 활어들이

바다 왈츠, 그리움 블루스

자신의 신세도 모르고 연방 파닥거린다. 어차피 바다로 회귀할 수 없는 잡힌 몸, 그들을 위로하며 기억나는 대로 그 이름을 불러본다. 문어·먹물오징어·병어·민어·가자미·도미·볼락·감성돔·쥐치·낙지·고등어 등등.

통영은 예술의 도시요, 문학의 도시다. 유치진·유치환·김춘수·박경리·김상옥·윤이상·전혁림 등 시인·소설가·연극인·음악가·화가 등 많은 예술인을 배출한 곳이 통영이다. 통영 길거리에는 이들을 기리는 기념물을 자연스레 접할 수 있어 이 지역 문화사랑의 한 면을 엿볼 수 있다.

통영에는 '다찌', '우짜' 같은 외지인에게는 생소한 음식 이름도 있다. 중앙시장 주변으로는 꿀빵과 김밥 가게가 즐비한데, 역시 현지에서 먹는 맛이 최고인 것 같다.

용초도 섬 기행이 애초의 목적이었지만, 섬의 어머니 통영에서의 1박으로 잠시 그 넉넉한 매력에 빠져보았다. 그 미련은 머릿속에 각인되어 후일 따로 통영의 명소와 문화를 도보로 체험하며 다시 한번 멋과 맛에 느껴보리라 작정했다.

— 2017. 10. 8.

파도가 파도를 낳는 월포 경치

포항 – 영덕 철도 개통으로 월포·장사·강구·영덕 중 지난 2월에 강구역에 들린 후 이번에는 바닷가에 붙은 월포역에 들렀다.

동대구역 – 포항역(KTX) – 월포역(무궁화)의 환승 기차표를 발급 받으면 비용 절감, 승차 용이 등 유익한 점이 많다. 시간대를 잘 맞추면 포항역에서 바로 환승할 수 있다.

동대구발 오전 8시 33분. 포항역에 도착하니 알록달록 치장한 3량의 영덕행 기차가 털털거리고 있었다. 환승하는 데는 20분 정도 여유가 있었다. 심호흡을 한 번 하니 기차는 홍해들을 지나 월포역이다. 포항역에서 월포역까지는 11분 걸린다.

대구는 내륙 도시라 바다로 나가려면 동해 쪽으로는 포항·구룡포·감포, 남해 쪽으로는 마산·통영 방향이다. 대중교통으로 평균 1시간 30분~2시간 정도 소요된다. 월포역 개통으로 접근성이나 시간적으로 월포가 가장 가까워졌다. 동대구역에서 1시간이면 월포역에 도착한다. 역에서 월포해수욕장까지는 10분 거리다.

바다와 맞붙은 정동진역 외에 동해 남부 쪽에 새로운 명물 역이 생겼다. 바로 월포역이다. 역사에서 나와 조그만 마을과 상가를 지나면 곧장 바다가 펼쳐진다.

3월 3일, 월포역은 조용하다. 밖으로 빠져나오니 역사가 희끄무레한 하늘을 품고 서 있다. 이 간이역이 여름날에 얼마나 많은 승객을 쏟아놓을지…. 영남에서 해수욕장을 끼고 바닷가에 오롯이 서 있는 역은 단연 월포역이고 그 다음은 장사역이다. 물론 지금 공사 중인 영덕─영해─울진─삼척을 잇는 동해선이 완공되면 비슷한 역이 더 생길 수도 있겠다. 하지만 지금은 포항역에서 10분 정도 달리면 나오는 바닷가 역 월포가 가장 아름답다.

해수욕장으로 북새통을 이루며 몸살 나는 무더운 여름날보다 춥지도 덥지도 않은 초봄의 한적한 월포역이 더 운치가 있다. 월포는 면 소재지도 아니지만, 여느 면 소재지보다 조금 작은 마을에 웬만한 가게는 다 들어서 있다. 편의점·중화요리집·낚싯가게·모텔·진료소, 거기다가 커피숍도 있어 시골 해안의 풍치를 더해준다.

월포역에서 직선 도로를 따라 100미터쯤 가면 월포해수욕장 입구의 아치가 서 있다. 그 앞쪽으로 반월형 해수욕장이 길게 펼쳐진다. 수년 전 도보 행군으로 지나갔던 길이라 낯설지 않다. 바다 옆구리를 끼고 도는 해안길은 느림의 길이다. 마음의 여유를 가진 자만이 걸을 수 있는 한적한 길이지만, 빼어난 풍경은 해안 도보길을 걷는 자에게만 보여주는 축복의 바닷길이기도 하다. 월포해수욕장에서 남으로 뻗은 해안길은 칠포로 가는 길이요, 북으로는 조사리·화진·장사·강구로 가는 옛 해안길이다.

인기척 없는 월포는 바다만 시끄럽다. 파도 소리가 정적을 깨뜨린다. 고운 흙모래가 다져진 월포해수욕장의 백사장은 밟아도 발자국이 잘 생기지 않는다. 쉼 없이 오르내리는 갈매기 발자국만 화석처럼 어지러이 새겨져 있다.

엊그제 몰아친 거센 파도 탓인지 백사장으로 떠밀려 온 미역과 군소 등을 줍는 마을 사람들의 풍경이 이색적이다. 양동이마다 백사장에서 주워 담은 미역과 군소가 가득하다. 군소는 잡히면 쪼그라들고 육지로 올라오면 금방 죽는다. 보라색의 보호색을 가지고 있는데, 식용 군소는 삶아서 먹기도 한다. 내장과 알 등에 독이 있어 유의해야 한다.

조사리 방면 등대 쪽으로 백사장을 따라가면 기수역 주변으로 갈매기 무리가 떼 지어 앉아 있다. 나그네의 인기척에 일제히 비상하다가 바다 위로 내려앉아 파도를 타기도 한다. 파도의 파도는 파도의 제곱을 낳고, 고운 입자로 부서지는 포말은 그 위에 은빛으로 수를 놓는다.

파도 타는 갈매기를 잠시 조망한다. 파도를 거스르거나 맞서지 않고 넘어오는 파도를 가볍게 타 넘는다. 파도로 부서지는 포말을 맞으며 하얀 날갯짓으로 마치 서핑하듯 사뿐히 물마루를 타는 폼이 차라리 앙증스럽다.

낚시 초보에게 고기 낚기는 세월 낚기보다 쉽다. 세월을 낚으려면 적어도 낚시 고수 이후 적어도 고기잡이에 집착하지 않는 정도가 되어야 한다. 사실 한두 마리 낚으면 족하다고 생각하지만 그것도 그리 쉽지 않다. 세월 낚기는 시간적 여유가 어느 정도 있어야 되지만 이 또한 여러 제약으로 만만치 않다. 걸리적거리는 것이 없는 강태공이 부럽지만 그런 날은 아마도 내게 오지 않을 듯하다.

오늘도 한 마리 손맛도 보지 못하고 세월 낚기도 틀렸다. 2시간이 면 월포해수욕장의 풍경을 충분히 가슴에 담았으리라고 스스로 위 로한다.

월포는 포항권이라 시내버스(500번 좌석버스)가 수시로 다닌다. 귀 가 때 월포역에서 기차를 타려다 마침 죽도시장을 경유하는 시내버 스에 몸을 실었다. 죽도시장은 날씨 포근한 오늘이 대목장이다. 사 람 반, 게·고등어·아귀·갈치·문어·숭어 등 활어와 생물이 반이다. 부산 자갈치시장, 마산 어시장, 통영 중앙시장 등 다 다녀봤지만 상 대적으로 저렴하고 부담 없이 회를 먹을 수 있는 곳은 단연 죽도시 장이 아닌가 여겨진다.

—2018. 3. 5.

가천 다랭이마을의 유채꽃 필 무렵

1년 중 가장 나들이하기 좋은 계절을 꼽으라면 봄이다. 제일 좋고 달을 따진다면 누구는 4월이라고 한다. 여행하기에 가을도 좋지만 봄이 마음을 더 설레게 한다. 누가 4월은 잔인한 계절이라 하였던 가! 만물이 생동하는 3월이 지나면 꽃이 피는 계절이 돌아온다. 5월의 장미도 있으나 매화·벚꽃·유채꽃 들이 번갈아 피고 지는 4월이 나들이하지 않으면 견딜 수 없으니 잔인한 계절이라는 표현도 맞는 말인 것 같다.

2년 만에 남해 가천 다랭이마을을 향했다. 가천 다랭이마을은 언제 가도 좋지만, 유채꽃이 피는 4월에 꼭 가봐야겠다는 생각이 들어 주저 없이 길을 나섰다. 또한 페이스북으로 인연을 맺어 2년 전에 만났던 이창남 선생님을 뵙고자 겸사겸사 산 넘고 물 넘고 바다 건너 4시간을 달려 가천 다랭이마을에 당도했다.

유채꽃 피는 가천 다랭이마을은 한 폭의 수채화다. 요즘 스마트폰 카메라의 성능이 좋아 버스에 내리자 마자 셔터를 눌러댔다. 멀리 설흘산과 주변 산 능선을 따라 연초록 그러데이션 꽃무덤이 아지랑

바다 왈츠, 그리움 블루스

이 속에서 보글보글 피어오르고 있었다.

유채꽃의 절정을 보려면 지역에 따라 다소 차이가 있지만 남해 가천 다랭이마을은 지금 4월 중순이 그 절정이다. 왕년 도보 기행의 추억으로는 삼척의 맹방해변도 4월 중순이 유채꽃 절정이 아닌가 여겨진다. 이외에 창녕·남지·제주도 등 여러 곳의 유채꽃 풍경을 반추해본다.

육지 속의 섬, 섬 속의 육지 남해도에 들어서면 어디나 다랭이논을 쉽게 접할 수 있지만 그 절경은 가천 다랭이마을이다. 다랑이논은 삿갓을 덮어 놓으면 보이지 않을 정도로 논배미가 작다고 하여 '삿갓배미'라고도 한다. 옛날 한 농부가 일을 한 뒤 논을 세어보니 한 배미가 모자라 아무리 찾아도 없기에 포기하고 집에 가려고 삿갓을 들었더니 그 밑에 논 한 배미가 있었다는 이야기도 전해 내려온다.

멀리서 보면 산과 산이 바다를 방패 삼아 그 골 사이로 도저히 사람이 거처하기 어려울 듯한 경사진 곳에 집을 짓고 사방에 다랭이논을 일군 것을 보면 삶의 경외마저 느껴진다.

가천 다랭이마을 풍경은 집과 논밭과 길이 순서가 없다. 설흘산을 병풍 삼아 집 위에 길이 있고 길 위에 집이 있다. 집 위에 논밭이 있고 논밭 위에 집이 있다. 길 위에 논밭이 있고 논밭 위에 길이 있다. 얼기설기 엮인 안개 속의 인생 미로와도 같다. 산 언저리나 마을 위 길에서 조망하면 삶의 질곡을 풍경으로 옮겨놓은 듯 논밭·집·길이 하나 되어 해안 마을 풍경이 펼쳐진다.

4월 중순 가천 다랭이마을에는 유채꽃이 수를 놓고 꽃향기가 온 몸을 감싼다. 유채꽃 사이로 드러난 구불구불 마을 길이 그림처럼 아름답다. 유채꽃만 있으면 심심할 듯했던지 사이사이로 초록의 마늘이 자라고 있고, 멀리 해무라도 밀려오면 가히 몽환적인 풍경이라 할 수 있다.

탤런트 박원숙 씨의 카페에는 주인은 보이지 않고 나그네만 들락거린다. 카페 앞집에 사는 이창남 선생의 다랭이팜 농부맛집에 들렀다. 다랭이팜 농부맛집은 좀 특이하다. 가게에 들어가는 길이 두 갈래다. 여느 가게처럼 마당과 문이 평평한 입구 외에 길과 연결된 옥상을 지나 가게로 내려갈 수도 있다. 옥상에는 장독대가 즐비하여 아늑한 풍경을 자아낸다. 처음 가게에 들릴 때 길과 나란한 집 옥상이어서 예의가 아니다 싶어 돌아서려다가 내려가는 계단이 연결되어 있어 길에서 옥상을 지나 가게로 들어간 적이 있다. 이제 그 길은 익숙하여 자연스럽다.

'낮은 데로 임하소서.'

길손을 소중히 알고 사람 좋아하는 이창남 선생의 개성이 그대로 드러난 가게다. 겸손한 가게 모습에 저절로 빨려 들어간다. 서글서글하고 가천 앞바다같이 마음이 넓은 선생의 가게 안에는 서울서 왔다는 나이 지긋한 여성들이 막걸리를 놓고 웃음꽃을 피우고 있다. 일행은 모두 오랜 친구라고 한다. 그래, 우리 어머니들은 자식 뒷바라지하느라 제대로 산천 구경도 못하고 힘들게 살아왔다. 너무 일찍 눈을 감아 세상 구경 한 번 못해보고 가버린 어머니가 그립다. 친구들끼리 뚜렷한 목적지 없이 금산 보리암에서 가천 다랭이마을로 왔다가 다시 여수로 가는 방향을 물어 오는 서울 아지매들에게 박수를 보냈다.

내가 시킨 멸치된장 쌈밥이 나왔다. 서울 아지매가 파전에 막걸리 탓에 쌈밥을 따로 시키기가 부담스러워 멸치쌈밥 맛 좀 보자며 젓가락을 집어든다. 이미 집어든 젓가락, 어찌 거절할 수 있으랴! 불과한 모습이 어머니처럼 정겹다. 맛나게 자셔보라고 권했더니 막걸리 잔을 내민다. 두 잔을 받아 먹으니 멸치쌈밥에 배가 부르다. 한 잔을 더 권했으나 사양했다. 다랭이팜 막걸리를 주는 대로 마시다가는 일정에 차질이 생길 수도 있다. 지브롤터해협을 닮은 인근 지족해협 근처까지 필요도 없다. 나중에 안 일이지만 화덕 피자를 못 먹은 것이 아쉬웠다. 다랭이팜 농부맛집을 다시 찾을 구실이 생겼다.

살구색 길을 따라 활짝 핀 유채꽃 풍경은 마을 아래 해안까지 펼쳐진다. 바다는 잔잔하고, 〈구운몽〉, 〈사씨남정기〉 등의 소설을 남긴 서포 김만중의 유배지 노도櫓島가 저만치 손에 잡힐 듯하다.

가천마을에서 가장 높은 도로 위에 오르니 해안 풍경이 한눈에 들어온다. 도로 위로는 설흘산이 우뚝 솟아 있고 마늘밭 사이로 '소몰이살피길'이 눈길을 끈다. 이 산의 경계에 돌을 쌓아 길을 만들고 소를 몰고 다니면서 풀을 뜯게 한 길이란다. 어릴 적 시골에서 아이들이 소를 치면서 한참 놀다보면 소가 없어져서 울면서 집에 오면 소가 먼저 와 있다는 얘기가 생각난다.

금산 보리암으로 향했다. 한정된 시간 때문에 마을버스를 이용했다. 언제 와도 색다른 풍경, 청정한 도량의 장에 가슴을 여민다. 해수관음상 앞에는 마침 KBS 촬영 팀이 먼저 자리하고 있었다.

평일인데도 금산 보리암은 사람들로 붐빈다. 기기묘묘한 바위가 즐비하고 보리암이 그 가운데 우뚝 솟아 있다. 보리암은 산중에 있어도 마치 도시의 사찰처럼 느껴진다. 기도하는 중생의 발길이 끊이지 않기 때문이리라. 보리암 주변으로 꽃이 만발해도 사람 냄새가 꽃향기를 밀어내는 것 같다. 보리암이 뭇 중생을 불쌍히 여기며 내려다보는 것 같아 더 친근하게 다가온다.

유채꽃 동산이 가천 다랭이마을 인근에 또 하나 있다. 금산 보리암에서 멀지 않은 두모마을이다. 마을 입구 경사진 구불구불한 밭에는 유채꽃이 아담하고 소담스럽게 꽃동산을 이루고 있다.

남해 가천 다랭이마을과 두모마을의 구불구불한 밭에 피어난 유채꽃과 그 밭 사이로 드러나 있는 길은 가장 토속적인 곡선의 미학이요, 한 폭의 귀한 한국화에 다름 아니다.

—2018. 4. 23.

바다 왈츠, 그리움 블루스

연화도, 해풍의 힐링 올레길

연화도蓮花島라는 섬을 처음 들었을 때 그 이름 때문에 개성 없이 그저 싱겁고 밋밋한 섬으로 상상했다. 그런데 어느 날 우연히 TV 〈인간극장〉에서 연화도에 관한 것을 보고 생각을 바꾸었다. 거기에 있는 사찰과 연화 보살 이야기를 알고 나서 연화를 연화도를 마음에 품고 지냈다.

파도와 태풍으로 인한 마음의 갈등으로 한동안 연화도행을 주저했다. 그러다가 기상청의 131 일기예보 자동 응답에서 파고 0.5미터, 날씨 쾌청 같은 안내 멘트를 듣고 주저 없이 여행사에 예약했다. 마음은 이내 자유 천지가 되었다. 드디어 음력 유월 초이래, 연화도 가는 날이 오자 벌써부터 마음이 설렌다.

태풍이 지나가고 태양이 작열하는 여름날, 통영 여객선터미널에는 앞바다에 펼쳐진 섬으로 가려는 사람들로 인산인해였다. 소백산맥에서 떨어져 미아가 된 섬들은 모조리 통영 앞바다에 빠졌다고 한다. 부두에서 멀어질수록 배 위에서 바라보는 섬들의 무수한 병풍바위는 그야말로 점입가경이다.

파도는 거의 제로 상태, 섬과 섬 사이로 호수 위를 스치는 듯 산들 바람이 느껴질 뿐 오랜만에 천하태평 바다를 건넌다. 하늘과 바람, 바다와 섬은 고요한데 선실을 가득 메운 승객들의 왁자지껄 떠드는 소리, 아이들의 웃음소리, 뱃고동 소리만 요란하다. 그래도 그리 성 가시지는 않다.

우연히 고교 친구 둘을 욕지도로 가는 배 안에서 만났다. 욕지도 에서 1박 2일 보낼 거라는 친구들은 아직도 청춘이다. 섬에도 나무 가 있고 숲이 있고 새들이 있고 생식 본능이 있다. 그리고 또 사람이 있다. 조물주의 마음은 섬에도 충만하다.

연화도는 통영항에서 남쪽으로 24킬로미터 지점에 위치한 섬으로 통영시 관내 유인도 중 제일 먼저 사람이 살기 시작한 섬이라 한다. 바 다에 핀 연꽃 모양의 형태라 연화도는 유래한다. 임진왜란 때 이순신 장군과 연화도사·사명대사·자운선사에 얽힌 전설 등으로 불교계에 중요한 유적지로 알려져 있다. 연화도는 그 이름에서 풍기듯 연산군 때 억불정책으로 피신하여 은신한 연화도사가 제자들과 연화봉 밑에 서 토굴을 짓고 둥근 돌을 부처님 대신으로 예불을 드리고 수행한 것 으로 시작되고 "내가 죽거든 바다에 수장시켜달라"는 연화도사 유언에 따라 제자들과 섬 주민이 시신을 수장하니 한 송이 연으로 변화 승화 되었다고 연화도라 한다. 그후 사명대사가 연화도에 들어와 토굴에서 정진, 대도를 이루었고 지금도 토굴 터와 사명대사가 먹었던 감로수가 보존되어 있다고 한다.

— 통영 홈페이지 등 참고

　　　　　　　　　　　　　　　　바다 왈츠, 그리움 블루스

연화도 선착장에서 연화봉 등산로는 약간 경사진 숲길이다. 20분도 채 지나지 않아 땀이 얼굴부터 폭포수처럼 흘러내린다.

연화도인 토굴터였던 사명대사 아미타대불 앞마당에 핀 수국의 향기가 은은하게 퍼진다. 멀리 육지의 끝머리에 용바위가 바다의 불기둥처럼 솟아 있다. 하늘과 바람과 갯바위, 그리고 해무에 섬이 몽환의 세계로 침잠한다. 몽롱한 바다에 수놓은 섬을 열거해본다. 하노대도·상노대도·두미도·비상도·사이도·막도·적도·봉도·남도·수우도·사량도·연대도·만지도·우도·내부지도·외부지도·미륵도·학림도·오곡도·한산도·용초도·비닌도·죽도·장사도·대덕도·소매물도·소지도⋯. 크고 작은 유·무인도가 통영의 자식처럼 널려 있다.

용머리 가는 숲길은 해풍길이요, 파도소리길이다. 숲길에 보이지 않는 바다여도 파도 소리가 자장가처럼 속삭인다. 연화도 올레길 30퍼센트는 태양이 내리쬐는 길이지만 해풍이 무더위를 식혀준다. 5층 석탑을 지나 등산길과 아스팔트길이 만나는 쉼터를 지나 멀리 보덕암이 바라다보이는 해안 병풍바위에서 일행과 함께 각자 준비한 점심을 나누었다. 산행의 즐거움 중 하나는 역시 각자 가지고 온 음식을 나눠 먹는 일이다. 진수성찬이 따로 없다. 조촐하고 담백하지만 가짓수는 완전 뷔페식이다. 밥·보리밥·콩밥·김밥·컵라면·누룽지탕·고추·김치·된장·오이·떡·빵 등 다양한 먹거리를 나눠 먹다 보면 어느새 배가 든든히 찬다.

연화도의 참맛은 용이 대양을 향해 뻗어 나가는 형상의 용머리 4개 바위다. 도중에 출렁다리를 건너 암반에 오르면 만경창파 탁트인 바다가 시원스럽게 펼쳐진다.

연화도의 주요 관광지는 여러 군데다. 용머리 가기 전 출렁다리 옆에 멀리 떠난 남편을 기다리다 죽어서 화석이 되었다는 망부석, 연화봉 정상에 아미타대불과 팔각정자·망향정, 사명대사가 머물며 수도했다는 연화사, 가파른 경사면에 지어져 바다 쪽에서 보면 5층 이지만 섬 안에서 보면 맨 위층의 법당이 단층 건물로 보이는 보덕암 등이 있다.

용바위에서 하산하면 동두마을에서 연화사까지는 해안 따라 아스팔트 오르막길이 펼쳐진다. 여름이면 뜨거운 태양을 받으며 걸어야 하기에 다소 힘든 길이다. 바다와 바다가 끝없이 펼쳐진다. 바다를 품은 연화사 입구에 여름 꽃인 수국이 만개했다.

연화도와 우도 사이에는 무인도 반하도가 있다. 양쪽 다 도보교가 놓여 있어 다닐 수 있다. 정해진 시간 때문에 도보교를 건너 우보에 잠깐 발만 들여놓고 연화도로 되돌아왔다. 잽싸게 우도를 둘러본 일행의 얘기로는 우도는 연화도와는 또 다른 맛을 풍기는 다소 신비스러운 섬이라는데, 나는 후일을 기약했다.

불교적 색채가 짙은 연화도. 해풍에 배어 있는 바다 내음이 흘러넘치는 용머리 올레길은 태고의 신비를 간직한 원시길이다. 초반부만 땀 나는 오르막길이다. 해풍이 온몸을 감싸는 숲길이요, 원시길이어서 힐링 올레길로 적극 추천한다.

―2018. 7. 15.

바다 왈츠, 그리움 블루스

아무도 없던 그 여름의 우도

오늘 바다는 잔잔하다. 해상 일기예보 파고 0.5미터. 하늘은 맑고 날씨는 무덥다. 흔히 우도牛島 하면 제주도의 우도를 먼저 떠올릴 수 있지만 통영에도 우도가 있다. 연화도 옆의 우도는 섬과 섬을 연결하는 보도교가 놓여 연화도와 형 아우 사이로 쉽게 다리를 건너 왕래할 수 있다.

우도는 통영에서 뱃길로 정남향 29킬로미터 지점에 떠 있다. 미륵산에서 보이는 모습이 소가 누워 있는 형태라 하여 일컫는 '소섬'의 한자명이다. 섬 전체 해안선 여기저기 구멍 난 곳이 많은데 남쪽에는 산의 가장자리와 바다가 막 뚫린 용강정이 있어 '소섬'이라 불렀다는 얘기도 있다.

연화도와 우도 사이에는 무인도인 반하도가 있는데 3개 섬을 연결하는 다리가 있다. 총 길이 309미터로 연화도와 반하도 사이는 230미터 현수교이고, 반하도와 우도 사이는 79미터 트러스트교이다. 비록 연화도보다 섬이 작지만 아기자기하고 운치가 있었다.

반하도를 건너 오른편 산 능선길은 숲 사이로 바다가 보이고 새들이 지저귄다. 용강정 전망대에 오르니 오른쪽으로 길게 뻗은 연화도 꼬리가 보이고, 그 앞바다에는 무수한 섬들이 흩어져 있다. 우도 해안 고지대 옆구리를 끼고 도는 강정길은 인적도 뜸하다. 숲이 우거진 길이라 하늘이 보이지 않지만 시원하다. 30여 분쯤 숲 터널 길을 지나니 쉼터 정자가 있고, 큰마을과 당산길 가마동섬 갈림길 이정표가 서 있다. 산바람 바닷바람이 불어와 가슴에 가득 찬다.

지도를 보고 고메길 가마동섬으로 방향을 잡았다. 바다가 코앞이지만 숲에 가려 보이지 않고 둔탁한 뱃소리가 정적을 깨운다. 이름 모를 야생화 우거진 숲과 나무를 바라본다. 섬 여행이라기보다 섬 탐방을 온 듯한 느낌이다. 우도 고메길 가는 길은 사람의 손길이 덜 탄 원시림 같은 길이다. 지금 이 순간 우도 고메길에는 아무도 없다. 숲 길에서 잠시 멈춘다. 매미 소리, 이름 모를 풀벌레 소리에 여름이 깊어간다.

뱃소리가 떠나가니 잠겼던 파도 소리가 숲을 헤치고 소각소각거리며 울려퍼진다. 가마동섬 쪽 바닷가로 내려갔다. 바다는 잔잔하고 바람도 고요하다. 따가운 햇살이 갯바위를 달구고, 잠시 간단한 낚시 도구로 챔질한다. 여름 바다에서 날뛰는 용치놀래기 몇 마리 올라왔다. 갯바위로 올라온 용치놀래기, 햇살에 잠시 용용 죽겠지만 이내 바다로 들어갔다.

강정길과 고메길로 이어지는 우도 해안길은 90퍼센트 숲길이라 힐링하기 좋은 등산길이다. 섬 북쪽 밀물과 썰물 때 섬과 섬 사이 여울목이 목과 같이 들난다 하여 붙여진 목섬 건너 그늘에서 잠시 휴식을 취했다. 파도 소리 잔잔하게 울려퍼진다.

바다 왈츠, 그리움 블루스

목섬 위쪽에 구멍섬 혈도가 있다. 섬 가운데 구멍이 있는데 사리 때 만조가 되면 구멍 사이로 작은 배가 지날 수 있다고 한다. 구멍섬 앞 몽돌해수욕장에서 마을까지는 제법 지대가 가파르고 우도항 부근까지는 아스팔트길이라 다소 밋밋하다.

우도항에서 다시 등산 해안길이 이어지고 우도와 반하도를 잇는 인도교에서 원점 회기한다. 반하도를 지나 연화도와 연결 현수교를 건너면 연화도여객선 선착장에 도착한다.

날은 무더웠지만, 이따금 불어오는 바닷바람에 뜨거운 몸을 식히며 꼭 한 번은 가보고 싶었던 우도 섬 산행을 마친다.

— 2018. 8. 9.

소설 속의 강구, 어제와 오늘

그 무덥던 여름이 끝나가려는데 마음은 벌써 초가을이다. 소설 〈빨간 염소들의 거리〉의 작가 엄창석 선배의 고향이자 일제강점기 때 지역 해상 왕으로 불렸다는 조부 김이석 어른의 활약 무대였던 강구. 나 또한 2009년에 1년 동안 영덕에서 근무하면서 주말이면 생전 뵌 적이 없는 조부에 대한 뿌리 찾기와 원초적 본능처럼 뭔지 뚜렷이 알 수 없는 근원을 찾아 뻔질나게 드나든 곳이 강구다. 오늘 엄 선배의 강구 집들이에 가기 전 먼저 세월 낚기로 강구 위 금진에 가기로 했다.

용치놀래기가 벌써 눈앞에서 용용 짓거리한다. 자, 떠나자! 동해 바다로, KTX 열차로…. 맑은 날씨지만 폭염은 광복절 전후로 거짓말처럼 사라지고, 사람이 활동하기에 알맞은 바람은 기분 좋을 정도로 살랑거리고….

동대구역 대합실은 초만원이다. 두드리면 톡 하고 튀어나오는 자판기 카카오 한 잔과 빵 하나로 시장기를 떼운다. 빵 속의 부드럽고 하얀 크림 맛이 어릴 적 향수를 불러일으킨다.

바다 왈츠, 그리움 블루스

포항발 초고속 열차가 플랫폼으로 쇳소리를 내면서 진입한다. 그렇잖아도 마음이 들뜨는데 역내 안내 방송이 어서 승차하라고 다그친다.

　오랜만에 KTX에 몸을 실어본다. 이내 푸른 들판이 차창 너머로 펼쳐진다. 주황빛 교회와 아담한 시골 가옥들, 과수원과 나무, 그리고 초록의 벼가 안경 너머로 정겹게 흘러간다. 폭염이 휩쓸고 간 들판은 눈부시도록 푸르고 하늘에 떠 있는 뭉게구름은 손을 내밀면 금방이라도 잡힐 듯하다. 가끔 풍경을 가로막는 터널이 조금 성가실 뿐 포항 가는 길은 아주 쾌적하다.

　동대구역에서 몇 개의 너른 들판과 터널을 지나면 35분 만에 포항역에 도착한다. 차창 너머 초록 들판을 오래도록 조망하지 못한 아쉬움을 뒤로하고 자리에서 일어선다. KTX 옆 선로에는 이미 영덕발 무궁화 열차가 대기하고 있다.

　포항발 영덕 환승 무궁화 열차는 아침이라서 그런지 절반쯤 찼다. 창밖이 훤히 보이는 무궁화 카페석이 운치가 있다. 초록빛 벼가 들판을 수놓는다. 강구역에서 포구까지는 20분 정도 걸어야 한다. 가는 날이 장날이라고 오늘이 강구장이다. 강구시장 입구부터 양편으로 좌판을 벌린 할머니들이 농작물을 펼쳐 놓았지만 손님이 없다. 더욱이 젊은 사람은 만나기 힘들다. 뻥튀기 아저씨가 가장 젊은 것 같다.

　대게 조형물이 포구를 대변하는 강구대교 입구에 들어서자 오십천의 물과 바닷물이 합류하는 기수역에 민물 짠물 혼합 물이 유유히 흐르고 있다. 예전 영덕에 살 때 아침 나절 강구에 오면 팔뚝보다 큰 숭어가 다리 아래로 떼지어 다니는 것을 볼 수 있었다. 물 밖으로 높이 뛰어올랐다가 다이빙하며 자신의 존재를 과시하던 그때 그 숭어들의 모습이 눈에 삼삼하다.

강구 하면 대게, 대게 하면 강구가 연상된다. 날씨는 쾌청한데 바다는 거세게 파도친다. 오늘 바다에서 세월 낚기는 틀렸다. 파도의 부스러기 하얀 포말이 갯바위를 넘어와 산산이 흩어진다. 강구 포구에서 간단히 낚시 흉내를 내며 새끼 돌돔과 전갱이 손맛을 본 뒤 강구에서 금진까지 해안 따라 파도치는 바다를 바라보며 걸었다.

소설가 엄창석 선배 집으로 향했다. 바다와는 좀 떨어진 오포리 강구터미널 뒤편으로 한참 가다보면 영혜사 암자로 가는 입구 쪽이었다. 사방이 산으로 둘러싸인 산 밑에 아담하게 자리하고 있다. 동향의 시골집과 마당을 가로질러 새집을 지었는데 '새미옥'이라고 이름 지었다고 한다. 그 서재에서 대구와 강구를 드나들며 산을 병풍 삼아 대작을 그리려는 작가의 단단한 결의가 서려 있는 것 같다. 서재 이름이 무슨 뜻이냐고 물어보니 옛 마을이 '새미골'이고 2층 양옥이어서 그렇게 부르기로 했단다.

오늘은 새미옥 개관식 겸 문학 행사가 열리는 날이다. 담벼락에 '강구 여름밤의 소설'이라고 적힌 현수막이 걸려 있다. 엄창석 작가의 팬과 제자 분들이 대구와 울산 등지에서 벌써 와 있었다. 연령층이 다양해 보여 그의 폭넓은 문학세계를 짐작하게 했다. 저녁 6시부터는 소설가 이문열 선생의 강연이 예정되어 있다고 한다.

엄 작가의 고향집은 전형적인 시골집이 그대로 보존되어 마치 고향집 같은 푸근함을 준다. 조그만 방 3개와 마루, 그리고 가마솥이 걸린 부엌으로 된 집이다. 뒤뜰에는 오래된 감나무 한 그루가 오롯이 서 있다. 감나무는 돌봐주지 않아서인지 떨어진 감이 더 많다. 짐승이든 작물이든 사람의 손길이 닿지 않으면 제대로 크지 않는다. 논의 벼도 주인의 발소리를 들으며 자란다고 하는데, 주인이 자리하기 전 한동안 감나무는 무척 적적했을 터이다.

옛날의 바닷가 집은 해풍 때문에 내륙의 집보다 대개 천장이 낮고 방도 작은 편이다. 엄 작가의 옛집도 해안과 좀 떨어진 산비탈 아래 있어도 지붕이 낮다. 그래도 어릴 적 집 굴뚝에 올라가면 멀리 강구 앞바다와 오십천이 보였다고 한다.

선배가 이문열 선생이 혹시나 강연 시간에 늦지 않을까 걱정을 하자 요즘은 교통이 좋으니 너무 신경 쓰지 말라며 곁에 있던 제자가 안심시킨다. 집들이 삼아 이웃에 떡을 돌린 뒤 남은 떡을 나눠 먹었다. 강구 바다는 거세게 파도치지만 읍내는 한산하다. 겨울 대게 철의 강구가 밀물이라면 여름의 강구는 썰물이다.

'고독한 영혼을 쏟아부어야만 진정한 한 편의 소설이 탄생한다'는 〈우리들의 일그러진 영웅〉의 작가 이문열 선생의 강연이 기대되지만 시간상 들을 수 있을지 모르겠다. 안 되면 인사라도 드리고 가리라 마음먹었다. 이문열 선생과 나는 동향이다. 그분의 고향은 영양군 석보면이고 내 고향은 그 옆의 입암면이니 이것도 인연이라면 인연이 아닐까?

소설가 엄창석 서재 새미옥 개관식은 주인이 직접 사회를 보면서 작가의 자전적 장편소설 〈어린 연금술사〉 배경에 대해 이야기하는 것으로 시작했다. 이 소설은 한 어린 소년의 눈에 비친 고향과 마을 사람들의 이야기다. 소설 속 주인공 '나'는 어릴 적 자기 집 굴뚝에 올라가 멀리 강구 바다를 바라본다. 집 옆에는 새미골 개울이 흐르고 그 너머로 오십천이 흐르는데, 소년은 오십천의 근원을 찾아 헤매기도 한다. '나'는 어느 날 한 여자와의 실연을 통해 '내 속에 새겨져 있던 몇몇 상징들'과 마주친다. 마치 옛사람들이 사물에 영혼을 심어놓은 것처럼, 오늘날 우리도 유년의 어느 특정한 시절에 자신의 몸 안에 온갖 경험의 영혼을 새겨놓는다는 것이다. 이것을 작가는 '영혼에 신비한 참여를 한다'고 표현했다. 청춘의 열병을 담고 있는 이 소설 속에는 부자 동네였던 당시 강구의 모습이 파노라마처럼 펼쳐진다. 작가는 미향에 대한 청춘의 반란으로 '사랑을 달린다'는 표현으로 마무리 지었다.

저녁 만찬은 마당에 자리를 펴고 빨간 물회와 계절 과일로 조촐하게 차려졌다. 여름의 끝 강구와 가장 잘 어울리는 최고의 풍경이다. 아마 오늘 저녁 아무도 몰래 소녀 미향도 다녀갔으리라 상상해 본다. 이문열 선생은 시간에 맞춰 도착했으나 아쉽게도 나는 강연을 듣지 못하고 인사만 나눈 뒤 돌아와야 했다.

— 2018. 8. 19.

바다 왈츠, 그리움 블루스

세월 앞에 장사 없다

희끄무레한 잿빛 가을 하늘이다. 엊그제의 태풍 후유증인지 높푸른 하늘이 아직 열리지 않는다. 태풍 콩레이가 지나가고 가장 피해가 큰 지역이 영덕 읍내와 강구시장이라는 방송을 보고 강구 위쪽은 갈 엄두가 나지 않았다.

대구에서 바다로 가려면 포항이나 마산, 부산 방면으로 도심을 거치거나 도시를 우회해야 한다. 더구나 한적하고 인적이 드문 바다를 찾으려면 다소 거리가 멀고 교통도 썩 좋지 않았다. 하지만 근래 개통한 포항 – 영덕 간 기차 노선은 바다를 좋아하는 사람에게는 반가운 선물이기만 하다.

예전 대구에서 다른 교통 수단으로 동해안의 월포·장사·강구에 가려면 좀 번잡스럽고 시간도 많이 걸렸다. 하지만 이제 기차로 동대구역에서 포항역 환승 시간대에 맞추면 한 번에 1시간 30분 이내로 바닷가에 당도한다.

동대구발 포항 환승 원티킷은 비용도 조금 절감된다. 포항에서 월포 – 장사 – 강구 – 영덕 구간은 거리와 관계없이 동일 요금이라는 것이 특이하다. 장사長沙는 행정구역상 영덕의 남단으로 남정면 소재지이며 장사해수욕장이 있다. 6·25 때의 장사상륙작전으로 유명한데, 영화 〈장사리 : 잊혀진 영웅들〉에 당시의 절박했던 상황이 자세히 그려져 있다.

장사역은 무인역이다. 주중 국경일도 한산한 편이다. 장사역에 홀로 하차한다. 태풍의 흔적이 남아 있지만 가을 바람 일렁이는 누런 들판은 적적하지만 태평스러워 보인다. 장사역에서 면 소재지를 지나 국도 지하도를 나가면 10분 만에 장사해수욕장에 다다른다.

하늘과 바다, 그리고 백사장이 비슷한 색깔이다. 길고 긴 백사장은 엷은 햇살에도 반짝거리며 빛을 발한다. 파도는 날선 각을 세우며 밀려와서는 쉼 없이 포말을 부려놓는다. 태풍이 지나간 가을 바닷가에는 플라스틱·패트병·나무·비닐 등이 널브러져 있다.

장사해수욕장에서 북쪽 해안 돌출 마을 부흥리를 보면 주황빛 가옥들이 아기자기하게 포개어져 마을 풍경이 한 폭의 그림처럼 다가온다. 부흥교를 건너 부흥리 마을의 해안가 갯바위에서 세월 낚기를 시도해본다.

파도는 여전히 높았다. 가끔 너울성 파도가 올라와 조심스럽게 접근했다. 파도가 거칠면 목줄을 잡은 손가락의 감이 둔해진다. 낚시는 아주 예민한 손가락의 자극으로 판가름이 난다. 새우 미끼를 뜯는 방법도 물고기의 성향에 따라 다양하다. 미세한 떨림이 손가락에 전해질 때 낚아채야 낚을 수 있다. 하지만 파도와 바람의 세기에 따라 감지하기가 어렵고 미끼만 축내는 경우가 대부분이다. 수중에서는 역시 물고기가 사람을 압도한다.

바다 왈츠, 그리움 블루스

별로 감지하지도 못했는데 얼떨결에 감생이가 올라왔다. 한 마리가 전부다. 손맛은 봤으니 큰 아쉬움은 없다. 10년 넘게 낚시를 해도 실력은 늘지 않고 여전히 초보다. 집채만 한 파도가 아니더라도 3~4미터의 파도만 되어도 갯바위를 드나드는 나그네에게는 위협적이어서 늘 조심스럽다. 언제나 초보인 나 같은 낚시꾼에게 잔잔한 바다는 천사요, 너울성 파도치는 바다는 괴물이다.

바닷가에서 세월 낚기도 쉽지 않다. 인적 드문 바닷가도 만나기 어렵다. 지나가는 객들이 뒤에서 지켜보는 것이나 고기 많이 잡았느냐고 물어보는 것이 조금은 성가시다. 길고 긴 백사장이 명물인 장사 바닷가에서, 문득 '세월 앞에 장사 없다'는 뜬구름 잡는 세월 낚기에 하루가 저물어간다.

— 2018. 10. 10.

고흥 지죽도의 몽환적인 풍경화

전남 고흥군 지죽도支竹島를 지도에서 보니 서남해 육지 끝자락에 붙어 있고, 그 아래 손죽도와 거문도가 종열로 뻗어 있다. 처음 지죽도를 접하니 마치 남해 창선의 지족해협처럼 이름도 비슷하고 자라목처럼 육지를 부여잡고 있어 낯설면서도 한편으로 친근한 느낌이 들었다. 새 친구를 만나는 기분으로 가볍게 길을 나섰다.

지죽도 섬 트레킹 코스는 지죽대교 앞에서 출발하여 202미터의 태산을 지나 지죽마을로 내려오는 것으로 되어 있다. 그리 높지 않지만 바닷가 산 등정 때는 어느 정도 중턱에서 오르는 내륙의 산과는 많이 다를 것 같았다. 제법 가파르고 단시간에 많은 에너지를 소비하게 되는 코스로 생각되었다.

대구에서 고흥 지족도까지는 먼 길이지만, 요즘 지그재그로 연결된 고속도로 덕분에 생각보다 빨리 도착했다. 3시간 30분 정도 걸렸으니 그리 지루한 편은 아니다. 버스 안에서 한 친구가 노래를 선창하자 일행은 따라 합창한다. 나로서는 처음 들어보는데, 제목은 〈아득가〉 또는 〈산정가〉로 산행 때 부르는 산노래라고 했다.

아득히 솟아오른 저 산정에

구름도 못다 오른 저 산정에

사랑하는 정 미워하는 정

속세에 묻어두고 오르세

저 산은 우리 마음

산사람 넓고 깊은 큰 뜻을

저 산은 우리 고향

메아리 소리 되어 울리네

사랑하는 정 미워하는 정

속세에 묻어두고 오르세

— 백경호 작사·작곡 〈아득가〉

    산행의 유익함은 두말할 필요도 없이 육체의 건강뿐만 아니라 정신의 건강까지 돌려받게 된다. 도시 생활에 찌든 마음을 잠시 내려놓고 맑은 공기를 마시며 뜻을 같이하는 사람들과 함께한다는 그 자체만으로도 즐거운 일이 아닐 수 없다.

    마을 사람 얘기로 13년 전에 놓인 지족대교로 섬 아닌 섬이 되었다고 한다. 교통은 편리하지만 다리가 놓인 후 초등학교 분교가 사라졌다면서 씁쓸하게 웃는다.

    지족대교 양편으로 온통 섬의 바다가 펼쳐져 있다. 크고 작은 섬들이 바둑돌처럼 흩어져 있는 풍경이다. 가까이는 오른편으로 대염도·소고도·바구리섬이 자리해 있고, 왼편으로 목도·죽도·형제도가 포진해 있다.

지죽도는 전라남도 고흥군 도화면 지죽리 소재, 면적은 1.07제곱킬로미터이고, 해안선 길이는 6.0킬로미터이다. 지죽대교(지호대교)를 통해 고흥반도와 연결된다. 부속 도서인 대염도·죽도·목도 등과 함께 다도해해상국립공원으로 지정되어 있다.

조선 순조 때 경남 김해에 거주한 김영장이 유배당해 이곳에 거주하였다 한다. 이 섬은 소가 누워 있는 와우형이라 하며 섬안 천연의 호숫가에 지초라는 풀이 있는데 소가 이 풀을 좋아해 풍수지리적으로 좋은 지역이라 한다. 여기서 섬의 이름을 지초의 지자와 호수의 호자를 따서 지호도라 부르다가 지호도 옆에 있는 죽도의 머릿글자를 따서 지죽도라 부르게 되었다 한다.

섬은 대체로 산지로 이루어져 있으며, 소가 누워 있는 형태를 하고 있다. 남쪽은 금강죽봉(203미터)에서 뻗은 산줄기 때문에 고도가 높지만, 북쪽은 완경사지를 이룬다. 남동쪽 해안에는 해식애가 발달한다.

— 대한민국 구석구석

지죽대교 아래로 회색의 탁한 물이 흐른다. 소리 없이 유유자적 흐른다. 산이 제법 가파르다. 바다 저 밑에서 솟구친 산이던가! 길 아닌 길을 만들며 걷다가 중턱쯤에 이르자 야자수 잎으로 만든 멍석이 길에 깔려 있다. 너른 암반에 올랐는데 이미 점심때가 되어 일행은 자리를 펴고 앉아 점심을 먹었다. 어묵말이·파전·돼지감자·라면 등이 온갖 종류가 줄줄이 사탕처럼 나온다. 어떤 이가 가져온 반찬은 먹기 아까울 정도로 작품이다. 함께 나누어 먹는 식사가 진수성찬이다.

너른 암반 건너편에는 손에 잡힐 듯 대염도가 펑퍼짐하게 누워 있고 해식애 동굴이 어렴풋이 일렁인다. 인적은 없고 숲이 우거진 사이사이로 빈 땅이 가끔 드러난다.

태산로 중턱은 한 길이고 금강죽봉 정상에서 아래로 내려가면 해식절벽이 아찔하다. 만경창파 망망대해가 흘러가고 멀리 지죽도의 외아들 죽도가 늘어져 있다. 해식단애 위로 소나무 한 그루가 바람에 꺾어질 듯 나부낀다.

하산길은 석굴로 가려 했으나 바다가 길을 가로막아 원점 회귀 산행 하산으로 지죽리 마을로 내려갔다. 길가에는 누가 쌓았는지 돌탑이 사람 키를 능가하고 매서운 바닷바람을 온몸으로 맞는다. 산 위에서 바라본 지죽마을은 한 폭의 그림이다. 알록달록 가옥이 촘촘히 박혀 있고 지죽교회 첨탑이 햇살에 반짝인다. 지죽나루터 왼편에는 조그만 섬 대도가 지죽도와 연결되어 있다. 무인도인지 유인도인지 구분이 안 된다.

회색의 바다에는 섬이 촘촘히 박혀 있고 통통배들이 줄지어 늘어서 있으니 그야말로 몽환적인 풍경화를 다시 그려낸다. 포구를 지나 나루터에서 잠시 지죽대교를 가까이서 바라본다. 통통배 한 척이 포구에 접안하자 바다가 요동을 친다. 출렁이는 바다는 이내 잔잔해지고 나른한 봄날의 포구는 적막감이 돌 정도로 고요하다. 그 흔한 고양이 한 마리 보이지 않는다. 방금 배에서 내린 베트남 선원과 선주인 듯한 마을 사람이 만면에 미소를 띠며 석굴 한번 구경하고 가라고 귀띔한다.

마을회관 앞에 자리를 잡고 앉았다. 고흥 읍내에서 가져온 도다리 등 횟감에다 소주를 주거니 받거니 하면서 일행은 새삼 우정을 다졌다. 섬을 떠나기 전의 조촐한 만찬이다.

섬과 섬 사이에 다리가 놓여 섬 아닌 섬이 되어버린 지죽도. 아름다운 지죽도는 멀리 하얀 그림자를 남기며 시야에서 사라진다.

ㅡ2019. 3. 25.

바다 왈츠, 그리움 블루스

마음의 피서지, 평해 구산바다

울진에는 '구산'이라는 지명을 쓰는 곳이 두 군데다. 성류굴로 유명한 근남면 소재 내륙의 구산九山과 기성면 평해해수욕장 옆 구산邱山이다.

흐린 날씨지만 구름 사이로 이따금씩 따가운 햇살이 쏟아진다. 날씨 예보를 듣고 파우치도 없이 반소매에 모자도 쓰지 않고 나왔다. 낚시 삼매경에 빠져들다보니 여름 태양빛에 얼굴과 팔이 붉게 타들어가는 줄도 모른다. 평해해수욕장에서 울진공항 중간 지점 해안길 부근이다. 구산 앞바다 큰 방파제 외사촌 격인 조그만 방파제 앞 테트라포드가 수십 개 걸쳐 있는 곳에서 낚시를 드리운다. 아담한 바닷가 마을이다.

수년 전 동해 일주 도보기행 때 지나간 해안길이라 낯설지 않다. 지도상으로 보면 수줍은 가슴처럼 바다로 볼록하게 삐져나온 아담한 방파제 위쪽은 얕은 바다다. 갯바위 사이사이로 조그만 바다가 이어져 있고, 코발트빛 바닷속에는 수생식물들이 파도에 이리저리 흔들리며 춤을 추고 있다. 방파제 앞 나즈막한 테트라포드 너머 큰 바다는 검푸른 빛이다.

파도 0.5미터의 잔잔한 바다, 피서객이 별로 없어 주위는 고요하다. 잔파도가 갯바위를 넘나들며 연신 하얀 물거품을 만들어낸다. 바다의 포효는 절반이 파도 소리요, 반의 반은 바람 소리, 나머지는 갈매기 소리, 조개 소리, 놀래기 놀라 자빠지는 소리다.

방파제에서 아무리 낚시를 드리워도 입질이 전혀 없다. 미끼는 물고기를 유혹하는 예쁜 붉은 새우다. 1시간 동안 입질 한 번 없는 지루한 바다사냥에 지쳐 테트라포드 쪽으로 장소를 바꾼다.

테트라포드는 무엇보다 안전이 최우선이다. 다행히 높이도 낮고 그 사이사이로 그물이 쳐져 있어 마음이 놓였다. 찌를 붙여 멀리 던져본다. 바람에 휘날려 타원을 그리면서 낚싯바늘이 바다 위로 떨어진다. 낚싯대를 잡고 손가락으로 목줄의 감촉을 느껴보려 하지만 반응이 없다.

지루한 시간이 흘러간다. 세월 낚기도 쉽지 않다. 세월을 조금이라도 낚으려면 욕심을 버려야 하지만 손맛의 욕구는 거의 원초적 본능이다. 샤론 스톤도 반해서 울고 갈 듯한 검푸른 쪽빛 평해 구산 앞바다는 너무나 맑고 깨끗하다. 파도는 뭍으로 밀려오고 바람도 육지 쪽으로 불어와 낚시찌는 일렁이며 붉으락푸르락 자꾸 테트라포드 쪽으로 기운다.

바다에도 개념 없는 시간이 흘러간다. 찰나의 순간에 갑자기 낚싯대 끝이 오르가슴에 이르듯 파르르 떨면서 급격히 휘어진다. 부리나케 낚싯대를 잡고 살짝 당겼다. 영락없는 볼락이다. 동해에서 볼락을 잡다니! 분명 볼락이었다. 얼핏 보아 그 면상은 한때 동해에서 극

바다 왈츠, 그리움 블루스

성을 부렸던 독가시치와 비슷하다. 그러나 독가시치와 달리 볼락은 독이 없다.

수중생물도 때로 기민하고 영리할 때가 있다. 찌낚시로 지금까지 처음이자 마지막으로 잡힌 볼락은 낚싯바늘에 입이 꿰인 채 테트라 포드 앞으로 끌려왔다가 갑자기 물밑 갯바위 안으로 숨어버린다. 릴 을 끌어당기는데 술술 감기던 낚싯줄이 갑자기 팽팽해진다. 이제 낚 싯꾼과 볼락의 기싸움만 남았다. 볼락의 인내심을 시험한다. 낚싯줄 을 바로 당겨버리면 팽팽하던 줄이 날카로운 갯바위에 걸리면서 잘 려버릴 수 있다. 낚싯줄을 헐렁하게 풀어주었다. 인내심이 별로 없 었는지 처신을 잘못했는지 이내 볼락은 허위적거리며 도망칠 자세 를 취한다. 풀었던 낚싯줄을 다시 잡아당겼다. 방심한 볼락은 이내 뭍으로 올라왔다.

바다는 잔잔하고 파도는 여전하다. 시간이 멈추어진 바다에는 나 그네 마음만 바쁘다.

찌낚시를 접고 무거운 추를 매달아 바다 멀리 던졌다. 몇 번 던져 봐도 더 이상 입질은 없고 바다와 하늘은 카멜레온처럼 푸르락희락 변화무쌍한 풍경을 그린다.

평해 구산 큰마을 아래 구산해수욕장에는 오늘 정기 산행 대신 피서욕으로 일행들이 머무르고 있다. 해수욕 대신 닭고기와 삼겹살 에다 맥주 등을 즐기기로 했다. 그러나 먹거리 욕망보다 낚시 욕망 이 앞서 조그만 방파제에서 피서 아닌 피서를 즐겼다.

바다낚시를 접기 전 한두 마리라도 더 낚으려고 마지막으로 찌 없이 봉돌만으로 낚싯대를 드리웠다. 이번에는 낮은 테트라포드 안쪽 그물 뭉치가 놓인 안전한 곳을 택했다. 테트라포드 사이 좁은 바닷속으로 줄을 드리우는 구멍낚시다. 결과는 대박이었다.

볼락용 낚싯바늘에 새우 미끼를 끼워 바닷물 속으로 집어넣자 마자 이내 낚싯줄을 잡은 손가락에 감촉이 오고 낚싯줄이 탱탱해지면서 아래쪽으로 빨려든다. 입질의 감촉을 느끼며 줄을 살짝 당겼다. 제법 씨알이 굵은 놀래기와 볼락이 연방 올라온다. 1시간 동안 잡은 고기가 16마리다. 놓아준 잔고기까지 합치면 20마리가 넘는다. 놀래기와 볼락이 사이좋게 올라왔다. 제일 큰 놀래기는 20센티미터 정도였다. 놀라서 노란 것이 아니라 노란색으로 물든 노구의 놀래기였다.

성질이 급한 놀래기는 잡히면 제법 푸닥거린다. 테트라포드 사이 물살이 빠른 곳에 미끼를 던지면 간혹 바늘을 삼켜버려 목 안쪽까지 들어가는 경우가 있다. 과감하고 저돌적인 놀래기에 비해 볼락은 순한 편이다. 잡힌 볼락은 바늘을 빼려 하면 놀래기처럼 몸부림치지 않고 일찌감치 체념하고 포기한다.

간혹 바늘에 낚여 올라오는 물고기들의 입질은 다양하다. 그만큼 물고기들의 지능도 다양한 것 같다. 물 밖으로 끌려나오기 전에 지형지물을 이용해 갯바위 안쪽으로 재빨리 숨어 버티면서 탱탱한 낚싯줄이 끊기거나 낚시꾼이 지쳐 제풀에 포기하면 구사일생으로 살아남는 물고기도 있다.

8월에 접어든 햇살이 비스듬히 기울었다. 포효하는 검푸른 바다에서 낚싯대를 접고 구산해수욕장까지 걸으니 30분 정도 걸린다. 일행의 피서욕은 거의 파장 직전이었다. 볼락과 놀래기 몇 마리를 건네자 손놀림 좋은 회원 한 분이 작은 칼로 회를 뜬다. 대단한 기술이다.

평해 구산해수욕장은 백사장도 길고, 무엇보다 모래밭 뒤편으로 해송 숲이 우거져 힐링 피서지로 안성맞춤일 듯하다. 불콰해진 회원들의 얼굴 사이로 해풍이 불어온다. 평해 구산 앞바다의 추억을 쌓으며 후일 다시 찾아오리라 마음먹는다. 볼락과 놀래기의 손맛을 잊지 못해서….

— 2019. 8. 1.

여름의 끝, 기차 하나로 바다로

주말 아침, 참 좋은 날씨다. 하늘은 한없이 푸르고 영덕 앞바다의 파고는 0.5~1미터로 잔잔하다. 여름의 막바지 더위가 아침부터 어깨를 서서히 데운다. 이제 곧 가을이다. 그 무덥던 더위도 어느새 지나가고 천고인비의 계절이 다가온다.

가는 여름이 아쉬워 다시 길 위에 섰다. 시내버스 차창 너머 도회의 아침 풍경은 고요하고 아늑하다. 동대구역에서 버스를 내리자 일찍부터 사람들이 거리로 쏟아져 나온다. 대합실로 가는 역 광장에는 할매 두 분이 햇밤이라면서 군밤을 사란다. 고소한 군밤 냄새가 사방에 풍긴다.

S펜을 꺼내 메모한다. 아무데서나 수시로 글을 쓸 수 있어 좋다. 바로 메모해두지 않으면 생각의 파편이 밀물처럼 왔다가 썰물처럼 사라지곤 한다. 요즘은 생각나는 대로 메모할 수 있는 공간이 다양해서 다행스럽다. 휴대전화 문자 메시지 저장해도 좋고, 밴드나 페이스북, 카카오스토리 등에 임시 저장해도 된다. 페이스북의 단점은 생각의 파편을 임시 저장 전에 가끔 날아가버리기도 한다는 것이다.

글 쓰는 데 페이스북은 2퍼센트쯤 부족하다. 저커버크야, 보완해라! 쓰고 나니 사실은 저커버크 잘못은 없는 것 같다. 지상에서 지하로 혹은 지하에서 지상으로 걸어갈 때 등 순간적으로 통신 장애가 발생하는 경우가 더러 있다. 그 순간 아차 싶어 저장을 누르지만 쓴 글이 가끔 날아가버려 깜짝 놀라기도 한다. 다시 불러오기가 없는 것이 페이스북의 흠이다.

메모는 서서 쓰기도 하고 앉아서 쓰기도 한다. 시공간을 초월해 길 위에서, 바다 위에서, 짬뽕집에서, 엘리베이터 안에서, 때로는 변기통 위에 앉아서 쓰기도 한다. 기차 안에서, 시내버스 안에서, 마트 안에서도 쓴다. 생각의 파편이 어디 때와 장소를 가리나?

인터넷 시대, 글쓰기 참 좋은 세상이다. 그냥 S펜 가는 대로 쓴다. 예전에는 엄지, 검지로 글을 썼으나 이제는 S펜으로 쓰고 임시 저장한다. 쓰기 도구도 더 샤프하고 편리해졌다. 검지로 쓸 때보다 S펜이 더 빠르고 간편하다. 자음과 모음이 부딪치거나 받침이 빠지는 등 이상한 글자가 나오는 일도 훨씬 줄어든다. 포항발 탄환열차 출발 20분 전, 잠시 S펜을 놓고 카카오 한 잔에 목을 축인다.

바다로 가자. 영덕 장사 앞바다로 다시 가자. 지난 주 보지 못한 손맛을 오늘은 꼭 봐야겠다.

KTX 5호차와 4호차 사이 통로석에는 소책자와 신문이 비치되어 있다. 무료로 볼 수 있는데 그걸 최근에야 알았다. 지난번에는 몰랐는데 특실 신문 서비스 안내판 옆에는 초록색의 감시 카메라 그림 아래 대문짝만 한 '양심 CCTV 설치 운영 중'이라는 문구가 눈에 띈다. 지난번 모르고 가져간 신문이 생각나 가슴이 약간 뜨끔하다.

KTX 미니 도서관이라는 사실을 오늘 알았다. 미니 도서관 옆 4호차를 보니 '특실'이라고 적혀 있다. 그러면 미니 도서관은 특실 사용자만 보라는 것인가? 헷갈린다.

동대구 – 포항 구간은 터널 몇 군데만 지나면 된다. 산중으로 달리는 일이 많아서인지 이따금 보이는 들판은 더욱 푸르게 보인다. 터널을 지날 때 탄환열차에서 쏟아지는 소리는 파도 소리를 닮았다. 들판을 달릴 때는 거실 의자에 앉은 것처럼 고요하고 편해서 금방이라도 잠이 몰려올 듯하다.

몇 자 끄적거리는 동안 벌써 포항역 도착 안내 멘트가 흘러나온다. 거문고 뜯는 소리가 술술 흘러나온다. 탄환열차에 거문고 소리. 참 묘한 대조를 이룬다.

오랜만에 '칙칙폭폭' 소리를 들어본다. 포항역 환승 무궁화 시발 소리다. 오늘의 무궁화는 과거 시커먼 연기를 내뿜던 무궁화가 아니다. 전기로 달려 속도가 빠르다. 예전의 새마을호 속도로 보면 된다. 시발 소리만 '칙칙폭폭'이지 이것도 귀 기울이지 않으면 잘 들을 수 없다. 일단 출발 후 5분도 안 되어 윙윙 소리 내며 철마는 북으로 달린다.

자잘한 매가리 3마리, 용치놀래기 1마리로 손맛을 봤다. 잔고기만 득실거리고 놀래기조차 입질이 없다. 0.5미터 파도에 바다는 호수 같다. 태양이 내리쬐는 저 푸르고 깊은 동해, 태풍이 아니라 4~8미터 정도만 쳐도 파도는 태산이 된다. 잔잔한 파도와 격노한 파도는 하늘과 땅 차이이다.

매가리는 용치놀래기보다 더 입이 짧고 얍삽하다. 새우 미끼를 짧게 마디마디 뜯어 먹는다. 그러다보니 챔질이 쉽지 않고, 어쩌다 낚인 매가리도 입 끝에 바늘이 겨우 걸린 경우가 많다.

놀래기는 성격이 급해 낚인 뒤 새우 미끼를 완전히 삼키는데, 매가리는 미끈한 몸매답게 맛나는 부위만 조금씩 뜯어 먹는다. 잡식성 무대포 놀래기는 이것저것 가리지 않고 먹어서 그런지 모양새가 볼품없다. 상대적으로 매가리는 입이 짧아 가려서 적게 먹어서 그런지 미끈하고 날씬하다.

가는 여름이 아쉬운 듯 8월 마지막 날 오후 불볕 더위가 기승을 부린다. 더위에 지친 배롱나무가 늘어져 있고, 들판의 벼가 알알이 여물어가고 있다. 귀갓길 장사역에는 아무도 없다.

— 2019. 8. 31.

늦가을의 펄떡이는 고등어 사냥

인생은 근심 반 걱정 반으로 가득차 있는 것 같다. 눈을 뜨면 부딪치는 세상사에 날이 저물고 하루하루가 지난다. 자신도 모르게 한숨이 흘러나온다. 가끔씩 훌쩍 떠날 수 있다는 것이 참 다행스럽다.

오늘도 어김없이 태양은 떠올랐다. 하늘은 흐릿하지만 차창 너머 들과 산의 만추 풍경은 그야말로 점입가경이다. 자주 들락거리다보니 고도 경주 가는 길은 익숙하다. 그 익숙한 풍경에 잠시 마음의 평온을 가져본다.

울긋불긋 노랑과 빨강과 초록이 뒤섞인 산은 마음의 평화를 가져다주는 신의 빛깔이다. 너무 요란스럽지도 열정적이지도 않아 보인다. 이따금 빨갛게 불타는 단풍이 두드러지기도 하지만 주위의 빛깔들과 어울리며 멋진 가을색을 만들어낸다. 만추의 산은 자연스럽게 깊은 내면의 공간으로 안내한다.

고도 경주는 자욱한 안개로 몽환적인 분위기에 싸여 있다. 덕동호에서 추령터널까지는 온통 단풍 천지다. 호수 위로 단풍이 채색되어 한 폭의 진경 산수화를 연출한다. 가을의 덕동호 – 감포 길은 구불구불한 산속의 휘황찬란한 단풍터널이다.

주말 감포 방파제는 고등어를 낚으려는 꾼들로 인산인해다. 인파가 몰리다보니 은근히 자리싸움이 치열하다. 1미터 간격으로 촘촘히 자리를 잡아 낚시 공간으로는 너무 협소하다. 때로 낚싯줄이 뒤엉켜 난장판이 된다.

그나마 고등어가 떼로 몰려 잘 잡히면 엉긴 낚싯줄 푸는 것은 별 대수가 아니다. 하지만 갑자기 찬바람이 불고 수온이 낮아져 난류성 어종인 고등어 떼는 서서히 사라지고 어쩌다 길 잃은 녀석만 드물게 올라오면 사정이 달라진다. 엉킨 낚싯줄을 푸는 데 한참 시간이 걸려 마음 급한 꾼들의 인상은 찌푸려지고 만다.

늦가을 감포 앞바다에도 고등어 떼가 슬슬 철수하는 모양이다. 오전 내내 낚싯줄을 드리웠지만 겨우 세 마리 낚였다. 그나마 고등어 손맛을 봤으니 별 미련도 없다. 어렵게 잡은 고등어가 귀해 보인다. 낚은 즉시 배를 따서 내장을 걷어내고 쉽게 상하는 아가미 부위와 대가리는 잘라버렸다. 소금 치고 햇살과 해풍에 살짝 말려 구이를 하니 비록 살은 별로 없어도 바싹한 맛이 일품이다.

낚시꾼들의 고등어 어획량이 천차만별이다. 한 마리도 못 잡은 옆 조사는 대구에서 어젯밤에 방파제로 와서 차박을 했다는데 고등어 손맛을 못 봐서 몹시 안타깝다고 했다. 반면 반대편에 조사는 쿨러에 고등어가 가득하다. 여성 조사가 고등어를 잘도 낚아챈다. 대구에서 왔다는 젊은 부부 조사는 아내가 고등어를 잡으면 남편이 손질을 했다. 즉석 매운탕을 한 컵 권했는데, 금방 잡은 고등어에 무와 콩나물을 넣어 얼큰하면서도 시원했다.

방파제에는 고등어보다 낚싯꾼들이 더 많은 것 같다. 낱마리 고등어 잡으려다 사람에 치일 듯하다. 사실 방파제 낚시로 올라오는 고등어 씨알은 우리네 밥상에 올라오는 고등어에 비하면 새끼급이다. 그 작은 물고기에 꾼들은 왜 열광할까? 고등어는 대개 한철로 떼 지어 다닌다. 때를 잘 잡으면 떼로 몰려드는 고등어를 짧은 시간에 많이 잡기도 하지만, 때가 지나면 어쩌다 낱마리 잡히다가 이내 사라져버린다.

고등어는 입맛보다 손맛이다. 챔질 뒤에 릴을 감으면 반작용으로 수중에서 당기는 느낌이 대단하다. 거기다가 펄떡거리며 몸부림치는 고등어의 몸맛은 쉽게 잊지 못한다. 여느 물고기와 달리 고등어는 미끼 입질이 얍삽하면서도 용맹스럽다. 놀래기의 입질이 저돌적이라면 쥐치나 복어나 망상어는 얕고 얍삽하다. 입질로 본 고등어의 성격은 복어와 놀래기의 두 가지를 다 가지고 있는 것 같다. 얍삽한 입질에 챔질로 낚이지만, 때로 미끼 입질의 용맹함에 스스로 낚싯바늘까지 물고 수중 깊이 들어가기도 한다.

가끔 한눈팔다 낚싯대가 휘청이거나 붉은색 찌가 수중으로 들어가 보이지 않는 경우 낚았다고 하기보다 낚여주었다는 표현이 더 정확할 것이다. 그냥 아무렇게나 릴을 감기만 하면 되니 고등어 스스로 잡혀주었을 수도 있다. 늦여름과 초가을 사이에 안전한 방파제에서 낚시할 수 있어 요즘은 여성 조사도 많다. 간편한 채비로 누구나 쉽게 잡으니 국민 낚시로 각광을 받고 있다.

방파제에서 낚시를 접고 방파제 외항 안전지대로 자리를 옮겼다. 다소 파도가 일렁이는데 좀처럼 입질이 없다. 감포 남방파제 외항 바깥은 테트라포드 안쪽에 길이 있어 안전하다. 검푸른 파도가 일렁이고 금방이라도 대물이 올라올 듯하지만 바다는 차갑다.

멀리 어선 한 척이 미동도 없이 고기잡이에 여념이 없다. 시간은 속절없이 흐른다. 입질이 전혀 없어 얼마 전 유튜브 한 낚시 방송에 번데기를 새우 미끼 대신에 사용한 것을 떠올렸다. 낚싯바늘에 번데기를 미끼로 끼웠으나 매한가지다. 방파제 안쪽 회센터 건너편 내항으로 가서 마지막 손맛을 보려 했지만 좀체 입질이 없다. 수면에 떠오른 주황색 찌는 상하 이동은 없고 소리 없이 북에서 남으로 흘러갔다. 수면 아래로 물결이 일어나는 모양이다.

해가 뉘엿뉘엿 서쪽으로 기울어간다. 포구에 정박한 배 한 척에 오징어잡이 등불이 켜진다. 뱃소리가 요란하다. 감포 앞바다 고등어 사냥 시즌도 이제 끝물이다. 내년을 기약하며 감포 고등어 낚시를 마감한다.

— 2019. 11. 17.

노물 바다, 그 많던 놀래기는 어디에

새벽 4시 40분 알람에 일어났다. 창밖은 벌써 훤하다. 오늘은 정말 오랜만에 도시 탈출이다. 몇 달 만에 바다로 가는데 마치 몇 년 만에 가는 듯하다. 기차 하나로 바다로 간다. 동대구에서 포항역 환승 강구역이다.

강구도 바닷가지만 강구보다 더 한적하고 외딴 바닷가로 간다. 영덕 노물 바다로 간다. 강구에서 노물까지는 시내버스로 25분이 걸린다. 배차 시간이 길어 시내버스와 기차 시간표를 잘 맞추어야 한다. 외딴 바닷가는 그리 쉽게 갈 수 있는 곳은 아니지만 그만큼 심신의 피로를 잘 풀어주는 낭만의 바다라 하겠다. 포항으로 가는 KTX 창밖 스크린에는 5월의 푸릇푸릇한 들녘이 파노라마처럼 흘러간다.

포항역 주변은 정비가 잘 되어 있고 깨끗하다. 멀리 아파트가 들어서 있고 산 위의 풍차 몇 기가 이채롭다. 무궁화 열차는 녹슬고 낡아 보이지만 그런 모습이 오히려 정겹다.

바다 왈츠, 그리움 블루스

노물 바다

해파랑 해안 칠십 리
텅텅텅 바다에서 고기를 낚다
천지개벽 마스크 없는 세상
자유인으로 날개 달다

파도 소리 바람 소리 일렁이는 마루골 따라
가슴 저미는 번뇌의 나날도
저 파도에 휩쓸려간다

멀리 자로 재면 울릉도가 지척인데
수평선 너머 우산국은 아득하다

부산한 영덕 앞바다
해파랑길 중에도
마음을 터놓고 숨 쉬는 바다

바닷속의 바다는
노물 바다

노물 - 경정 해파랑길은 노물 어촌 바닷가 옆구리를 끼고 도는 해
안길이다. 바다를 조망하며 주변에 기묘한 바위 군상이 즐비하다.

그 해파랑길 아래 평퍼짐한 갯바위에서 잠시 세월을 낚아본다. 쪽빛 물속 그 많던 놀래기는 어디 가고 파도 따라 덧없는 세월도 속절없이 지나갔다.

잔잔하던 바다에 바람이 일고 파도도 덩달아 드세진다. 파도의 마루와 마루 사이로 분홍 찌가 물살을 탄다. 찌가 살짝 들어간다. 놀래기가 입질한 것일까? 살짝 챔질, 그것은 마루와 마루 사이를 건너는 바람의 속임수였다.

3시간의 바다낚시. 입질이 전혀 없지만 파도와 바람이 앞서거니 뒤서거니 친구가 되어 나그네를 위로한다. 13년 전 영덕에서 살 때 뻔질나게 드나들던 영덕 해안 마을 중에 바다가 해안길과 좀 떨어진 고요한 마을은 별로 못 봤다. 노물리와 석리가 그나마 좀 조용하고 한적한 어촌이다.

13년 전만 해도 갯바위 낚시 초보여도 노물리는 노다지였다. 놀래기 천국이라 낚시를 드리우면 거무튀튀한 놀래기가 놀라 나자빠져 줄 서서 올라왔다.

갯바위에서는 너울성 파도 세례를 받을 수 있다. 잘못 피하다가는 갯바위에 넘어져 다칠 수 있다. 특히 먼바다에서 살금살금 밀려오다가 갯바위 앞에서 응집된 에너지를 분출하며 갑자기 튀어오르는 파도는 매우 위험하다. 멀찍이서 너울성 파도 여부를 지켜보다가 갯바위로 가는 것이 안전하다.

귀갓길 강구 포구는 대게철이 지나 한적한 편이지만 그래도 사람들이 제법 붐빈다. 포구 어시장 난전의 활어 가격이 혼자 먹기에 부담스런 가격이다. 최근 물가상승의 불똥이 물고기에도 튀었는지 아

바다 왈츠, 그리움 블루스

리송하다.

드라마 〈그대 그리고 나〉의 촬영지가 강구항이다. 배우 최불암 씨가 들렀다는 포구 어느 횟집에서 회덮밥으로 늦은 점심을 먹었다. 80대 초반의 식당 할머니는 51년째 영업 중이라니 대단하다.

5월의 태양이 따갑다. 바닷가에서 기차 하나로 귀가하니 교통이 참으로 편리한 시대에 살고 있다.

― 2022. 5. 21.

낭도에서는 싸목싸목 낭만적으로

차창 너머 주황빛으로 불타는 들과 산이 그림처럼 흘러간다. 들판은 한 폭의 수채화로 채색되면서 가을이 깊어가고 있다.

오랜만에 섬 아닌 섬 낭도狼島로 가는 길이다. 3년 전 4개의 다리가 놓여 육지와 이어진 섬이다. 고흥과 여수 바다 사이에 이리를 닮은 섬이 있다. 전라도 말로 '싸목싸목'은 '천천히'라는 뜻이다. 모양은 날렵하지만 만추의 섬 낭도에 가면 마음을 풀고 낭만적으로 싸목싸목 걸을 일이다.

낭도는 여산과 규포 2개 마을로 이루어져 있다. 가장 높은 산은 상산으로 278.9미터다. 대개 섬 산행은 예전의 연대도·만지도처럼 주로 섬 해안 둘레를 따라 도는 트레킹이었다. 그러나 낭도는 조그만 섬 치고는 상산이 제법 우뚝 솟아 트레킹과 등산을 동시에 즐기는 셈이 된다.

여산마을에서 출발해 규포 분기점을 지나 상산에 오르고, 규포 선착장으로 내려와 살피도 쪽 역기미삼거리, 산타바오거리 및 낭도해수욕장을 거쳐 여산마을로 돌아나오는 코스다. 절반은 트레킹이고 절반은 산행이다. 거리는 10킬로미터 정도이며 4시간 걸려 산과 바다를 조망하는 만추의 멋진 힐링 구간이다.

아침에 고흥과 여수를 지나며 마음은 이미 가을 풍경에 흠뻑 취해 있었다. 여산마을에서 상산까지 도중에 다소 가파른 곳이 있어도 즐거운 산행이었다. 버스 안에서 우연히 고교 친구 셋을 만나 기쁨은 배가되었다. 비록 친구들은 갯마을로 가서 같이 산행은 못했다. 우리 일행은 앞서거니 뒤서거니 하면서 시간에 쫓기지 않고 걷다보니 정오쯤 상산에 도착했다.

은빛의 듬성듬성한 갈대숲과 마늘밭 사이로 거칠 것 없이 하늘로 치솟은 산길, 그리고 엷은 조각구름이 있는 풍경은 부드러운 채색화 그대로였다. 하늘에 펼쳐진 가을의 구름은 얇은 주름치마처럼 곱다. 낭도 상산 등산로는 오르막과 내리막이 반복되면서 이리 등덜미를 타고 꼬리까지 제법 길다. 등산은 하산길이 더 조심스럽다. 일행은 먼저 내려가고 홀로 규포 선착장으로 방향을 틀었다. 전부 나무 데크여서 하산하는데 상당한 시간이 소요되었다. 오늘은 스틱을 가져오지 않아 무릎에 부담을 줄까 염려스러웠다.

규포 선착장 너머 둔병대교가 길게 걸려 있고 선착장 앞 어느 강태공의 물통에는 빛깔 좋은 깔따구가 가득하다. 낚시꾼들은 크기가 작은 어린 농어를 깔따구라 부른다. 규포 선착장에서 장사금해수욕장까지는 섬 동남쪽 옆구리를 끼고 도는 트레킹 코스로 전형적인 섬 둘레길이다.

상산 등산으로 땀에 젖은 '난닝구'를 벗고 해풍에 몸을 실었다. 빽빽한 숲길. 숲이 에워싸고 파도를 감싸니 좌우로 파도 소리와 새소리로 귀가 즐겁다.

잠시 인적이 뜸한 때 숲길에 들어서면 철학자 칸트의 사색의 길이 따로 없다. 오직 자연의 소리에 몸과 마음은 한없이 가라앉는다. 해식애가 발달되어 숲 사이로 보이는 해안 갯바위가 공룡의 발톱처럼 날카롭다. 공룡 발자국 화석이 있는 곳이다.

삼천포 앞바다에 둥둥 떠 있는 조그만 무인도처럼 낭도 동남쪽 둘레길 지척에 유인도 사도가 오롯이 놓여 있다. 백사장이 비단결처럼 고운 장사금해수욕장에는 햇살에 일렁이는 은빛 물결 천지다. 낭만 낭도가 춤을 춘다. 쪽빛 물결이 억겁의 세월로 다듬어낸 모래 주름이 장관이다. 캐빈 코스트너가 만일 은빛 물결의 장사금 백사장을 찾는다면 '이리와의 춤'을 연기해 보일 듯하다.

일행과 친구를 조우하지 못해 여산마을 포구의 한 식당에서 홀로 백반으로 늦은 점심을 청했다. 반찬 가짓수가 10가지. 나물 반찬에 서대찜 등 진수성찬이다. 섬 속에 섬, 섬 밖에 섬들이 여수 앞바다를 수놓는다.

낭도에 들어올 때는 고흥 팔영대교 적금도를 거쳐 들어왔지만, 떠날 때는 낭도대교·둔병대교·조발도, 그리고 여수를 잇는 조화대교를 건너 여수·순천 방면으로 방향을 틀었다. 그리고 남원에서 광주대구고속도로를 타고 귀가했다.

석양의 지리산이 검붉게 타들어가고 있었다.

— 2022. 11. 20.

2

그리움 블루스
— 고향, 추억, 사람 이야기

희미한 자취 생활의 그림자

고교 1학년 때 자취하던 집을 얼마 전에 가보았다. 대구시 남산동의 서현교회 뒤 좁은 골목길로 들어서자 옛날 내가 살던 집이 그대로 있었다. 자취방은 골목길 바로 옆에 있었는데, 그 추억이 바로 엊그제 일처럼 생생하게 되살아났다.

대개 자취생이 그러하듯이 나는 시골에서 중학교를 졸업하고 고교 진학 때문에 대구로 나왔다. 내가 다니던 학교는 미션스쿨이었다. 입학 후 바로 자취를 했는데, 늘 어머니가 해주시던 밥을 먹다가 난생처음 타향에서 자취 생활을 하게 되니 모든 것이 어색하고 서툴었다. 처음에는 라면 하나도 제대로 끓이지 못했다. 찬물에 면을 넣고 불 위에 올렸는데, 너무 오래 끓였는지 퉁퉁 불어 도저히 먹을 수 없을 정도가 되어 눈물을 머금고 버려야 했다.

한번은 휴일에 시골 고향집에 갔다가 밤늦게 대구 자취방에 도착한 일이 있었다. 1월 한겨울에 영하 15도쯤 되었을까? 연탄불을 붙이는, 요즘은 번개탄이라고 부르는 착화탄이 없었다. 동네 가게는 문이 닫혀 있고 주인집 방의 불은 꺼져 있었다. 어쩔 수 없이 냉방에서 이불을 겹겹이 쌓고 잠을 청했으나 너무 추워 전전반측 뜬눈으로 밤을 보냈다.

흔히 학교 가까이에 사는 학생이 집이 먼 학생보다 늦게 오는 경우가 많다. 학교 가까이 있는 학생은 등교할 때 긴장감이 덜해 마음이 느긋해서 그런 모양이다. 나의 자취방은 학교에서 그리 멀지도 가깝지도 않은 곳에 있었다. 걸어서 15분 거리였다. 아침에 최대한 늦게 일어나면 마음은 조급하고 제대로 되는 일이 없었다. 밥은 먹는 둥 마는 둥 맨날 달음박질로 등교했다. 그러다보니 다리에 무리가 왔던지 밤에 자다가도 쥐가 나서 벌떡 일어나 비몽사몽 혼자 주무르곤 했다.

지나면 다 추억으로 남는다지만 그때 자취방은 지금 생각해도 참 허름한 골방이었다. 말이 기와집이지 거의 쪽방 같았다. 방이 모두 3칸인데 가운데 방과 왼쪽 방은 주인네가 쓰고 그 오른쪽에 어정쩡하게 딸린 계륵 같은 방을 내가 썼다.

잠자리에 들 때면 천장은 쥐들의 운동장이 되었다. 그때 그놈들은 왜 그리도 쉴 새 없이 들락거렸던지…. 쥐 오줌에 천정 한쪽 구석은 배불뚝이처럼 처져 늘 축축히 젖어 있었다. 위생 문제 때문이라도 다른 방을 구했으면 싶었지만 쉽사리 아버지한테 말을 못 꺼냈다. 그때는 아버지가 참으로 야속했다.

오늘 문득 울진에서 자취하는 동생이 생각난다. 엊그제 추석 명절 때 만난 동생도 자취를 한다는데 밥은 제대로 먹는지….

— 1996. 10. 1.

바다 왈츠, 그리움 블루스

시골과 도시의 까치 소리

수성못은 대구 시민들이 많이 찾는 포근하고 정다운 휴식처다. 분지형 도시의 건조한 환경을 촉촉히 적셔주고 시민들의 마음을 상쾌하게 해주는 오아시스 같은 곳이 수성못이다.

가벼운 옷차림으로 수성못 가를 거닐던 중 철골 구조물 위에서 까치 한 마리가 요란히 짖어댔다. 한동안 까치가 도심에서 사라졌다가 자연보호 운동 덕분인지 최근에 자주 나타난다. 하지만 예전처럼 그렇게 반갑고 귀한 새로 보이지는 않는다. 산업화의 물결이 조금씩 농어촌으로 흘러들 때인 1970년대 중반 내가 초등학교에 다닐 때 어른들은 까치가 울면 반가운 손님이 온다고 했다.

어느 날 아침 까치 소리가 요란해 자리에서 일어나 마루로 나가보니 시골 집 담벼락 위에서 까치 한 마리가 요란히 울어댔다. 까치는 마치 청명한 날씨를 시샘이라도 하듯 고요한 아침 풍경을 마구 뒤흔들었다. 정말이지 그 다음 날 평소에 내왕이 없던 어머니의 친척 분이 오셔서 모두들 반갑게 맞은 일이 있었다. 그분의 양손에는 커다란 선물 꾸러미가 들려 있었던 것으로 기억된다. 그 후로 까치 소리를 들으면 행여 반가운 손님이 오지 않을까 괜시리 마음이 설레고는 했다.

산업화·도시화의 물결과 더불어 까치의 모습이 우리 주변에서 서서히 사라졌다. 그러던 것이 요즘 들어 자주 눈에 띄는 것은 아무래도 주변 환경이 이전보다 많이 좋아졌기 때문이 아닐까 한다. 인간의 탐욕이 망치지 않으면 자연은 자정 능력을 발휘해 스스로 본모습을 지켜나가는 것이다.

까치 소리를 잊고 지내다가 오늘 귀 기울여 다시 들으니 오호라, 그 소리는 바로 내 어릴 적 정겨운 소리이기는 했으나 뭔가 허전하고 쓸쓸한 느낌을 아예 떨쳐버릴 수는 없었다. 고향을 잃어버린 외로운 나그네에게 도심에서 듣는 까치 소리는 시골 집 마루 끝에서 듣던 그 까치 소리가 아니었다.

— 2003. 5. 19.

각설이타령은 우리 것

대구 시민을 위한 '대구동성로축제' 기간에 팔도 각설이가 모였다. 깡통과 엿만이 아니라 트로트 테이프와 노래방 기기용 TV, 북, 장구, 징 등을 갖춘 현대판 각설이였다.

동성로상가번영회에서 주관한 '각설이타령 한마당'은 엿장수, 가수, 익살꾼 들이 총출동했다. 거기다가 부산방송유랑극단 소속 지방문화재 제93호인 쌍장구의 명인 김명환님까지 한데 어우러져 대구백화점 건너편 동성로 마당에서 멋진 한판을 연출했다. 이번 각설이타령 공연은 4시간 동안 계속되었다. 우리 가요를 중심으로 북·장구·징에다 각설이들의 구수하고 걸쭉한 입담까지 잠시도 지루할 틈이 없었다. 관객들의 춤과 여흥이 뒤섞이며 생활에 지친 소시민들을 위한 신명 나는 종합예술 무대이었다.

"엿은 우리의 맛이고 우리 문화야!"

"우리나라에 발렌타이데이, 블렉데이, 화이트데이는 있지만 '엿데이'는 없어!"

"팝송과 클래식도 좋지만, 우리 가요는 민족의 정서와 애환이 깃든 노래야. 그래서 우리 가락은 좋은 거지!"

"여보쇼, 외국인 양반. 우리 가락 한번 들어보소."

"코리안 초콜릿, 엿 한번 먹어보소."

각설이 봉순이의 트로트 생음악에다가 걸쭉한 입담에 시민들이 연신 웃음을 터뜨렸다. 각설이 '이쁜이'가 관객들 앞으로 나서자 신이 난 아저씨가 트로트 테이프를 샀다. 그러자 후덕해 보이는 아주머니가 지폐를 깡통에 집어넣었다.

"대왕마마, 감사합니다! 대비마마, 감사합니다!"

각설이는 연신 절을 한다.

쌍장구의 명인 김명환님의 '쌍장구춤'은 각설이타령 한마당의 진수였다. 20여 분 동안 계속된 공연은 그야말로 신들린 듯했다. 그의 팔은 나비처럼 허공을 휘저었다. 43킬로그램이라는 날렵한 체구에 12킬로그램이나 되는 장구를 둘러메고 빙빙 도는 것이 마치 신선의 춤을 보는 것 같았다.

각설이타령 한마당 도중에 가랑비가 솔솔 뿌리더니 끝나갈 때는 빗줄기가 제법 굵어졌다. 각설이 장단에 흠뻑 젖은 시민들은 아랑곳하지 않고 비에 젖었다. 덩실덩실 춤을 추며 각설이가 건네준 마이크를 잡고 신나게 노래를 부르는 시민도 있었다.

각설이와 시민이 한데 어우러진 즐겁고 신명 나는 멋진 한마당이었다. 역시 우리한테는 우리 것이 좋은 모양이다.

— 2003. 5. 25.

바다 왈츠, 그리움 블루스

남산에 오르다

어젯밤 늦게 잠든 탓일까? 휴대전화 벨소리에 깨어보니 낮 12시가 지나 있었다. 세수도 하지 않고 얼른 윗도리만 걸친 채 고시원 옥상 한켠에 마련해놓은 공동 TV 시청방에 들어갔다. 오늘은 전국노래자랑 경북 영양군 편임을 익히 알고 있던 터라 옆사람에게 양해를 구하고 시청했다. 요즘 날씨도 흐리고 비가 자주 왔는데 오늘 따라 모처럼 하늘이 쾌청했다. 옥상에서 올려다본 서울의 하늘은 파란 바탕에 하얀 뭉게구름 높이 떠 있는 그림이었다. 가을이 성큼 우리 곁으로 다가왔음을 알려주는 것 같았다.

나의 고향 영양은 고추 주산지로 유명하지만 조지훈 시인, 이문열 소설가 같은 문사를 배출한 고장이기도 하다. 오늘은 작정하고 조지훈 시인의 시비가 있다는 남산에 가보기로 했다. 지나가는 길에 사무실에 잠시 들러 잔무를 본 뒤 조금 늦게 출발했다.

남산이라! 초등학교 수학여행 때 오른 뒤 근 30년 만에 가본다. 지하철 약도를 보니 어느 역에서 가까운지 분간이 안 된다. 서울역, 동대입구역, 명동역에서 재어봐도 대개 엇비슷한 것 같았다. 역무원에게 물어보니 동대입구역에서 가는 게 빠르다고 귀뜸하여 곧장 지하철을 타고 동대입구역에서 내려 남산으로 향했다.

남산 초입에 들어서니 관광객들로 붐볐다. 이미 구경을 마치고 내려오는 사람들과 도로 가에 주차해놓은 차들로 북새통이었다. 남산은 서울 도심의 허파와 같다는 말이 실감 날 정도로 인공적인 회색 도시에 남산은 온통 푸른색으로 뒤덮여 시민의 소중한 공원임에 틀림없었다. 하늘도 푸르고 잔디도 푸르고 나무도 푸르고 사람 마음도 동화되어 푸른 것 같았다.

남산타워 방면으로 들어서니 계단이 펼쳐져 있었다. 한참을 걷다보니 해는 뉘엇뉘엇 사라지고 어둠이 깔리기 시작했다. 맞은편 위에서 내려오던 강아지 한마리가 나를 보더니 계단 옆 철망 쪽으로 빠져나가 숨었다. 강아지는 내가 지나가자 다시 철망을 헤집고 계단 쪽으로 들어와서 아래로 쫄랑 내려갔다. 필시 길을 잃었거나 버려진 개일 거야. 다시 한참 올라가다 이번에는 내 앞에 정면으로 다가오는 강아지가 나를 보더니 대들듯이 앞을 가로막았다. 잠시 지켜본 사이 주인이 다가오자 그제야 주인 앞에 서서 다시 계단을 내려갔다. 마치 주인의 충실한 안내견처럼 당당해 보였다. 필시 주인에게 사랑을 많이 받는 개일 거야. 조금 전 나를 보고는 움츠리고 숨어버린 그 개와 비교가 되었다.

한참 계단을 오르자 이번에는 평탄한 도로가 나오고, 다시 도로를 가로지르면 계단 없는 오르막이 나타났다. 남산타워가 손에 잡힐 듯 가까이 다가왔을 때 조지훈 시비 위치를 지나가는 이에게 물어보았으나 아는 사람이 없었다. 쥐포와 오징어를 수레에 가득 얹어놓고

바다 왈츠, 그리움 블루스

파는 아주머니에게 물어보니 "음, 어디서 본 것 같은데…" 하면서 정확한 위치는 잘 기억이 나지 않는 듯 고개를 갸우뚱하다가 갑자기 조지훈의 시 〈승무僧舞〉를 읊조린다.

승무

얇은 사 하이얀 고깔은
고이 접어서 나빌레라
파르라니 깎은 머리
박사 고깔에 감추오고
두 볼에 흐르는 빛이
정작으로 고와서 서러워라

빈 대에 황촉불이 말없이 녹는 밤에
오동잎 잎새마다 달이 지는데
소매는 길어서 하늘은 넓고
돌아설 듯 날아가며 사뿐히 접어 올린 외씨버선이여!
까만 눈동자 살포시 들어
먼 하늘 한 개 별빛에 모두오고
복사꽃 고운 뺨에 아롱질 듯 두 방울이야
세사에 시달려도 번뇌는 별빛이라

휘어져 감기우고 다시 접어 뻗는 손이
깊은 마음속 거룩한 합장인 양하고

이 밤사 귀또리도 지새우는 삼경인데

얇은 사 하이얀 고깔은 고이 접어서 나빌레라

조지훈의 시 〈승무〉를 끝까지 읊는 게 신기했다. 나는 더 이상 시비의 위치를 묻지 않았다.

칠흑같이 까만 밤에 휘황찬란한 남산타워 주변은 인파로 붐볐다. 남산 팔각정에 오르니 삼삼오오 모인 연인들의 모습이 정겨웠다. 그 아래에는 봉수대가 서울시의 야경을 끌어안고 꿋꿋이 서 있었다. 오늘 조지훈 시비를 꼭 보려 했으나 날도 어둡고 주변에 물어봐도 아는 사람이 없어 훗날 여유를 가지고 다시 한 번 남산에 올라서 찾아보기로 했다. 깊어가는 가을밤, 아쉬움을 뒤로하고 총총걸음으로 남산을 내려왔다.

내려가는 도로 주변에는 달리기하는 시민들이 많았다. 시각장애인들이 서로를 안내하며 산보하는 모습도 보였다. 내려오는 길목을 찾지 못해서 한참 걷다보니 남산 순환도로를 한바퀴를 걸은 느낌이었다. 마침 운동하는 한 시민에게 물어 한옥마을로 쭉 내려오니 충무로역이 보였다.

저녁에 오른 남산은 도심 속의 우아한 멋을 품고 더불어 고풍스런 풍경을 간직한 채 현대와 과거가 살아 숨 쉬는 것 같았다. 소중한 시민의 휴식처요, 낭만이 있는 도심의 섬처럼 보였다.

— 2004년 봄, 서울의 한 고시원에서

그때 그 시절 나의 살던 고향

고향! 생각만 해도 가슴 설레고 아련한 추억이 피어오른다. 고향을 떠난 지 수십 년의 세월이 흘렀다. 그런데 세월이 흐를수록 고향이 더욱 그리워지는 것은 어인 까닭인가? 간혹 고향이 그리워도 여러 여건상 자주 갈 수 없는 처지다. 하지만 요즘은 그나마 인터넷으로 고향의 소식을 접할 수 있어 적적한 마음을 달랠 수 있다.

내 고향 경북 영양英陽은 산명수자山明水紫한 곳이다. 산수의 경치가 맑고 아름답지만 '골짜기'라는 수식어가 뒤따르는 고추 생산지로 유명한 시골이었다. 또한 조지훈 시인, 오일도 시인, 이문열 소설가 같은 문사文士를 배출한 고장이기도 하다.

막상 고향에 관한 이야기를 하자니 아련한 추억이 주마등처럼 스치면서 눈시울이 뜨거워진다. 내가 어릴 적인 1960~1970년대는 대부분 생활 형편이 어려웠다. 아이들은 검정 고무신에 책보자기를 어깨에 둘러메고 대개 왕복 10리가 넘는 학교를 예사로 다녔다. 마을 사람 대부분은 농사를 주업으로 삼았으나 간혹 교편을 잡거나 공무원도 두세 분 있었다.

나의 아버지는 공무원이셨다. 이른바 '면서기'였는데 마을 사람들은 곧잘 '김 서기'라고 불렀다. 교편을 잡고 있거나 면서기는 그 당시 지역 유지로서 행정적인 대소사를 대행하고 궂은 일도 많이 맡아 했다. 아버지도 예외는 아니었다.

마을에 처음으로 전기가 들어올 때의 일이다. 대부분은 전기의 효용성을 이해하고 전기를 들였으나 한사코 버티는 집이 몇몇 있었다. 마지막 한 집이 남았을 때의 일이다. 내가 살던 마을은 가운데에 실개천이 흐르고 내를 경계 삼아 윗마을과 아랫마을로 구분 짓는 오밀조밀 제법 큰 마을이었다. 마지막까지 버티던 그 집 어른이 워낙 완고하신 분이라 설득하는 데 아버지께서 애를 많이 쓰셨다.

마침내 전기를 들이기로 결정한 날 나는 호기심으로 아버지를 따라 그 집에 가 보았다. 저녁 무렵이었는데, 어둑한 호롱불 아래에 있다가 전깃불이 들어오자 마치 요술을 부린 듯 천지가 개벽한 듯 번쩍 하며 방 안이 대낮처럼 밝았다. 마당에 모여 있던 마을 사람 모두 박수를 치며 기뻐했다. 그제야 완고하신 어르신의 입가에 번지던 미소를 지금도 잊을 수 없다.

마을에 처음 전기가 들어오던 그때, 지금은 아련한 옛 추억의 그림자로 남아 있지만 그날들이 자꾸 그리워진다. 많은 것이 부족했기에 그만큼 희망도 컸던 시절이다. 아, 다시 가고픈 그때 그 고향이여!

— 2004. 10.

경복궁 스케치

아침 햇살을 받은 샛노란 은행잎이 한들한들 반짝거린다. 도심 속의 은행나무도 제철을 만난 듯 풍성한 잎사귀로 몸단장을 하고 계절과 동고동락하는 모습이다.

현대 속의 과거가 살아 숨쉬는 곳. 조선의 역사가 꿈틀거리는 듯한 경복궁이 가까이 다가왔다. 지하철 경복궁역에서 내려 경복궁 초입에 들어서니 수문장 교대 시간인지 정문 앞으로 문지기들이 칼을 차고 옛날 군사복 차림으로 나온다.

10월의 마지막 날이다. 으레 이맘때면 한 번쯤 시인이 되어 가을을 읊조리게 된다. 경복궁 안에는 오색 인파들로 북적거린다. 일본인과 중국인 등 외국인들도 많이 눈에 띈다. 경복궁 근정전이 조선의 위엄과 상징을 알리는 듯 인왕산을 배경으로 웅장하게 들어서 있다. 경복궁 도로 건너편에는 정부종합청사가 우뚝 서 있어 마치 현대와 조선의 유구한 역사를 면면히 이어오면서 나라의 사직을 돌보는 듯하다.

근정전을 뒤로하고 사정전으로 들어섰다. 조선시대 임금이 신하들과 나랏일을 보던 편전 건물 중의 하나인 사정전은 근정전과 마찬가지로 임진왜란 때 불탄 것을 고종 4년(1867)에 다시 지었다고 한다. 사정전 안내 팻말을 보니 마치 조선의 유구한 역사가 파노라마처럼 몰려오는 듯했다.

태조 이성계가 1394년(태조 3)에 송도에서 한양으로 도읍을 옮긴 후 1395년에 창건한 조선시대의 정궁正宮인 경복궁은 세종 때 조선의 문화 중흥기를 맞이하고 선조 때 임진왜란의 격변을 고스란히 치루었다. 그후 273년이 지난 1865년에 흥선 대원군이 다시 짓기 시작해 고종 5년에(1868) 근정전 등을 복원했다. 현대에 들어와 1990년부터 동궁·강녕전·흥례문을 복원했고, 계속해 남은 건물을 복원할 계획이라고 한다. 만고풍상을 겪은 경복궁이 학창 시절에 배운 역사로부터 튀어나와 더 실감나게 우리들 앞에서 당당하게 도도히 굽어보는 것 같았다.

사정전 문 앞에 있던 한 아이가 편전 앞에 있는 해시계를 보더니 "엄마, 이게 뭐야? 인공위성이야!"라고 물었다. 그 아이에게는 해시계가 마치 인공위성으로 보였던 모양이다. 어머니는 해시계를 가리키며 찬찬히 딸에게 설명했다.

"해가 저 위로 뜨면 바늘침 부분 아래에 그림자가 뜨지. 그것으로 시간을 알려주는 거야."

설명서에는 해시계 앙부일구에 북극을 가리키는 바늘(영침)이 꽂혀 있어 햇빛이 바늘에 닿으면 그늘이 오목한 부분에 나타나므로 그 위치로써 시각을 헤아렸다고 적혀 있었다. 앙부일구는 세종 때 만든 해시계다. 현재 사정전 앞의 것은 17세기 후반에 제작한 것이라고 한다. 그런데 특이한 것은 해시계를 만들 때 글을 모르는 백성들을 위해 글자 대신에 짐승도 그려 넣었다 하니 세종의 백성 사랑이 얼마나 깊고 큰지 다시 한 번 되돌아보게 된다.

연못 안에 있는 경회루가 만추 단풍과 어우러져 마치 한 폭의 그림처럼 찬란하다. 경회루는 임금이 신하를 위로하고 외국 사신을 접대하고 여흥을 베풀던 곳이라고 한다.

왕비의 침전인 교태전 후원에 있는 아미산 굴뚝이 이채로웠다. 굴뚝이라기보다 하나의 작품 같았다. 황토색의 자연미와 어우러져 대나무 등이 그려진 아미산 굴뚝은 조형미가 뛰어나 보물 제811호로 지정되어 있다.

인왕산을 배경으로 못 가운데 2층 육각형 정자와 구름다리가 있는 향원정을 둘러보고 다시 근정전으로 나왔다. 공사하는 인부들의 망치 소리가 폭죽 소리같이 온 경내가 쩌렁쩌렁 울렸다. 마치 그들도 새 역사 창조에 일조라도 하는 듯하다.

조선의 역사가 찬란히 살아 숨 쉬는 경복궁. 그저 그런 옛날 궁궐로 책에서 봄직한 단편적인 시각을 떨쳐버리고 생생한 역사의 숨결을 느낄 수 있었던 경복궁 순례였다.

— 2004. 10. 31.

풀숲에 놓아준 작은 새

아침에 출근하다가 길 위에서 갓 태어난 듯한 새 한마리를 만났다. 어미 잃은 새끼 새였다. 가까이 다가가도 잠시 꿈틀할 뿐 움직이지 않았다. 혹시 다친 걸까 싶어 잡으려는데 그제야 있는 힘을 다해 날 갯짓을 하며 날아오르더니 이내 풀썩 주저앉았다.

새끼 새가 내려앉은 곳은 길가에 주차된 승용차 뒷바퀴 쪽이었다. 그때 젊은 여성이 다가와 문을 열고 차에 올라탔다. 잘못하다가는 차에 치일 것 같아 운전을 멈추게 한 뒤 어린 새를 두 손으로 감싸 안았다. 혹시 새를 파는 가게나 동물병원이 있나 주변을 살펴도 눈에 띄지 않았다.

출근길이어서 할 수 없이 가까운 파출소에 가지고 갔다. 그리고는 어린 새의 뒤처리를 부탁했다. 그러나 분주하게 움직이는 경찰들의 눈에 새끼 새 따위는 안중에 없는가 보았다.

"아저씨, 그거 수풀에 놓아주세요."

물론 업무에 시달리다보니 조그만 새 한 마리까지 신경 쓸 틈이 없을 터여서 이해는 할 수 있었다. 나는 어린 새를 고이 감싸쥐고 파출소를 나왔다. 그리고는 근처 풀숲을 찾아 새를 놓아주었다. 잘 살 수 있을까 염려스러웠지만 출근 시간이 가까워 뒤돌아서 사무실 쪽으로 뛰어야 했다.

작은 미물이라도 생명은 소중하다. 20여 분 동안 나의 손안에서 파닥거리는 어미 잃은 작은 새. 살아 숨쉬는 어린 새의 할딱거리는 심장 고동은 오랜만에 느낀 생명의 신비였다. 풀이든 나무든 살아 있는 모든 생명체는 존귀하다.

파출소 옆 풀숲에다 놓아준 어린 새. 약육강식의 비정한 이 세상에서 부디 강하게 살아남기를 마음으로 빌어본다.

— 2006. 9. 19.

연탄의 추억

유가가 하늘 높은 줄 모르고 치솟고 있다. 엊그제 뉴스를 보니 국제 유가가 배럴당 100달러까지 육박했다고 한다. 서민들이야 국제 유가라 해야 직접 피부에 와 닿지는 않는다. 하지만 배럴당 60~70달러 하던 것이 90~100달러가 되었다는 것을 보면 정말 오르긴 많이 올랐나보다.

만일 1970년대였다면 이러한 유가 폭등으로 인해 또다시 오일쇼크가 왔을 것이다. 하지만 각국의 산업 구조 다변화 및 에너지 소비 다각화에 따라 그런 충격은 되풀이되지 않을 거라고 한다.

그러나 유가 급등이 서민 경제를 어렵게 하고 있는 것은 사실이다. 각종 원자재와 곡물 가격이 오름으로 인해 거기에서 파생되는 부가가치 업종, 이를테면 곡물을 주원료로 하는 라면·빵·짜장면 가격이 연쇄적으로 오른다. 뿐만 아니라 물류 비용의 상승에 따라 거의 모든 상품의 가격이 상승한다.

뉴스를 보니 옛날처럼 연탄을 쓰는 가구가 늘어난다는 소식이다. 물론 가스나 전기를 쓰는 가구도 훨씬 많으니 예전과 비교할 수 없

바다 왈츠, 그리움 블루스

지만 그만큼 서민들의 가계 경제가 어렵다는 반증이 아닐까 싶다.

연탄을 피우던 시절의 기억이 떠오른다. 1970년대에는 주연료가 연탄이었다. 1년 내내 연탄으로 밥을 짓고 연탄으로 겨울을 보냈다. 아마 장당 50원 했을까? 시골의 경우 연탄 집하장이 멀리 떨어져 있어 겨울이 오기 전 한꺼번에 많은 양을 구입한다. 시골의 우리 집에서도 겨울나기용으로 한 번에 1,000장을 사서 쌓아놓았다. 부엌 옆 빈 창고에 연탄을 들여놓을 때는 온 가족이 총동원되었다. 한참을 나르다보면 얼굴이며 온몸이 시커먼 연탄색으로 물들고는 했다. 그래도 큰 부자가 된 것처럼 마음 든든했던 추억이 아련하다.

당시 연탄가스 중독 사고도 곧잘 일어났다. 유독성 일산화탄소에 중독되어 목숨을 잃는 가슴 아픈 사연이 언론에 보도되고는 했다. 당시 이를 막기 위해 개발한 것이 온수 보일러였다. 춥고 배고팠던 그 시절에 연탄은 서민들의 삶과 함께한 동반자였다. 몸과 마음을 따뜻하게 녹이던 소중한 보물이었다.

그런데 이제 그 연탄 가격도 만만치 않다. 유가 폭등도 따지고 보면 석유자원의 고갈에서 비롯된다. 우리의 터전인 지구 사랑은 결코 먼 훗날의 이야기일 수 없다.

— 2008. 1. 15.

무쇠솥과 밥과 누룽지

오랜만에 전기밥솥이 아닌 냄비에다 밥을 해봤다. 삼층밥이 되기 직전 물을 조금 붓고 가스불을 좀더 키운 뒤 10여 분 기다렸다. 그 뒤 얼핏 타는 냄새가 풍길 때 불을 껐다.

스위치만 켜면 자동으로 밥이 되는 전기밥솥보다 휴대용 가스레인지로 밥을 짓는 일은 생각만큼 쉽지 않았다. 씻은 쌀에 얼마만큼의 물을 넣고 어느 정도 시간이 흘러야 밥이 제대로 될지 예측하기가 어려웠다. 20분 정도를 예측을 하고 냄비에 불린 쌀을 넣고 물을 대충 부은 다음 가스불을 켰다.

밥이 되기를 기다리는 동안 어머니가 커다란 무쇠솥에 밥을 하시던 기억이 떠올랐다. 어머니는 씻은 쌀을 넣고 손등 위로 물이 찰랑거릴 정도로 물을 부었다. 그리고는 뜸이 들 때까지 세심하게 불 조절을 했다. 그때를 떠올리며 휴대용 가스레인지 위의 냄비를 지켜봤다. 이윽고 구수한 밥 냄새와 누룽지 냄새가 좁은 방 안에 가득 퍼졌다. 비록 무쇠솥이 아니라 냄비로 지은 밥이지만 왠지 전기밥솥의 밥보다 더 맛나는 것 같았다.

바다 왈츠, 그리움 블루스

어릴 적 어머니는 부엌 부뚜막에 걸쳐 있는 커다란 무쇠솥으로 밥을 해서 자식들을 먹여 살렸다. 방과 후 또는 아이들과 놀다가 저녁에 집에 들어가면 반쯤 열린 부엌문 사이로 그릇 달그락거리는 소리, 무쇠솥을 여닫는 소리, 장작 타는 소리 등 밥 짓는 소리가 늘 들렸다. 부엌 안을 기웃거리면 무쇠솥에서 모락모락 피어오르는 김과 아궁이에서 피어오르는 뿌연 연기 사이에 분주한 어머니의 모습을 볼 수 있었다.

밥을 다 퍼담고 난 뒤 어머니는 무쇠솥 바닥에 눌러붙은 누룽지를 긁어 내게 건네고는 했다. 그리고 밥을 다 먹고 난 뒤 마치 후식처럼 나오는 물누룽지. 그 맛이야 감히 요즘 어느 웰빙 음식 맛에 비교할 수 있으랴!

어머니의 정성과 손맛이 베인 무쇠솥의 밥과 누룽지 맛은 다시 만나지 못할 오래전의 추억이 되어버렸다. 밥을 먹고 지내는 한 언제나 영원히 잊지 못할 그리움일 것이다. 편리를 이유로 우리는 진짜 소중한 것을 다 내다버리고 사는 것은 아닌지 모르겠다.

— 2009. 3. 26.

직행버스 안의 고운 얼굴들

오랜만에 무정차 버스가 아닌 중소도시 중간중간에 정차하는 직행
버스를 탔다. 대구에서 영덕까지 무정차 버스를 타면 포항을 우회하
는 고속도로를 달려 1시간 50분 정도 소요된다. 중간중간에 정차하
는 직행버스를 타니 대구에서 영덕까지 3시간 정도 걸렸다.

도시의 밤이 저물어간다. 가로등과 네온사인 불빛이 차갑게 도로
위로 쏟아진다. 그 아래로 사람들이 쉴 새 없이 지나다닌다. 무미건
조한 아파트며 오피스텔이 표정 없이 서 있다.

직행버스는 대구 동부정류장을 출발해 경주를 거쳐 포항에서 30
분 정도 정차했다. 포항에서 영덕을 거쳐 울진으로 가는 직행버스는
주말이면 늘 붐비는 것 같았다. 밤이 조금씩 깊어가고 있었다. 포항
에서 영덕까지 오는데 중간중간 정차해서 승객을 내려주고 또 태울
때마다 인사를 건네는 운전기사의 마음 씀씀이가 무척 고맙게 다가
온다.

도중에 회사 구내식당에서 일하는 아주머니가 승차했다. 서울 갔
다 오는 길이라 한다. 친척 결혼식이 있어서 새벽에 나섰다가 이제

오는 길이라 했다. 예전보다 교통이 많이 좋아졌지만, 영덕에서 서울 오가는 길은 아직도 멀게만 느껴진다.

직행버스 안에는 다양한 부류의 승객들이 이리저리 흔들리고 있었다. 다리를 꼬고 앉아 이어폰으로 음악을 듣는 학생, 도중에 승차해서 자리를 잡지 못한 채 서서 가는 아주머니, 늦은 퇴근길의 직장인, 아들딸을 만나고 돌아가는 듯한 할머니, 하루 장사를 마치고 귀가하는 아저씨…. 남녀노소가 모습은 다르지만 가는 방향은 같은 사람들을 싣고 직행버스는 어둠 속을 달려 나갔다.

버스기사는 배의 선장이라고 할 수도 있다. 생면부지의 사람들이 그를 믿고 그의 손에 의지한 채 하루를 마무리하고 있는 것이다. 마침내 직행버스는 제시간에 목적지 영덕에 무사히 도착하였다.

"아저씨, 수고하셨습니다."

밤늦게까지 운전하는 버스기사의 모습이 새삼스레 이웃집 아저씨처럼 가까워 보였다. 버스에서 내리면서 빵을 하나 건네니 한사코 손사래를 쳤다. 좀 멋쩍었지만 하는 수 없이 도로 가방에 집어넣었다. 표를 건네고 버스에서 내려서니 영덕의 밤하늘은 더욱 포근하고 평온해 보였다. 세상이 삭막하게 변했다고 하지만, 알게 모르게 우리는 서로 믿고 살아간다.

— 2009. 4. 19.

짜장면은 추억이다

짜장면 값이 많이 오른 것 같다. 지역에 따라 조금 차이는 있지만 전반적으로 비싸졌다. 곡물 가격이 오르고 물가가 오르니 어쩔 수 없다고 한다. 예전에는 비교적 저렴한 서민 음식이 짜장면이었는데 이제는 그렇지도 않다.

가격이 오를수록 짜장면을 즐겨 먹던 이들에게는 부담이 아닐 수 없다. 서민의 대표적 먹거리이자 간편한 한 끼 식사로 충분하던 짜장면이 그리 만만찮은 세상이 되어버렸다. 불과 몇 년 전만 하더라도 바쁜 일이 있거나 주머니가 가벼운 이들이 부담 없이 찾던 것이 짜장면이었다. 특히 아이들에게는 최고의 별미였다. 그런데 가격이 오른 만큼 품질도 서비스도 좋아졌을까?

같은 짜장면이라도 맛은 지역마다 식당마다 조금씩 다르다. 짜장면이 거기서 거기가 아니냐고 할 수도 있으나 그렇지 않다. 면과 짜장 소스와 부재료와 불맛에 따라 얼마든지 다를 수 있다. 얼마 전 한 식당에서 먹은 짜장면은 그런대로 맛있었다. 며칠 뒤 짜장면 생각이 나서 다시 그 식당으로 갈까 하다가 멀리 가기가 귀찮아 근처 눈에

바다 왈츠, 그리움 블루스

띄는 중식당으로 들어가서 짜장면을 주문했다. 그런데 완전히 딴판이었다. 아무리 짜장면은 포만감으로 먹는다지만 맛이 너무 없으면 잘 넘어가지 않는다. 그 집의 짜장면이 그랬다.

짜장면도 이제 옛날의 그 짜장면이 아니다. 모든 것이 넉넉치 않아 모자라고 부족했던 학창 시절의 그 먹거리가 아니다. 값은 잘 기억나지 않지만 짜장면은 정말 먹고 싶은 별미 중의 별미였다. 그보다 더 어린 시절의 짜장면은 특별한 날에만 얻어 먹을 수 있는 특식 중의 특식이었다.

내가 학교에 다니던 시절 학생들은 누구나 어머니가 마련해준 도시락으로 점심을 해결했다. 물론 반찬이야 아주 드물게 밥 위에 달걀 프라이가 얹어지는 외에 김치와 콩조림 또는 멸치볶음 정도에다 전부였다. 점심시간에 가끔 선생님들이 중식당에서 나오시는 것을 목격하고는 했는데, 그때 짜장면이 얼마나 먹고 싶었던지…. 학생 신분에 언감생심 꿈도 못 꿀 일이었다.

짜장면은 우리 삶과 떼려야 뗄 수 없는 음식의 하나다. 짜장면은 추억이다. 그 맛 속에 우리의 소중한 추억이 배어 있다. 그런 짜장면 값이 자꾸 오른다는 것은 추억과 멀어지게 하는 것 같아 안타깝다. 물론 현실적인 형편을 이해하지 못하는 것은 아니지만 그래도 씁쓸한 느낌을 지울 수는 없다.

—2009. 5. 3.

다방이라는 사랑방

'다방茶房'을 표준국어대사전에서 찾아보니 '사람들이 이야기를 나누거나 쉴 수 있도록 꾸며 놓고, 차나 음료 따위를 판매하는 곳'으로 풀이되어 있다. 다실·다점·차실·차점이 같은 말이며, '찻집'이라고도 쓰기도 한다. 신문을 펼쳐 보다가 사이에 끼어 있는 이색 광고 전단이 눈길을 끌었다.

"○○다방 ○월 ○일 개업"

사는 곳이 시골이어서 그런지 다방 개업 전단이 그리 낯설어 보이지는 않았다. 다방 개업 광고를 본 주위 사람들이 한마디씩 했다.
"한번 가볼까나."
"이 선생, 커피 한잔 배달시켜보시지요."
"책임질라는교?"
"뭘?"
"주문이야 어렵지 않지만, 다방 아가씨에 대해 책임질라는교?"

"무슨 책임? 크크…."

오늘 개업한다는 그 다방은 읍내 군청으로 가는 길목 삼거리에 있었다. 1층은 중화반점이고 다방은 2층이었다. 초저녁에 퇴근하면서 지나가다 보니 축하 화환이 다방 입구 계단에서 바깥 도로 가에까지 일렬횡대로 길게 놓여 있었다. 촌로 몇 분이 다방에서 나오는 모습이 보였고 주변은 조용했다.

그러고 보니 그야말로 옛날식 다방에 간 것이 언제나 싶다. 아득한 세월을 거슬러 올라간다. 20년쯤 전이었나? 그 당시 내가 지내던 대처 읍내에도 다방이 많았다. 일과를 마치고 가끔 지인과 함께 또는 혼자서 다방에 들러 커피를 시켜놓고 종업원 아가씨와 다소 농도 짙은 농담을 곁들이며 세상살이를 풀고는 했다. 편안함을 즐기며 세월을 낚기에 다방만 한 휴식 공간도 드물었다. 이른바 하나의 참살이 공간이었던 셈이다.

가끔 달걀 노른자를 넣은 쌍화차를 시켜 마시는 날에는 그 쌉싸레한 맛과 마담의 짙은 향수 냄새에 취해 왠지 기분이 들뜨기도 했다. 카운터 뒤 벽에 걸린 시곗바늘은 움직이지 않았고 시간은 멈춘 것 같은 풍경이었다.

옛날 시골 다방은 서민들의 한숨과 웃음이 한데 어우러진 애환의 공간이었다. 날라리도 들락거리고, 밭 갈다 친구 따라 온 농부, 면사무소 직원, 오랜만에 만난 여고 동창 아줌마들이 한껏 멋을 부린 마담과 종업원 한데 어우러지는 곳이 시골 다방이었다. 수많은 사연을 안고 살아가는 갑남을녀甲男乙女 모두가 그 다방의 주객이었다.

그런 공간이 지금은 찾아보기 힘들 정도가 되었다. '다방'은 없어지고 '커피숍'만 즐비하다. 자판기에서 달달한 일회용 차를 뽑아 마시면 그만이니 사람과 사람의 만남도 그만큼 줄어들었다. 커피숍에서는 대화를 할 때도 목소리를 최대한 낮춰야 한다. 모든 동작이 조심스럽다.

새로 개업한 다방에 들르는 이웃 촌로를 보면서 나에게도 추억의 한 장소로 자리매김하고 있는 20년 전의 시골 다방이 떠올랐다. 살아 있는 사람의 정이 오가는 따뜻한 휴게소였고 마음 편안한 사랑방이었다.

그때 시골 다방에서 커피 한잔에 세상살이를 함께 나누던 직장 동료와 친구와 지인들이 생각난다. 그와 함께 이름 모르는 다방 마담과 종업원 아가씨의 실루엣이 불현듯 스쳐가는 것은 인지상정인가? 지금은 모두들 어느 하늘 아래에서 무엇을 하며 지내시는지?

— 2009. 6. 23.

영덕 오일장 장날 스케치

놀부 심보처럼 아침 하늘이 흐렸다 개었다를 반복한다. 오늘은 그리 무덥게 느껴지지 않는 하루 같다. 들판에서 적당한 바람이 불어오고 엊그제 내린 소낙비로 말끔하게 청소한 것처럼 사방이 깨끗하고 쾌청하다. 잠시 뒤 하늘은 언제 그랬느냐는 듯 맑아졌다. 멀리 앞산은 푸르름이 더욱 짙어간다.

건넌방에는 할머니들이 삼삼오오 모여 문을 활짝 열어놓은 채 즐겁게 잡담을 나누고 있었다. 시골에는 젊은이라고는 거의 보이지 않는다. 어림짐작으로도 학생들을 빼면 읍내에 거주하는 주민들의 평균 연령도 60은 넘을 듯하다. 이러다가는 그리 머지않아 시골은 노인들의 장소가 되어버리지 않을까 염려스럽다.

낭만과 추억은 바람처럼 왔다가 홀연히 사라진다. 짧다면 짧다고 할 수 있는 우리 인생처럼 말이다. 5일에 한 번 다가오는 장날은 공인되지 않은 시골의 경축일이다. 사람들로 북적거리는 장날은 그나마 시골 마을을 활기찬 모습으로 살아 있게 한다.

도시에서 흔히 말하는 재래시장이 시골에서는 오일장이다. 그게 장날이다. 시골에는 대부분 한 달에 대여섯 번 장날이 선다. 읍내 시장에는 좌판을 벌려놓고 농산물·수산물·생필품·잡화·과일 등을 파는 사람들과 물건을 사려는 사람들로 흥정이 오가고 그 사이사이에 정이 오간다.

5일에 한 번 열리는 영덕 읍내시장은 ㄱ자형으로 구부러져 있다. 거리상으로 입구에서 끄트머리까지 500미터쯤 된다. 바깥 도로 양편으로는 트럭 가게들이 즐비하다. 제철 과일과 채소와 어물에다 옷이나 신발, 꽃과 화분 등 그야말로 없는 것이 없다. 육해공에서 나는 모든 만물이 집합된 노상의 농수산백화점이다.

도로 안쪽 작은 지붕이 덮인 조그만 상설 시장 주변에는 인근에 그리 멀지 않은 포구에서 가져온 싱싱한 오징어와 물메기, 이름 모를 바닷고기와 가자미·도루묵·문어·고등어·꽁치·새우 등이 가득한 어물전이 줄지어 있다. 농기구를 파는 가게 앞에 걸음을 멈추었다. 농촌 생활에 필요한 호미·삽·괭이·낫 등이 진열되어 있다. 농기구를 보니 문득 입가에 미소가 스친다. 우리네 선조들의 지혜와 해학이 농기구에도 녹아들어 있는 것이다. 낫을 보니 "낫 놓고 기역 자도 모른다"는 말이 먼저 떠오른다. 요즘은 달리 해석하여 "낫 놓고 니은 자도 모른다"는 패러디도 있다. 또한 호미를 바라보니 "호미로 막을 일을 가래로 막는다"는 말도 생각난다. 오늘을 살아가는 우리에게 무언의 의미를 던져주고 있는 것 같다.

오늘은 오랜만에 장터에서 과일을 좀 사려 한다. 다른 좌판과 마찬가지로 과일전도 대부분 할머니들이다. 물론 과일을 도매로 들여와 장사를 전문적으로 하는 사람도 있지만, 할머니들은 대개 집에서 나는 복숭아·자두·토마토를 내다판다. 한 할머니가 복숭아를 먹어보라고 건넨다. 깎아 먹으라고 칼도 준다.

"할머니, 감사합니다. 복숭아 먹으면 사야 되는 거 아닌겨?"

영덕 복숭아는 생큼하고 맛이 좋다. 할머니가 건네준 복숭아를 깎아서 먹어보니 어릴 적 먹었던 그 맛이다. 맛으로 치면 과일은 예나 지금이나 별 변함이 없는 것 같다. 어릴 적 향수를 불러일으키는 복숭아를 3,000원에 한 봉지 샀다. 천도복숭아도 하나 덤으로 얻었다. 천도복숭아를 먹으면 오래 산다나? 좌우지간 복숭아는 수박과 쌍수를 이루는 여름 과일인 듯하다.

어물전을 한바퀴 둘러보는데 어디선가 구수한 냄새가 코를 자극한다. 시장 한켠에서 두 아주머니가 무쇠솥에다 옥수수를 삶고 있다. 다가가 보니 밭에서 막 수확한 옥수수를 껍질을 벗기며 연신 무쇠솥에 넣고 있다. 주변에는 옥수수 껍질이 널부러져 있고, 옆에서 3개를 한 묶음으로 팔고 있다. 나그네가 어찌 삶은 옥수수를 두고 그냥 지나갈소냐! 2,000원에 한 묶음을 샀다. 어릴 적 어머니가 무쇠솥에서 꺼내주시던 바로 그 맛은 아니지만 요즘은 별미로 먹는 웰빙 식품이다. 먹거리가 부족했던 60~70년대에는 배를 채워주는 한 끼 음식으로 감자와 함께 삶을 이어주는 소위 구황작물이었다. 돌아보면 맛도 좋고 멋도 있었던 귀한 음식이기만 하다.

시장 끝자락에 놓인 낚싯가게에 들리니 동남아나 중국 등지에서 들여온 낚시 장비들이 즐비하다. 낚싯바늘을 사려고 국산을 찾으니 보이지 않는다. 주인 아저씨는 "국산은 수지 타산이 맞지 않는다"고 한다. 할 수 없이 1,000원짜리 수입 낚싯바늘을 하나만 달라고 하자

주인 아저씨의 표정이 썩 밝지 않은 것 같다. 하기야 남는 것도 없겠으니 기분이 좋을 리 없을 듯했다.

귀갓길에 가끔 들리는 떡집으로 갔다. 장날이어서 그런지 평소보다 떡도 많고 형형색색 오방떡·시루떡·송편·절편 들이 진열되어 있었다. 보기 좋은 떡이 먹기에도 좋다고 했던가? 그런데 떡은 진열대에 가득한데 떡집 여주인이 안 보였다. 가까이 가보니 떡 진열대 아래 방바닥에서 한쪽 손을 괴고 낮잠을 자고 있었다.

"어허, 떡은 안 팔고 장사 안 하는교?"

그러자 반색을 하면서 부시시 일어난다.

"어서 오이소. 뭔 떡을 드릴까예?"

찰떡을 2,000원에 하나 사고보니 아침에 1만 원을 가지고 장터에 갔다가 몇 가지를 사고도 아직 2,000원이 남았다. 요즘 시골에도 예전처럼 농산물 가격이 싼 것이 아니라고 한다. 그만큼 원재료 가격도 많이 오르고 화폐 가치도 떨어졌다. 그 옛날 봉이 김선달이 오늘의 장터를 거닌다면 대동강 물이 아닌 어떤 물건을 팔 것인지 터무니없는 상상의 나래를 펴본다.

5일장 장터에는 물건을 파는 사람이나 사는 사람이나 대부분 할머니, 할아버지들이다. 젊은이의 모습은 잘 눈에 띄지 않는다. 그래도 조금은 시끌벅적한 사람 냄새 풍기는 장날이 좋다. 쾌쾌한 냄새면 어떻고 콤콤한 냄새면 어떤가? 인공적인 방향제보다 더 자연스럽고 정갈하고 반갑다. 오만 가지 물품과 함께 사람 냄새가 풍기는 장날은 잃어버린 향수를 달래준다.

— 2009. 7. 4.

바다 왈츠, 그리움 블루스

미소를 날리고 가는 여자

매일 아침 사무실에서 웃음을 날리는 여자가 있다. 하루 이틀 웃음을 날리는 게 아니다. 비가 오나 눈이 오나 맑은 날이나 흐린 날이나 규칙적으로 하루도 거르지 않고 웃음을 날린다. 바람이 불면 날아갈 듯 가냘픈 여인네다. 노란색 유니폼에 주름 잡힌 바지를 입은 호리한 체구의 그녀는 날쌘 제비처럼 다가와 빠르게 한 직원의 책상 위에 우유를 갖다놓고 보일 듯 말 듯 미소를 날리고는 마치 나비처럼 날아가버린다.

웃음을 던져놓고 가는 그 여성을 볼 때마다 기분이 좋아진다. 그녀가 남기고 간 미소에 왠지 온 사무실이 상쾌하고 그윽한 향기로 가득차는 것 같다. 괜시리 아침이 즐거워진다. 웃음으로 가득한 하루가 되기를 기대한다.

어느 날 그녀를 붙잡고 싶었다. 미소에 대한 보답으로 커피 한잔 뽑아주고 싶은 마음이 일었던 것이다. 커피 한잔하고 가시라는 말이 입속에 맴돌다가 밖으로 나오지 않는다. 저만치 가버린 그녀의 등 뒤에 노란 꽃향기가 퍼진다.

아침에 우유를 배달하는 여성은 마주치는 사람마다 맑고 화사한 웃음을 날리고는 말없이 나간다. 볼 때마다 미소가 떠나지 않는 그녀는 매일 아침 한 직원의 책상 위에 우유를 놓고 간다. 그 우유가 얼마나 맛나고 싱그런 우유인지 나는 짐작한다. 그러나 나는 우유를 받지 않는다. 체질상 우유를 소화시키지 못하기 때문이다. 앞자리의 직원은 신선한 우유를 받고 나는 싱그런 미소를 받는다.

아침 일찍 그녀를 볼 때마다 기분이 상쾌해진다. 미소 띤 얼굴에 수수한 모습이 우아하고 단아하다. 아침마다 꽃향기를 퍼뜨리고 가는 그녀가 고맙다.

아무런 이유 없는 작은 미소 하나가 하루 종일 사람을 기분 좋게 한다. 아침의 미소는 모닝커피보다 더 진하고 향긋하다.

― 2009. 8. 10.

바다 왈츠, 그리움 블루스

그리움 가득한 추석 성묘

따사로운 햇볕이 등덜미를 내리쬔다. 초가을의 태양은 길고 긴 여름의 정열이 아쉬웠는지 그 잔해를 한 번에 떨쳐버리지 못하고 한가위에도 그 에너지를 발산한다. 하지만 계절은 속일 수 없는지 못 견디게 뜨겁지는 않다.

천고마비의 계절에 구름 한 점 없는 하늘은 끝없이 높고, 아름다운 강산이 춤을 추며 노래한다. 푸른 하늘 밑 한적한 마당에 널린 빨래를 쥐어짜면 푸른 물이 뚝뚝 떨어질 듯하다.

공동묘지로 향하는 시골의 주변 밭에는 누런 호박이 마른 줄기 사이사이 널려 있다. 화려하지는 않지만 은은한 자태로 허전하고 가슴 아린 성묘객들을 애처로이 바라보는 듯하다.

길가에는 가을의 전령사 코스모스가 가녀린 몸매로 한들한들 흐느적거린다. 조그만 세상살이에도 기쁨과 슬픔, 노여움과 즐거움을 표시하는 사람과 달리 코스모스는 언제나 청순한 모습이다. 비가 오나 바람이 부나 쉽게 흥분하지 않고 차분하게 삼라만상의 오묘한 습생을 지켜본다. 늘 유연하게 자세로 가을을 만끽하고 계절을 노래하는 듯하다.

도로에는 꼬리에 꼬리를 문 추석 성묘객들의 차량이 마치 수많은 객차로 이어진 기차처럼 느릿느릿 움직인다. 조상에 대한 후손들의 애틋한 정서가 장관을 이룬다.

저 멀리 공동묘지 입구에서 어느 가족이 부르는 찬송가 소리가 산자락 계곡을 타고 멀리멀리 퍼진다. 조상을 그리고 추모하는 은은하고 구성진 가락이 긴 여운을 남긴다. 아직은 푸릇한 산천초목도 오늘만큼은 곱게 단장하고 성묘객의 마음을 십분 헤아리는 듯 담담한 풍경이다. 바람 소리조차 숨죽이고 공동묘지를 오르는 돌계단에 이따금 밟히는 낙엽만 바스락거린다.

장삼이사張三李四의 사연 없는 묘소가 어디 있겠는가? 벌써 성묘하고 가버린 듯 인적이 없는 묘소 주변에는 먹다 남긴 음식물을 쪼는 까치들이 한가롭다.

산중턱에서 산 아래 도로 가까이까지 확장되어 내려온 공동묘지를 바라보며 세월의 더께를 가늠해본다. 얼마나 많은 세월이 흘렀을까? 살아 있는 자들의 기쁨과 슬픔, 화해과 분노, 웃음과 한숨이 쉼없이 이어져온 나날은 변함이 없다. 앞으로도 살아 있는 한 필부필부匹夫匹婦의 삶이란 특별한 것도 없을 것이다. 내년에도 또 이렇게 성묘하러 올 것이다.

개똥밭에 굴러도 이승이 낫다지만 그래도 삶이 때로는 고통스럽다. 서글프고 마음이 한없이 적적할 때 조상을, 돌아가신 부모를 그리고 찾는다. 후손들의 그 애틋한 마음을 도리어 헤아리는 것일까? 오늘 따라 공동묘지 주변을 내리쬐는 햇빛이 조상의 음덕처럼 유난히 따사롭고 포근하다. 공동묘지 주변의 듬성듬성 심은 측백나무가 말없이 성묘객들을 지켜보고 있다. 말소리 하나 들리지 않는다. 조상과 후손이 교감하려는 데 방해하지 않으려는 듯 까마귀도 울지 않는다.

세상은 그래도 살 만하지 않은가? 아무리 힘들어도 조상을 기리는 마음은 변함없이 이어진다. 아무리 부족해도 아직 살아 있음이, 건강함이, 경제적으로 큰 어려움이 닥치지 않음이, 자녀가 직장을 가지고 있음이 모두 다 조상의 음덕이라고 여기고 감사 기도를 드린다.

이승에서 못다 한 부모 형제의 사랑을 나누고 그 삶의 궤적을 그리고 추모하는 오늘이다. 높은 하늘만큼이나 그리움이 짙고 깊게 가슴을 드리우는 한가위다.

— 2009. 10. 3.

갓바위 돌계단은 순례자의 보석

구르는 돌에는 이끼가 끼지 않는다. 갓바위 돌계단에도 이끼가 낄 틈이 없다. 중생의 발걸음이 줄을 이어 돌계단을 오르다보니 50여 분 소요되는 돌계단은 잠시 쉴 틈도 없다.

어머니의 축원과 할머니의 정성을 고이 이어주는 돌계단이다. 한 계단 오를 때마다 몸이 더워지고 이마에 땀이 송골송골 맺히지만, 산골짜기에서 바람이 불어와 땀을 씻어 내린다.

팔공산 자락에 갓바위가 있어 소원을 빌러 사방에서 모여드는 행렬의 발걸음이 끝없이 이어진다. 돌계단은 닳아 부서지기도 하련만 은 축원하는 자의 절절한 마음을 담아서일까 앞으로 한 세기가 흘러도 지금처럼 그대로일 것 같다. 순례자의 영혼을 어루만져주는 보석 같은 돌계단은 이끼가 낄 틈이 없다. 어쩌면 갓바위를 오르는 뭇중생의 발바닥에 다져지고 땀과 눈물이 베어 더욱 단단한 돌계단이 될 지도 모르겠다.

단풍이 한 잎 두 잎 떨어진다. 낙엽이 떨어져 바람을 타고 돌계단 위에 스르르 떨어진다. 돌계단 위의 낙엽과 단풍은 이리저리 나뒹굴

　　　　　　　　　　　바다 왈츠, 그리움 블루스

다. 수많은 이들의 발길에 이리저리 밟히고 치이면서도 돌계단을 떠나지 않는다.

돌계단을 오르다 멀리서 목탁 소리가 은은히 들릴 무렵이면 이름 모를 새소리가 나그네를 반긴다. 돌계단 옆 너른 쉼터에 양초와 염주, 목각 등을 펼쳐놓고 파는 할아버지는 "목탁의 사촌인가 보지" 하면서 빙그레 웃는다. "짹짹"인지 "짝짝"인지 하여튼 특이한 새소리가 10여 분쯤 들리다 뚝 그친다. 마치 목탁 소리에 맞추듯이 일정한 간격을 두고 장단이 잘 맞는다. 아마도 그 새는 '목탁새'가 아닐까 싶다. 새소리가 그쳤건만 산 위까지 돌계단을 오르는 내내 귓가를 맴돈다.

새가 날아간 듯한 자리에는 쉬리리 바람 소리에 놀란 낙엽이 떨어진다. 구불구불 이어진 돌계단을 오르는 중생의 머리 위로 햇살 가득 담은 단풍이 고고한 자태로 사뿐히 내려앉는다.

지치고 고달픈 인생길처럼 무미건조하고 딱딱한 돌계단에는 봄·여름·가을·겨울 내내 땀과 눈물이 주르륵 배어 있다. 남녀노소, 부자 빈자 가리지 않고 갓바위 돌계단은 한 점의 눈물과 한 점의 땀방울 기꺼이 받아들인다.

돌계단은 소원을 빌러 갓바위를 오르는 자의 튼튼한 디딤돌이다. 욕심이 지나쳐 급하게 오르면 갓바위 돌계단은 거부반응을 일으켜 나그네를 피곤하고 지치게 한다. 오직 기원하려는 일념 하나만으로 한 발 한 발 돌계단을 오르내린 이 땅의 할머니, 어머니. 한 계단 오를 때마다 목탁 소리처럼 무언의 기원을 읊으며 천천히 오르다보면 어느새 갓바위 앞에 당도한다.

멀리 억만년의 세월 동안 몇 겹으로 이어진 산들이 한 폭의 수묵화처럼 다가온다. 제일 가까운 산줄기는 큰 붓으로 짙게 그어져 있고, 두 번째 산줄기는 조금 엷으면서도 가는 붓으로 그린 듯하고, 제일 먼 산줄기는 솜털 같은 구름처럼 보드라운 붓으로 한 획을 그은 듯하다.

　　짙고 푸르며 엷은 자태로 파노라마처럼 다가오는 푸른 산은 하늘과 하나되어 조화와 순응의 은은한 맛이 넘친다. 만산홍엽의 넉넉함을 가슴에 가득 품은 산 아래로는 갓바위를 이어주는 돌계단이 고즈넉하다. 한 치 앞도 잴 수 없는 중생의 마음을 꿰뚫어보는 듯 보일 듯 말 듯한 표정으로 삶의 길을 안내하는 든든한 버팀목처럼 믿음직하게 누워 있다.

— 2009. 10. 12.

　　　　　　　　　　　　　　　　　　　　바다 왈츠, 그리움 블루스

옛 땅에 울려 퍼진 우리 노래

얼마 전, 그러니까 추석 전후로 기억하는데 중국 동북부 지역에 거주하는 우리 동포들을 위한 KBS의 전국노래자랑 선양편이 방송된 적이 있었다.

추석이나 설날 같은 명절 때면 고향에 가고 싶어도 가지 못하는 분들을 위해 마련한 노래자랑이나 장기자랑 같은 프로가 방영되는 것을 볼 수 있다. 실향민이나 외국인, 또는 멀리 떨어져 있는 해외 동포들의 마음을 달래주고 어루만져주면서 향수를 불러일으키는 좋은 무대라 생각된다.

걸죽한 입담을 자랑하며 동네 할아버지처럼 시청자에게 친숙하고 낯익은 모습으로 다가오는 사회자의 진행이 전국노래자랑 프로그램의 재미를 더해주었다. 대개 일요일 점심시간 무렵에 방영되므로 집에서 편안한 차림으로 시청할 수 있다. 가끔 춤이라도 덩실 추고 싶을 정도로 진행자의 재치와 출연자의 넘치는 끼가 어우러지고는 한다. 노래와 장기 속에 웃음이 담긴 남녀노소 누구나 부담 없이 즐길 수 있는 장수 프로그램이다.

그러나 이번 중국 랴오닝성의 선양에서 녹화한 전국노래자랑은 중국 동북부 지역에 거주하는 동포들의 애환과 사연을 고스란히 담고 있었다. 전국 여느 지역 편보다 가슴이 뭉클했다. 그리고 한편으로는 찬란했던 우리의 과거 역사가 반추되어 씁쓸한 감정이 몰려오기도 했다.

　중국에 거주하는 우리 동포의 노래와 개개인의 사연을 들으면서 그들 나름대로 애환을 가슴으로 느낄 수 있었다. 우리나라에 들어와서 일하는 가족을 찾고 그리는 마음과 살아온 나날을 잠깐 듣노라면 콧등이 시큰했다. 저 드넓은 중국 동북부 지역이 실은 고구려, 발해내는 우리 영토였음에도 이제는 남의 땅으로 굳어져버린 듯한 안타까운 마음을 금할 수 없었다.

　중국 동북부 지역 선양을 무대로 녹화 방영된 전국노래자랑 프로그램에 출연한 자들은 대부분 우리 동포들이다. 우리 동포임에도 노래 중간중간 사회자와 이야기하거나 자기 소개 등 사연을 들어보면 간혹 우리말을 쓰지만 주로 중국말이라 쉽게 알아들을 수 없다. 물론 노래는 우리말로 하지만 도중에 채널을 돌린 사람이라면 우리말과 중국말이 뒤섞여 전국노래자랑인지 한·중노래자랑인지 헷갈릴 정도이다. 그게 현실이니 어쩔 수는 없다 하더라도 적어도 출연하는 자들만이라도 그리 길지 않은 소개나 사연은 우리말로 하도록 유도했으면 더욱 좋지 않았겠나 싶은 아쉬운 여운이 남는다.

　마치 귀한 음식에 간을 하지 않은 듯 뭔가 부족한 느낌이 드는 개운찮은 맛이 난 것은 사실이다. 물론 노래는 모두 우리말로 해서 그나마 다행이란 생각이 들었다.

　　　　　　　　　　　　　　　바다 왈츠, 그리움 블루스

만주 봉천 지역을 포함한 중국 동북부 지역이 어떤 곳인가! 오늘날 소위 중국의 '동북 삼성'이라고 부르는 요녕성·길림성·흑룡강성은 우리 선조의 찬란했던 문화와 역사가 배어 있는 곳이다.

누구나 한국 역사를 배웠다면 북방 지역 영토 확장과 고토 회복을 무대로 한 역사극을 굳이 언급하지 않더라도 그곳은 우리의 땅이었다. 오늘의 우리 영토와 비교가 안 될 정도로 넓은 땅이었다. 그것은 유구한 역사의 큰 페이지를 장식했던, 그 어느 때보다 웅장하고 기상 넘치는 시대였다. 우리 민족의 자긍심을 드높였던 고구려, 발해 땅이 아니었던가!

또한 발해 멸망 후 후삼국을 통일하여 나라 이름도 고구려를 계승한다는 의미에서 고려 태조 왕건은 국호를 고려로 지었다. 이후로도 선조들은 끊임없이 북방 이민족의 침입을 물리치고 영토 회복의 꿈을 버리지 않았다. 한때 사극의 소재에서 멀어진 듯한 조선 이전의 북방 지역을 무대로 꿈과 야망을 펼쳤던 선조들의 이야기를 다룬 사극 〈대조영〉, 〈연개소문〉, 〈천추태후〉 등의 연이은 방영은 그나마 다행이다 싶었다. 사극을 보는 재미에 더하여 역사 공부도 많이 할 수 있었다.

비록 오래된 역사 이야기를 다루다보니 고증 등의 어려움도 있을 것이다. 또 극중 재미를 더하기 위해 일부는 허구일 수도 있겠지만, 주제의 흐름에 크게 벗어나지 않는 한 그러한 드라마는 '국민 교양 역사극'이라 불러도 좋을 만했다.

우리는 한반도라는 지역적 한계를 벗어나지 못하고, 그것도 남북 분단의 상황에 놓여 있다. 중국 동북부 지역은 비록 우리 동포가 주류를 이루어 살고 있고 우리 문화가 살아 숨 쉬고 있다지만 후손에게 지속적이고 체계적인 교육이 계속 시행되지 않는 한 영속성과 지속성은 보장받을 수 없다. 잃어버린 선조의 고토를 후손은 드라마 속에서나 음미할 따름이며, 지금은 엄연히 국경이 그어진 남의 땅이다. 더구나 육로를 이용해서 도보로 또는 자동차로 가고 싶어도 남북이 대치하는 형편에서 철책선이 가로막혀 있어서 그럴 수 없다. 굳이 가려면 해로로, 비행기로 중국을 우회하여 들어가야 한다. 고구려, 발해 땅의 기상과 숨결을 제대로 느끼기 위해 선조의 혼과 얼을 탐방하는데 출발부터 자유 의지로 가기가 어렵다.

비록 드라마상이지만 한빈도 남쪽에서 저 북방의 드넓은 연해주, 만주 땅으로 종횡무진으로 활동하는 모습을 보면 가슴이 뭉클하다. 그 옛날 고구려, 발해 시대의 장수나 군졸, 아니 필부가 때로는 더 부러운 것은 나의 생각만은 아닐 것이다.

현대의 국경으로 굳어버린 남의 땅 중국 동북부 지역은 이제는 꿈도 아니 희망조차 품지 않는 못난 후손들이 부끄러울 따름이다. 어느 날 갑자기 남북통일이 찾아온다 해도 압록강 너머는 남의 땅이라고 스스로 마음의 선을 긋게 될 현실이 안타까울 따름이다.

중국 동북부 지역에 거주하는 우리 동포는 미국이나 다른 지역에 거주하는 우리 동포보다 지리적으로 더 가깝다. 그러나 그동안 원치 않은 이념적 거리감 등 때문인지 어느 나라에 사는 동포들보다 더 가깝게 느껴지지 않는 듯하다.

사극 가운데 감동과 교훈을 불러일으킨 드라마 〈대조영〉, 〈연개소문〉, 〈천추태후〉 세 드라마의 공통점은 하나같이 북방 드넓은 지역에서 우리 민족의 기상과 꿈을 펼쳤던 선조의 궤적을 그리고 있는 점이다. 〈천추태후〉는 그 자신이 목종의 모후였음에도 말기에 쫓겨나는 등 개인적인 부덕으로 많은 비난과 질시를 받았다. 비록 극중에서 다소 미화되었다 하더라도 고려 태조의 후손답게 선왕처럼 고구려, 발해의 북방 영토 회복을 주창해온 여걸이다. 거란족을 몰아내고 차제에 영토 회복을 꿈꾸었던 천추태후의 한은 모든 실정과 부도덕을 덮어버릴 정도로 단연 압권이었다.

〈연개소문〉은 고구려의 드넓은 영토 확장과 웅혼한 기상을 만방에 떨쳤던 을지문덕, 양만춘, 연개소문 등 빛나는 별 같은 장수들의 이야기를 그렸다. 중국 동북부 요하 지역 등을 주무대로 수나라·당나라와 격전을 벌여 승리한 대하 드라마다.

또한 〈대조영〉은 고구려 멸망 이후 그 후손들이 모여 옛 고구려의 영화를 되찾고자 동모산 지역에서 발해를 건국한 대조영의 일대기를 그린 역사극이다. 주 무대는 좁은 한반도가 아니라 지금의 만주 벌판 요녕성 지역이요, 연변 지역이요, 연해주 지역이다.

KBS의 전국노래자랑 선양편을 보면서 많은 생각이 들었다. 우리 동포들의 애절한 사연은 남의 일이 아니라 가까운 이웃처럼 가슴에 와 닿았다. 그 뒤로 찬란했던 고구려, 발해의 위대한 역사와 흔적을 엿보게 한 사뭇 감동적인 프로였다.

— 2009. 10. 18.

'사람 씨'가 마르지 않을 길

"젊은 사람은 눈에 보이지가 않네. 전부 할매들뿐이네. 이러다가는 사람 씨가 안 마를랑가 몰라."

동해안의 작은 포구를 지나면서 할머니가 시골의 마을버스 운전 기사에게 말을 건넨다.

사람 씨라! 요즘 시골은 어느 지역이나 도시와 비교하면 상대적으로 고령화 현상이 심화되고 있다. 젊은이는 찾아보기 어렵다. 또한 출산 감소 현상과 더불어 학생도 교육 혜택이 좀 더 나은 도시로 진학하게 되니 고령화 현상은 더욱 가속화되는 형편이다. 시골에서 노소老少의 인적 균형은 역삼각형도 아닌 볼품없는 홀쭉이처럼 초라한 모습이 되어버린 지 오래다. 성장하는 자녀에게 좋은 교육 환경을 제공하고 직장을 찾아 도시로 빠져나가는 것은 지극히 당연한 일인지도 모른다.

찬바람이 몰아치는 계절에 나뭇잎은 우수수 떨어져 길가로 이리저리 나뒹군다. 인적이 드문 마을에는 낙엽 구르는 소리가 크게 귓가를 스친다. 장날 외에는 적막감마저 감돌고, 쓸쓸한 기운이 밤하

208   바다 왈츠, 그리움 블루스

늘에 퍼진다.

고독한 시골 풍경이 그림자처럼 드리워져 있어도 오일장에는 어디서 지냈는지 노인들이 거리를 가득 메운다. 그들이 발처럼 이용하는 시골의 마을버스에는 인정이 끝없이 솟는 샘처럼 이어진다. 버스 안의 좌석이나 손잡이마다 시골 특유의 텁텁한 맛과 향이 은근히 배어 있다.

평소에는 버스에 손님도 없어 빈 차 달리는 경우가 많다고 한다. 물론 정부에서 지원해주니 운영이 되지만 경제 논리로 따지면 완전 적자인 형편이다. 다소의 차이는 있겠지만, 시골의 버스 정기 노선은 대부분 자체적으로는 운행이 어렵다. 하지만 시골의 마을버스는 단순한 운행 차량의 의미를 넘어선다. 승용차나 운송 수단이 없는 이들의 손발이나 마찬가지다. 주민 복지 차량 정도로 이해를 달리해야 한다.

5일에 한 번 열리는 시골 읍내 장날이면 마을버스는 그나마 만원을 이룬다. 그렇다고 도시 출퇴근 때의 콩나물시루처럼 비좁은 전철이나 시내버스 풍경과는 비교가 안 된다. 시골 장날의 만원 버스란 그나마 앉을 좌석이 없는 정도다. 그나마 버스의 체면을 살려주는 셈이니 장날이 고마울 따름이다.

시골의 마을버스는 비가 오나 눈이 오나 손님이 있으나 없으나 정해진 노선에 따라 운행해야 한다. 내가 가끔 이용하는 마을버스는 읍내에서 동해의 작은 포구를 이어주는 긴 해안선을 따라 다람쥐 쳇바퀴 돌 듯 빙빙 돈다. 돌고 도는 인생처럼 하루에도 몇 번씩 빙빙 돈다. 물론 한 운전기사가 계속 같은 방향을 맡는 것은 아니고 교대로 운전한다.

어느 날 구수한 말투에 서글서글해 보이는 운전기사 한 분을 만
났다. 동해 작은 포구에 집이 있는데 아침에 버스 운전을 시작해 읍
내에 왔다가 해안 도로를 따라 두어 바퀴 순회한다고 했다. 그러다
가 주기적으로 다른 코스로 교대 운전하기도 한단다. 시골 소읍에서
그리 멀지 않은 중소 도시에서 생활하다 느지막이 고향으로 돌아온
사람이다. 퇴직할 때까지 얼마 남지 않은 기간에 고향에서 시골 노
인들의 발이 되겠다고 했다. 자녀는 성장해서 직장에 다니고, 이제
는 크게 돈 들어갈 일도 없어 귀향을 택했다고 한다. 그렇다고 모아
놓은 돈이 있는 것도 아니지만 고향에서 마을버스를 운전하는 것이
마음 편하고 보람도 있다고 했다.

오래도록 핸들을 잡고 있는 시골의 마을버스 운전기사는 지역 유
지요, 박학다식한 정보맨이다. 버스를 타고 가다보면 운전기사가 차
창 밖의 주민에게 손을 흔들기도 하고, 가끔 거리를 지나는 노인이
손을 흔들어주는 것을 보게 된다. 아는 사람이냐고 물었더니 대부분
그저 낯익은 버스 손님이라며 털털하게 웃는다. 버스기사에게는 손
님 대부분이 이웃집 할머니, 할아버지인 셈이다.

손님 없는 버스는 다소 빠르게 달리지만, 장날처럼 시골의 할머
니, 할아버지가 많이 타면 세상의 그 어떤 버스보다 편하고 한가하
게 달린다. 해안선을 따라 이어진 도로를 운전하다가 정류장이 아닌
곳에서 노인이 손을 들면 태워주고 또 탈 때까지 천천히 기다려준
다. 차비도 그리 딱딱하게 받지 않는 듯했다. 조금 모자라면 다음에
내시라고 말한다. 급하게 타다보니 지갑을 가져오지 않아 다음 버스

를 탈 때 준다는 이도 말없이 태운다. 시골의 마을버스 요금은 외상도 되는 셈이다. 치부책에 기록하지도 않는다. 하지만 가끔 차비를 내는 것을 잊어버린 이에게는 "할매, 차비 왜 안 내는교?" 하면서 은근슬쩍 압력을 넣기도 한다.

마을버스 승객 대부분은 시골 노인들이다보니 장날에 승객을 태우는 데 시간도 많이 걸린다. 힘겹게 올라오는 할머니도 있고, 지팡이에 의지해서 한숨을 쉬며 타는 할머니도 있다. 가끔은 반대편 길에 서서 손을 들고 버스를 잡는 이도 있다. 치매기가 온 노인이라며 씁쓰레하게 웃는다. 장날의 마을버스 안은 시끌벅적하다. 할머니들이 좌석을 가득 메운 버스 안은 마치 쉬는 시간에 재잘대는 여학생들처럼 왁자지껄하다. 보따리를 옆에 두고 무슨 말인지 알아들을 수 없을 정도로 시끄럽지만, 손님 없이 빈털터리 버스를 운전하는 것보다 더 즐겁다고 한다.

사람 사는 세상에는 사람 맛이 나야 한다. 사람 소리가 들려야 한다. 분 냄새가 나든 텁텁한 냄새가 나든 그것이 사람 냄새인 것이다. 시골의 마을버스는 그 사람들이 자주 타고 내려야 운전기사도 보람되고 신이 난다.

시골의 마을버스 운전기사에게는 노인들로부터 주워 듣는 정보가 몇 보따리가 될지 산술적으로 셈이 되지 않는다. 요즘은 정치 얘기는 거의 하지 않는다고 한다. 별 관심도 없다. 먹고 사는 게 급선무고 손주 소식이나 자식 자랑, 그리고 지역의 특성상 바다에 대한 얘기를 많이 한다고 한다.

동해안 바닷가는 그 할머니들의 삶의 터전이다. 지금은 늙어서 바다로 쉬 들어갈 수 없지만, 한때는 바닷속에서 살다시피 자맥질하며 자식들을 키워낸 장한 어머니들이다. 바닷속에서 일을 많이 하다보니 이제 여기저기 쑤시고 후유증이 온다고 했다.

과학적으로 증명할 수 없는 바닷가에서 살아온 그들만의 지혜를 버스기사는 나그네에게 알려주었다. 일출 때 태양 옆으로 짙고 길게 드리워진 구름 띠가 보이면 바람이 빠져나가지 못해서 파도가 높게 인다고도 한다. 날이 쾌청해도 방금 떠오른 태양이 수평선에 걸려 붉게 타오르고 그 주위로 층층이 구름이 덮여 있으면 장엄한 광경이 연출된다. 그러나 이내 광란의 파도는 두려움을 몰고 덮쳐 온다는 것을 잊으면 안 된다.

또 운전기사는 바다낚시의 좋은 정보도 일러주었다. 미끼는 주로 새우나 갯지렁이를 사용하지만, 둥근 귓바퀴처럼 생긴 고둥을 한 번 으깨어 낚시에 걸면 고기가 바로 낚인다고 했다. 바닷가에서 오래도록 삶의 터전을 일구어온 이들의 이야기 속에는 바다와 관련된 온갖 지혜가 다 들어 있다. 막연히 바다에 대한 동경이 아니라 바다와 생활하는 사람들의 체험적인 싱싱한 이야기를 듣노라면 나도 모르게 바닷속으로 빨려 들어간다.

조상 대대로 이어온 산자수명山紫水明한 복토의 땅에 사는 시골 노인들의 복지에 많은 관심과 애정을 가지고 다양한 방법을 찾아봐야 한다. 먼 후일, 누구나 마음의 고향을 스스럼없이 찾을 수 있는 '사람 씨'가 마르지 않을 길을 열어두어야만 한다.

— 2009. 11. 15. 영덕읍-대탄리-창포-강구 마을버스에서

바다 왈츠, 그리움 블루스

불타는 호떡과 열 받은 어묵

매섭고 차가운 바람이 거리를 활보한다. 시리고 추운 계절에 날카로운 바람은 어디서 와서 어디로 가는지 서럽게 운다. 앙상한 가지를 늘어뜨린 사무실 앞마당의 감나무는 방향도 없는 변덕스런 바람에 몸을 움츠리고 따뜻한 자리를 찾아 서성이는 보헤미안처럼 쓸쓸해 보인다.

남은 잎사귀마저 파르르 힘없이 떨어진다. 까치 한 마리가 감나무 꼭대기에 앉아 바람이 멎기를 기다리는 듯하다. 담 너머 지팡이를 짚고 걸어가는 노인의 그림자가 크게 늘어진다.

바람 불고 추위가 엄습할 때 몸과 마음을 따뜻하게 녹여주는 간식거리로 무엇이 떠오를까? 부담 없이 간단히 먹을 수 있는 먹거리로 호떡과 어묵(오뎅)이 먼저 떠오른다. 사무실에서 궂은 일을 도맡아 하는 입심 좋은 직원은 배에서 저절로 꼬르륵 소리가 나는 늦은 오후면 곧잘 사다리 타기를 제안한다. 그러면 직원들은 모두 좋아라 하면서 동의한다. 서늘한 사무실에 갑자기 따뜻한 훈기가 돈다. 사다리를 타서 조금씩 갹출한 가금으로 출출한 배를 채우기 위해 호떡과 어묵을 사 온다.

사다리는 직원 수대로 종이에 사다리를 그린다. 어릴 때 담뱃잎 말리는 창고에 오르는 사다리가 연상된다. 그 사다리는 길고 2개의 긴 축에 횡대로 일정 간격을 두고 작은 나무 막대를 붙여 발을 딛고 올라 갈 수 있게 되어 있다. 하지만 간식거리를 위해 돈을 갹출하는 종이 위의 사다리는 정해진 것이 없다. 외톨이 사다리를 그리지 않는다. 몇 개의 사다리를 빈 공간 없이 그린다. 자도 필요 없이 대충 그린다. 엿장수 마음처럼 그리는 사람 마음대로 그린다. 몇 개의 사다리를 그리고 펼치면 직원은 타고 싶은 사다리를 찍는다.

사다리 꼭대기에는 돈이 주렁주렁 걸려 있다. 값은 다양하지만 묵시적으로 상한선은 있다. 대개 1,000원부터 5,000원까지다. 이때는 큰 액수를 좋아하지 않는다. 아니, 작은 액수를 좋아한다. 큰 액수에 걸리면 그만큼 주머니에서 꺼내야 하기 때문이다. 십시일반 조금씩 낸 돈으로 간식거리를 사 먹으니 은근 긴장감과 함께 먹거리를 즐길 수도 있어 좋다.

사무실에서 멀지 않은 삼거리 부근 슈퍼마켓 건너편에 호떡과 어묵을 파는 포장마차가 있다. 인근에 거주하는 중년의 부부가 운영하는데, 그들이 반죽하고 철판에 구워낸 호떡과 밤새 우려냈을 국물로 익힌 어묵이다. 비단 거리가 가까워서 그 포장마차에서 사는 것만은 아니다. 맛과 모양이 남다르다. 달달한 설탕물을 품은 하얗게 탱글탱글한 호떡이 뜨거운 기름에 데쳐져 보기만 해도 김이 넘어갈 정도로 맛이 좋다. 김이 모락모락 피어오르는 뜨끈뜨끈한 국물 속에 어묵도 오후의 허기를 달래기 제격이다. 큼지막한 무가 누렇게 익어 있는 국물에 담긴 어묵 맛도 일품이다.

어묵도 한 종류가 아니다. 납작한 것도 있고 동그란 것도 있다. 입맛이 다양하다보니 고객에 맞추지 않으면 살아남지 못할 터이다. 포장마차의 먹거리도 이제는 양에서 질로 승부를 해야 살아남는 시대가 되었다. 맛이 없으면 손님은 오지 않는다.

먹거리에 여유가 없던 시절, 눈만 뜨면 마을 이장 집 확성기에서 잘살아보자는 새마을 노래가 울려 퍼지던 그때 아이들에게 호떡이나 어묵은 사치스런 간식거리였다. 짜장면 한 그릇만큼이나 어려운 먹거리였다. 학교 운동회나 소풍 때나 겨우 사먹을 수 있는 정도였다. 한번은 초등학교 운동회 때 5촌 형과 노점에서 어묵을 같이 사먹은 적이 있다. 그 형은 어묵에 얼마나 굶주렸는지 좀 과장하면 요즈음 내가 1년 먹을 분량을 한 번에 먹은 듯했다. 그 당시 잘 기억나지는 않지만 하나에 50원 정도 한 것 같다. 무슨 돈으로 학생이 그렇게 많이 먹을 수 있었는지 지금도 궁금하다. 막대기를 꽂은 길쭉하면서 둥근 어묵이었는데, 그때의 맛은 잊을 수가 없다.

인심 좋은 부부가 운영하는 회사 근처 포장마차 안의 호떡과 어묵이 생각나는 겨울밤이다. 호떡과 어묵은 다정한 사촌처럼 늘 붙어다닌다. 불타는 호떡과 열받은 어묵이 손님과 주인의 마음을 은은하게 데워준다. 길거리에는 차가운 바람만이 나부낀다. 멀리 포장마차에서 흘러나오는 불빛이 더욱 따뜻하게 느껴진다.

— 2009. 12. 5.

가출한 개를 찾습니다

무슨 사연으로 가출한 것일까? 칼바람이 부는 엄동설한에 어디서 무엇을 하며 밥은 제대로 먹고 지내는지, 혹시 굶어 죽지나 않았는지 주인의 심정을 헤아릴 수 있겠다. 어느 차가운 하늘 아래 방황하고 있을지 모를 개를 찾기가 그리 쉽지 않을 것이다. 얼마나 그립고 답답했으면 전단까지 만들어 뿌릴까 싶다.

시골의 한 버스 정류소 기둥에 붙여놓은 전단을 보니 긴 여운이 꼬리를 물고 늘어진다. '잃어버린 개를 찾는다', '집 나간 개를 찾는다'는 전단이야 가끔 봤지만 '가출한 개를 찾는다'는 말은 좀 특이해서 시선을 끌었다. 집 나간 개나 가출한 개나 다를 게 뭐냐고 할 수 있지만 사람의 마음에 닿는 느낌은 현저히 다른 것 같다.

A4 용지에 사연과 나이 등을 적어서 마치 사람 찾는 전단처럼 버스 정류소 기둥에 붙여져 있었다. 큰 제목과 바로 아래 한 줄을 보다가 눈을 돌렸다. 다 읽어보다가는 왠지 가슴이 너무 시릴 것 같았다. 제목만 봐도 주인의 심정을 알 만했다.

대개 집에서 기르는 개는 오래도록 사람과 같이 지내다보면 정이

216

들고 마치 가족처럼 여기게 된다. 그처럼 정든 개가 가출을 해버렸다니 전단에 녹아든 사연을 어찌 A4용지 한 장으로 다 설명하겠는가? 이제는 잃어버린 개를 찾는다는 전단을 보면 그리 낯설지도 않을 정도다.

문득 사무실 입구 벽에 붙은 사람 찾는 전단이 오버랩되었다. 실종 아동과 실종 장애인을 찾는다는 전단 벽보는 세월 없이 걸려 있다. 벽에 붙어 있거나 길거리에서 전달받는 사람을 찾는 전단을 평소에는 별 느낌 없이 지나치게 되는 것이 사실이다. 하지만 시골의 버스 정류소에서 가출한 개를 찾는다는 전단을 보니 갑자기 그들의 애타는 심정이 상상되었다. 기르는 동물에 대한 애정이 이러하거늘 실종된 아동이나 장애인을 찾는 가족의 마음은 오죽하랴 싶었던 것이다.

차가운 냉기가 버스 정류소 안을 감돈다. 살을 에는 듯한 강추위가 엄습한 주말의 아침에 드나드는 사람도 별로 없다. 등산복 차림의 중년 아저씨와 할머니 몇 분, 어린 여학생 서너 명이 난로 가까이 서서 말없이 손을 녹이고 있다. 난방도 제대로 안 된 시골 버스 정류소 구내 주위를 둘러보니 매표소에서부터 찬바람이 몰려 나온다. 변변한 컴퓨터도 하나 없는 모양이다. 아니, 승객이 별로 없으니 있어야 할 이유도 없는 듯했다. 날카로운 쇳소리가 어디서 들려오는 듯하다. 통로 입구에는 바람이 몰려왔다 빠져나간다. 그 바람에 노인과 학생은 몸을 움츠리며 난로 가까이 한 발 다가선다.

누구 하나 불평하지 않는다. 뜨거운 가슴속 심장처럼 철제 난로 뚜껑에서 빠끔히 얼굴을 내미는 빠알간 불꽃이 고마울 따름이다. 길게 이어진 은빛 연통이 추억을 더듬듯 허공을 바라보고 있다.

예전과는 몰라보게 많이 변한 시골 환경이지만, 이 버스 정류소는 30년 전이나 지금이나 변한 게 없다. 매표소 자리나 화장실과 버스 주차장, 그리고 2층의 다방이 변함없는 위치에 자리하고 있다. 괜스레 마음 바쁜 사람의 심정을 꿰뚫어보면서 여유로운 마음으로 살라는 충고를 던져주는 듯 시간이 멈추어선 풍경이다.

사람은 저마다 살아가면서 찾아야 할 것이 종종 생기는 모양이다. 세월의 더께만큼 마음에 품은 그리운 것들이 오늘이다. 점점 잊혀져 가는 고향도 그중 하나이리라.

주인은 가출한 개를 언제 찾을 수 있을까? 사무실 입구 벽의 빛바랜 전단에 실린 실종된 아동과 장애인은 언제 그리운 가족을 만나게 될까? 힘들더라도 저마다 관심과 애정을 가지다보면 언젠가 만날 날이 올 것이다.

시골 버스 정류소 구내의 을씨년스런 유리창 너머로 살가운 그림자가 아련히 밀려온다. 버스 한 대가 터덜거리며 겨울의 버스 정류소를 뒤흔든다. 황토 바람을 날리며 버스는 고향을 떠난다.

— 2009. 12. 19. 영양문학 출판기념 송년회에 다녀와서

바다 왈츠, 그리움 블루스

바보상자는 바보가 아니다

어젯밤에 갑자기 바보상자가 먹통이 되어버렸다. 검은 박스를 툭 건드리면 안에서 찌지직 기분 나쁜 소리만이 들리고 화면은 전혀 나오지 않았다. 혹시나 싶어 옆집에 알아보니 모두 화면이 나오지 않는다고 했다. 유선방송 인입선에 문제가 있는지 그날 밤은 먹통인 채로 보냈다. 이튿날 퇴근 후 집에 와 보니 그제야 바보상자는 싱긋 웃으며 빛깔 고운 차림으로 요란을 떨고 있었다.

지난 밤 조용하던 방 안도 바보상자에서 울리는 소리와 바보상자 밖에서 나오는 소리가 어울려 적적한 풍경을 몰아냈다. 평소에 바보상자는 바보인지 잘 모른다. 바보상자라고 하니 그저 그런가보다고 여기지만 별 생각 없이 바보상자 속으로 빨려 들어가 무미건조한 시간을 달래고는 한다.

우리 집에도 바보상자가 태어난 지는 꽤 오래되었다. 처음에는 흑백으로 출발하여 어느 날 총천연색으로 치장되어 야단법석을 떨었다. 안방의 주인이 되어버린 지 수십 년이다. 그렇다고 소중히 다루어야 할 가보 같은 존재는 아니다. 쓰다가 마음에 안 들거나 새로운 바보상자가 출현하면 별 부담 없이 갈아치운다.

방 가운데 한자리를 차지하고 있는 바보상자는 어느 날 잠시라도 모습을 비추지 않으면 안절부절못한다. 마치 금단의 시초처럼 이리저리 서성이며 여기저기 만져보고 두드려본다. 혹시 바보상자의 핏줄을 이어주는 유선방송의 전화번호를 알아내어 어서 고쳐보라고 다그친다.

지금은 텅 빈 벌판이 황량해 보이는 마을이지만 40년 전만 하더라도 고향 마을은 면 내에서는 제법 큰 동네로 으스댔다. 텔레비전이 처음 들어왔을 때 아이 어른 할 것 없이 신기한 마술상자를 보듯 눈길을 뗄 줄 몰랐다. 120여 호 되는 마을에서 텔레비전을 처음 도입한 가구는 가까운 친척 집이었다. 그 당시만 해도 텔레비전을 사려면 제법 큰마음을 먹어야 할 정도였다. 그 후 텔레비전이 대량 생산되고 만화영화나 코미디 프로에 물든 아이들의 성화에 집집이 텔레비전을 들였지만, 한동안 마을에서는 유일하게 친척 집에만 텔레비전이 있었다. 사랑방이 비좁아 마당에 천막을 치고 시청하기도 했으니 마을의 극장이나 다름없었다. 그러고 얼마 지나지 않아 영부인 육영수 여사의 서거 때는 온 동네 사람들이 몰려들어 텔레비전 앞에서 눈물을 흘렸다.

생활 수준의 향상과 더불어 칼라 텔레비전이 보급되다보니 마침내 생활필수품처럼 취급되었다. 대처에서 생활하는 자녀가 명절 때 새 칼라 텔레비전을 부모에게 사드리기라도 하면 온 동네에 소문이 퍼지고는 했다. 그 시절이 까만 밤처럼 아득하다.

드라마에 푹 빠진 이는 옛날 사람들은 무슨 낙으로 살았을까 하

바다 왈츠, 그리움 블루스

며 드라마 때문에 밤이 즐겁다며 예찬한다. 변변한 취미가 없는 아주머니들에게 드라마는 인기 만점 프로그램이었다. 한때 에너지 절약 운동으로 자정이 넘은 심야나 한낮에는 방영하지 않기도 했다. 하루의 종영이 아쉬워 애국가도 4절까지 들은 뒤 편성책임자 이름까지 다 보고 찌지직거리며 화면이 꺼질 때까지 눈을 떼지 못하던 이도 있었다.

그러나 이제는 밤낮으로 전파를 쏘아 대고 공중파 방송만이 아니라 다양한 특성을 갖춘 다채널 케이블 방송이 헤아릴 수 없을 만큼 늘어났다. 채널 선택권이 넓어졌고 가히 시청자가 주인인 시대가 되었다.

텔레비전은 시청자에게 웃음과 즐거움을 줄 뿐만 아니라 뉴스, 생활 정보 등 유익한 소식을 제공해왔다. 하지만 한편으로 어른 아이 할 것 없이 텔레비전 시청 시간이 많아지다보니 부작용도 만만찮게 지적되었다. 자연히 가족 간의 대화가 끊긴다는 게 가장 큰 문제였다. 아이들도 일방적인 전달식 시청으로 토론 부재와 창의력이 떨어진다는 점도 심각하게 거론되었다. 그러다보니 어느 순간부터 텔레비전은 바보상자로 치부되기도 했다.

그러나 텔레비전은 시공간적 제약 등으로 습득할 수 없는 각종 정보와 지식, 그리고 즐거운 여흥을 가져다준다는 점에서 그렇게 부정적으로 볼 일은 아닌 것 같다. 텔레비전을 이제는 바보상자라고 부르기에는 다소 어색할 정도로 정보기술의 발달과 더불어 진화를 계속하고 있다.

텔레비전은 이제 일방통행식이 아닌 쌍방향 정보 전달의 매개체가 되어 있다. 앞으로는 머지않아 그 바보상자가 사람을 관리하고 보살피는 시대가 올 듯하다. 문제는 그것을 어떻게 쓰고 다루느냐에 달린 것 같다. 바보상자는 아이나 어른 할 것 없이 시청하는 자의 이용 방법에 따라 바보상자가 되기도 하고 똑똑한 상자가 되기도 할 것이다.

바보 아닌 바보상자는 곳곳에 즐비해 있다. 안방에도, 거실에도, 여관에도, 식당에도, 대합실에도, 차 안에도, 사무실에도 없는 곳이 없다. 바보상자는 늘 우리 가까이에 있다. 이제 바보상자를 미워하면서 바보상자를 바라보는 바보는 없을 듯하다.

— 2010. 4. 3.

바다 왈츠, 그리움 블루스

유월의 초록빛 매실

하얀 안개가 산 중턱에 걸려 있고, 들녘은 간밤에 내린 비로 과일과 곡식이 더욱 싱그럽게 익어간다. 어디선가 닭 울음소리가 고요한 아침을 깨트리고 덩달아 까치들도 합창을 한다. 벼 모종이 파릇파릇 피어오르고 논두렁 사이에 들고양이가 멋쩍은 듯 얼굴을 긁으며 멈칫하더니 이내 지나가버린다. 멀리 논과 밭 사이로 대추나무와 매실나무가 물결처럼 일렁인다. 매실이 주렁주렁 달린 고동색 나무 사이로 뭉게구름이 두둥실 떠 있다. 녹음방초 우거진 들판에 바람이 일고, 울퉁불퉁한 푸른 산줄기가 띠를 이루며 들과 하늘 가운데서 한 폭의 풍경화처럼 굵게 획을 긋고 있다.

유월의 산하는 초록으로 치장한다. 초록의 계절과 조화를 이루는 과실 하나를 고른다면 단연 매실을 꼽을 수 있다. 신맛의 조그만 과실이지만 초록의 향기를 한껏 발산하는 초여름의 전령사다.

후두둑! 매실이 우박처럼 바닥에 떨어진다. 여럿이 동시에 매실나무를 때리고 흔들어대면 땅바닥에 조그만 매실이 툭툭 박힌다. 떨어진 매실은 황토의 부드러운 촉감과 만나 살아 숨 쉬는 것 같다.

매실나무 가지는 옆으로 퍼지고 이어져 나란히 손을 맞대고 정답게 속삭이는 듯하다. 잔바람에도 춤을 추며 아래에는 잡초와 공생한다. 청개구리가 하품하며 나른한 몸을 추스르고 한 걸음 한 걸음 뜀박질한다.

매실은 수확할 때 팔에 힘을 너무 주면 지칠 수 있다. 상큼하고 풋풋한 향기를 즐기면서 털어내는 것이 좋다. 가지가 휘어질 정도로 촘촘히 달린 매실은 작은 막대로 적당히 힘을 주어야 한다. 너무 살살 다뤄서는 세월이 없고, 그렇다고 무지막지 패버리면 안 된다. 잘못해서 매실에 상처가 나면 못 쓰게 된다. 수확할 때 상처 입은 매실을 보면 안쓰럽다. 매실나무는 줄기를 툭툭 쳐서 그 진동으로 매실이 떨어지게 한다. 그러면 잎사귀는 방패가 되어 작은 열매를 보호하는 역할을 한다.

초여름의 매실은 자연 그대로의 색조로 주위와 어울린다. 매실 아래 심은 깻잎 모종과 동색이다. 차분하게 마음을 가라앉혀주는 초록 매실을 바라보면 자연과 사람이 하나가 된다.

매실의 향기는 은은하고 자연스럽다. 풋풋한 청춘의 내음이다. 매실은 지조 있는 과일이다. 겉과 속이 한결같다. 노란색 겉면에 흰 속살을 감춘 참외나 녹색 겉면에 붉은 속살을 감춘 수박과 달리 안과 밖이 모두 초록이다. 비록 여느 과일처럼 달지 않고 신맛이 강하고 텁텁하지만 개성만큼은 무엇보다 강하다. 수박이나 참외처럼 과일 그대로를 바로 먹는 과일이 아니라 2차 가공으로 오랜 시간 숙성해야 참맛이 난다.

세월의 더께만큼 매실나무 밑동은 굵고 거칠지만 잔가지들은 온통 푸름으로 가득하다. 타원형의 열매는 언제 보아도 청초한 빛깔이다. 물기를 머금은 매실은 더욱 싱그러워 보인다.

매실에는 주인의 정성이 많이 들어간다. 함부로 대하는 과일이 아니다. 낙과부터 상품으로 나올 때까지 어르고 달래야 한다. 흠집이 난 매실은 따로 솎아낸다. 하지만 매끈한 것이나 상처 난 미끈한 것이나 그 효용은 같다. 매실은 여러모로 이로운 열매다. 매실주를 담기도 하고 매실 장아찌나 매실 진액을 만들기도 한다. 제대로 품어 봐야 진가를 알게 된다. 요즘은 시장에도 많이 나와 6월 무렵이면 쉽게 만날 수 있는 과실이다.

올해는 이상 기후로 매실의 작황이 좋지 않다. 나무마다 주렁주렁 달려 가지가 바닥에 닿을 정도지만 열매가 대체로 작다. 하지만 작은 열매든 굵은 열매든 매실의 향기와 빛깔은 동일하다.

얼마 전 상품으로 내놓거나 매실주로 담기에는 좀 작은 열매를 씻어서 조그만 통에 담아 설탕을 넣고 뚜껑을 덮었다. 설탕과 배합된 매실이 부글부글 끓는 듯 벌써 기포가 올라온다. 상큼한 향기를 가득 품은 청아하고 탱글탱글한 초록빛 매실의 진가를 아는 사람은 이미 행복한 사람이다.

— 2010. 6. 15.

번개시장에는 번개가 없다

파란 하늘 사이로 뭉게구름이 유유히 떠 있다. 날개 달린 천사처럼 깃털을 세우고 뭉게구름은 뽀송뽀송 하얀 거품을 뿜으며 하늘로 솟아오른다.

소년이 강변에 앉아 흰 도화지에 파란 바탕색을 칠하고 그 위에 붓으로 뭉게구름을 그린다. 그림은 단순하지만 소년의 그림은 하늘을 닮았다. 높은 가을 하늘이 아름답지만 구름이 춤추는 여름 하늘도 소년의 눈에는 아름답기 그지없다. 뜨거운 여름 풍경은 여백의 미를 살리면서 소년의 그림 속에 녹아든다.

불볕 햇살을 받으며 달구어진 길바닥에는 개미 한 마리 보이지 않는다. 달걀을 깨트려놓으면 금방 완숙될 것 같다. 은행나무에는 매미가 연신 고함을 질러 대고, 염천 더위에 비둘기도 힘겨워 제대로 날지 못하는 것 같다.

여름 하늘은 변화가 무쌍하다. 맑은 하늘이 돌변하여 먹구름이 뒤덮이고 갑자기 우레와 같은 번개가 치기도 한다. 번개도 장소를 가리지 않고 종잡을 수 없이 내리친다. 폭서의 계절에는 대기 불안정

바다 왈츠, 그리움 블루스

으로 그야말로 마른하늘에 날벼락이 떨어지는 경우가 더러 있다. 천둥과 번개는 두려움의 대상이기도 하다.

그러나 번개시장에 가면 번개가 내리치지 않는다. 번개도 비켜간다. 요즘 재래시장은 현대화 바람으로 비가 오나 눈이 오나 시민이 전천후로 이용할 수 있도록 꾸며져 있다. 컬러풀한 천장이 덮이고 하늘을 가려 비가 와도 끄떡없다.

하지만 경부선 대구역 옆에 오래도록 터를 잡고 있는 번개시장은 하늘이 뚫려 있다. 구멍이 숭숭 뚫린 검은 그물이 시장 상가 양쪽 하늘 위로 걸쳐 있다. 비바람이 불면 날아갈 듯하지만 심지가 굳은 번개시장 상인들처럼 흐느적거려도 쉽게 떨어지지 않는다. 여름에는 그늘이 되어주고 겨울에는 추위를 막아주는 방패막이 된다.

번개시장은 대구역 담 너머 동서로 길게 이어진 재래시장이다. 오래도록 이 지역에 거주한 할아버지 얘기로는 시장이 형성된 지는 30년 정도 되었다고 한다. 처음 시장이 형성될 때는 아침 나절 번개처럼 잠깐 장이 서고 사라져 '번개시장'으로 불리게 되었다고 한다. 상설시장이 아니라 번개처럼 나왔다가 번개처럼 사라지는 반짝 시장인 셈이다. 대구 근교에서 농사를 짓는 아주머니, 할머니 들이 채소나 과일 등을 보따리에 담아 기차로 싣고 와서 노상에 깔아놓고 잠깐 동안 팔고는 귀가하는 서민 번개시장이었다.

요즘 번개시장은 많이 달라졌다. 예전처럼 반짝 나타났다 사라지는 것이 아니라 생활 전선으로 터를 잡은 상인들의 상설 재래시장이 되었다. 변하지 않은 것은 상인 대부분은 아주머니, 할머니 들이라는 점이다. 아직 젊은 상인의 모습은 잘 눈에 띄지 않는다. 요즘의 번개시장에는 채소류·잡곡류·해산물·가공식품 등 없는 것이 없다. 오늘의 번개시장은 서민에게 친근한 농수산 백화점이다. 농민과 촌로들의 땀이 배어 짭조름한 맛이 깃든, 현대식 마트에 비해 저렴하면서도 기계적인 계산이 흐르지 않는, 인정이 강물처럼 흐르는 소시민의 농수산 백화점이다.

할머니표 먹거리들은 싱싱하다. 텃밭에 심어놓은 채소를 막 뽑아 온 것 같다. 요즘은 이 번개시장의 진가를 알아본 젊은 주부들의 발길이 점점 늘어나고 있다고 한다.

변변한 지붕 없는 번개시장은 소시민 상인과 손님이 어우러져 넉넉한 풍경을 그려내고 있다. 도회의 중심에서 명물 아닌 명물이 되어 오늘 하루를 연다. 여름날 불타는 도심처럼 그네들의 삶도 뜨겁게 불타오른다. 천둥이 쳐도, 마른하늘에 날벼락이 쳐도 번개시장은 끄떡없을 듯하다. 삶이 뜨거운 번개시장에는 번개가 없다. 번개가 비켜갈 뿐이다.

—2010. 7. 28.

자연 도가니탕 속으로

고요한 산속에 까치가 울자 소나무 바다에 파문이 인다. 솔잎이 파르르 떨리고 솔방울이 떨어지자 나비효과처럼 벌레가 윙윙거리고 낙엽이 사각사각 구른다. 소나무 사이로 듬성듬성 내비치는 싸리나무 등 관목 잎사귀로 햇살이 쏟아진다. 노란 나뭇잎에 가려진 파란 잎사귀가 실낱같은 햇살을 깊이 빨아들이며 타오르는 단풍과 거리를 두고 은빛 물결처럼 반짝거린다.

산속에서의 독서는 지친 몸과 영혼을 달래준다. 소나무에서 뿜어져 나오는 향이 정신을 맑게 하고 자연 사색의 장으로 빠져들기도 한다. 오만 가지 잡념이 창공으로 훌훌 날아가버리고 소나무와 숲이 하나 된 세상에 홀로 독서삼매경에 빠져든다. 풀벌레 소리마저 독서의 맛을 돋우는 배경음악이 되고 서산마루에 걸린 붉은 노을은 리드미컬하고 운치 있는 한 폭의 풍경화를 연출한다. 자연은 자연 그대로의 맛이 좋다.

자연 속에서 만나는 들꽃과 이름 모를 벌레 소리, 까치 소리, 툭툭 소나무 껍데기 떨어지는 소리…. 사각사각 떨어지는 낙엽을 밟으며 우주의 중심이 되어 걷는다. 얼마나 마음이 풍요롭고 영혼이 살찌는지 홀로 산속을 걸어본 자만이 느낄 수 있다.

조금 땀이 나면 윗옷을 벗어 나무에 던지고 심호흡 크게 내쉬어 보자. 피톤치드 향기가 전신을 파고드는 것 같다. 풀벌레가 시샘하는지 소리 없이 손과 다리를 깨물어 살짝 가렵고 살갗이 부풀어오르는 불편함은 감수한다. 숲속의 싱싱하고 새큼한 공기와 향이 버무려져 온몸을 감싼다. 마음 같아서는 적나라하게 자연과 교감하고 싶어진다. 태초의 인간처럼 벌거벗은 몸으로 하나 숨김없이 자연 속에서 목욕하고 싶은 마음이 굴뚝처럼 솟아난다. 자연에 다가서면 부끄러울 것도 없고 분노와 슬픔과 노여움과 원망도 스르르 떨어지는 낙엽처럼 자신을 태운다.

산속을 벗어나면 사람의 홍수 속으로 다시 빠져 들어간다. 좋은 것이든 나쁜 것이든 부대끼며 살아야 한다. 한 발자국만 건너면 자연과 동떨어진 인간의 세상이 넓게 펼쳐져 있다. 그런데 사람들은 모순 덩어리 세상에 지쳐 가끔은 자연 속으로 파고든다. 그 목적이 건강을 위해서든 산을 좋아해서든 뭐든 자연 속으로 드나들면서 가끔은 잠자는 자연을 깨운다.

자연은 청아하게 울리지만 산속에서도 사람 소리는 시끄럽다. 심지어 산속에서도 서로 싸우는 소리가 들리고 시끌벅적 와자지껄하다. 인간의 이기심과 욕심, 물질에 대한 욕망과 집착은 자연 속에서도 벗어나기 어려운 것 같다.

공지영의 소설 〈도가니〉 전반부에 보면 주인공 강인호가 사업에 실패해 한동안 백수로 지내다가 처의 친구 도움으로 집과는 멀리 떨어진 무진이라는 도시에 기간제 교사로 취직하게 된다. 그곳은 장애인 학교이며 교장과 행정실장이 쌍둥이로 온갖 구린내가 처음부터 풍긴다. 쌍둥이 동생 이강복이 기간제 교사로 출근한 강인호에게 건네는 것은 따뜻한 차 한잔이 아니라 의미심장한 손바닥을 펴 보인다. 얼른 알아채지 못한 강인호는 뒤늦게 지폐 다섯 장에 교사로서 괴로워하지만, 멀리 있는 가족 걱정과 현실에 타협하게 된다. 인간이 만들어낸 이로운 창조물 외에 인간의 본성에 근거한 온갖 모순덩어리와 사회의 약자에 대한 다수 선입견이 빚어낸 그들 밖의 인간 멸시와 경시 등이 빚어낸 잡동사니가 모여 있다.

소설 〈도가니〉와 달리 조물주의 형상대로 자연스럽게 흘러가는 뒷산의 깊은 숲속에는 만물이 즐거운 도가니탕을 연출하고 있다. 헤아리기도 부르기도 어려운 풀과 잡초·낙엽·나무·새 등이 조용하지만 저마다 싱그럽게 화음을 내고 있다.

잠시나마 홀로 소나무 우거진 깊은 자연으로 들어가본다. 주변에는 인기척도 없고 오직 자연과 나뿐이다. 고함도 질러본다. 하품도 자주 크게 해본다. 욕도 해본다. 윗옷도 벗어본다. 흥에 겨워 노래도 목청껏 불러본다. 허리끈도 풀어본다. "야호!" 목청껏 외쳐본다. 거추장스런 장식은 모두 떨쳐버린다.

신은 모두를 포용한다. 사람에 치이고 삶에 지치면 가끔 홀로 자연 속으로 들어가보자. '즐거운 자연 도가니탕' 속으로 잠시 빠져보자.

— 2010. 10. 31.

눈 속의 새해 첫날 갓바위 염원

눈보라를 헤치며 새해 첫날에 미끄럼 타듯 아슬아슬하게 중생들이 갓바위를 오른다. 아이 어른 할 것 없이 하얀 얼굴에 붉은 마음을 안고 갓바위에 오르는 사람의 행렬이 길게 이어진다. 해발 850미터 팔공산 관음봉에 앉아 있는 갓바위를 향한 중생의 뜨거운 염원에 계단에 쌓인 눈이 차갑지 않다. 갓바위가 뭐기에?

갓바위는 신라 선덕여왕 때 원광법사의 수제자 의현대사가 그의 어머니를 기리기 위해 만들었다고 한다. 갓바위의 효심이 1,400년이 흐른 지금도 신라 오악의 하나인 팔공산 자락을 타고 온 사방에 퍼진 듯하다. 저 높은 산 위에 앉아 있는 부처는 단순한 부처가 아닌 효심의 부처다.

육신의 고달픔을 감내하고, 비바람과 산짐승의 울부짖음을 내쫓으며 이승에서 못다한 효도를 부처의 힘으로 오랜 세월에 걸쳐 다듬었을 것이다. 어머니에 대한 애틋한 마음을 기리는 불제자가 지극한 정성으로 다듬어 갓바위를 만들었으니 비록 돌로 만든 부처 일지 언정 그 정성에 감읍하여 하늘과 땅이 울리고 그 메아리가 세월을 초월하고 공간을 초월하여 지금에 이른 것이다. 오늘도 우리 어머니, 할머니 들이 찾는 갓바위는 따뜻이 생기가 넘치는 모습이다.

새해 첫날에 갓바위 정상 널따란 평지에는 기도하는 사람들로 가득하다. 엎드려 기도하는 이, 서서 기도하는 이, 갓바위의 은총을 간직하고자 카메라 셔터를 누르는 이 등의 형형색색이 한겨울의 강추위를 녹여버릴 만큼 그 열기가 대단하다.

갓바위 부처를 감싸는 주변 바위에는 비둘기들이 마치 호위병처럼 자리를 지키고 있다. 비둘기도 새해 염원하는 이의 마음을 아는지 조용히 앉아 중생을 내려다본다.

새해 첫날에 갓바위를 찾는 사람들은 눈발이 날리는 미끄러운 돌계단도 아랑곳하지 않는다. 소원 하나를 들어달라는 일념으로 찬바람을 뚫고 갓바위에 오른다. 대구·경북·부산·경남뿐만 아니라 서울·충청도·전라도 등 전국 각지에서 온다. 갓바위로 오르는 좁은 돌계단 사이에는 온갖 지역 사투리들이 뒤섞인다. 갓바위는 특정 지역민의 장소가 아니라 국민 누구나 건강과 행복과 소원 성취를 바라고 무거운 짐을 풀어놓는 기도장이다.

갓바위 제단 앞에는 저마다 다양한 소원을 적어놓은 촛불이 끝없이 타오른다. 행복 기원, 사업 번창, 취업, 승진 등 각인각색만큼이나 소원도 다양하다. 그 가운데서도 제일 많은 것이 가족 건강 기원인 듯하다.

제단 아래층에는 각종 불교 관련 소품을 판매한다. 불교 문양이 새겨진 액세서리에서부터 모형탑과 시계 등이 진열되어 있었다. '참 좋은 인연입니다', '세상에서 제일 좋은 이름은 어머니' 등의 글귀가

새겨진 수건과 보자기에는 소박하지만 심금을 울리는 은은한 향기가 배어 있다.

눈보라가 휘날리는 겨울의 돌계단 하산길은 오를 때보다 더 힘들다. 한 발 한 발 조심해서 내려가야 하는 길이다. 돌계단 양쪽으로 안전망이 산 아래까지 설치되어 있지만, 음지 쪽에 쌓인 눈은 무척 미끄럽다. 그러나 아이, 어른, 할머니 할 것 없이 줄을 잡고 엉금엉금 내려오는 이들의 입가에는 흐뭇한 미소가 떠나지 않는다. 한겨울인데도 모두들 이마에 땀이 송글송글 맺혀 있다. 옷깃만 스쳐도 인연이라고 하는데, 새해를 여는 첫날에 갓바위 돌계단을 오르내리며 부딪히는 사람들은 오랜 인연이 맺어져 있을 법하다. 알 수 없는 무수한 인연이 눈발에 흩날린다.

하얀 눈으로 뒤덮인 설송雪松 사이로 떨어지는 겨울 햇살이 눈부시다. 관음사 옆 지붕에 매달린 고드름이 툭 계곡으로 떨어진다. 고요한 산사에 방울방울 떨어지는 고드름 물방울 소리가 유난히 크게 울린다. 인적 없는 암자 마당에는 하얀 눈이 수북이 쌓여 한 폭의 수채화를 그리고 있다. 탱화에 그려진 소를 끄는 떠꺼머리 아이가 금방이라도 튀어나올 듯하다. 새하얀 겨울이 깊어간다.

멀리 올려다보이는 돌계단에는 순례자의 행렬이 눈 속의 단풍처럼 울긋불긋한 끝없이 이어지고 있다. 그 너머 갓바위가 한겨울 추위에도 아랑곳하지 않고 미소 짓고 있다.

— 2011. 1. 1.

바다 왈츠, 그리움 블루스

달걀과 친구 여동생

엊그제 내린 폭설로 산하는 하얀 바다를 이룬다. 쌓인 눈을 뚫고 회색 기차는 드넓은 낙동강을 따라 달렸다. 부산역은 경부선의 시발점이자 종점역이다. 인생도 달리는 철마처럼 시작과 끝이 있다.

휴대전화에 문자 메시지 소리가 울려 꺼내 보았다. 낯익은 이름이 나오고 부친상 부고와 발인 일자, 빈소 안내가 간략히 적혀 있었다. 친구의 고향이 경주여서 빈소나 장지는 경주겠거니 생각했는데 부모님이 오래전에 부산으로 이사해서 빈소도 부산의 한 병원에 마련되었다고 한다.

친구들의 경조사는 동기회에서 문자 메시지로 알려준다. 오래전 휴대전화가 보급되지 않은 때에는 친지나 친구의 경조사는 알음알음으로 전해지거나 지나간 소식으로 듣기 일쑤였다. 세상 참 많이 변했다. 이제는 각종 정보를 거의 실시간으로 제공 받는다.

이른바 하늘의 뜻을 안다는 지천명知天命에 이른 세대는 대개 자녀가 대학에 들어가거나 군에 입대하는 시기이다. 또 본가나 처가의 부모상을 당하는 경우가 많아 경조사 소식을 자주 접하게 된다.

장례 관습도 세월 따라 많이 변했다. 예전처럼 기간도 길지 않고 집에서 동네 일처럼 장례를 치르는 경우는 드물다. 요즘 장례는 대개 약식으로 치른다. 대개 3일장에다 빈소도 병원 장례식장에 마련하다보니 자칫 지나치는 경우가 종종 있다. 빈소 방문 시간도 짧아졌다. 주로 발인 전날에 빈소를 방문하는 편이어서 상주와 함께 밤을 새는 일도 거의 없다.

경조사는 평소에 얼굴 보기 어려운 친구를 만나게 해준다. 수년 또는 수십 년 만에 만나게 되니 잊혀질 수 있는 인연을 이어주는 역할을 한다. 회자정리會者定離의 의미를 일깨워주면서 인연의 소중함을 각인시켜주는 셈이다.

친구의 문상은 직장 동료의 문상과는 다소 차이가 있다. 개인적인 친밀도에 따라 다를 수 있지만 직장 동료의 문상은 때로 형식적인 의무감으로 이루어지기도 한다. 빈소가 멀리 떨어져 있으면 인편으로 부조금을 전하거나 온라인으로 보내기도 한다. 하지만 친구의 문상은 원거리일지라도 기꺼이 달려가게 된다.

엊그제 부친상을 당한 친구도 30년 전 고등학교 때 같이 하숙한 동기생이었다. 마음에는 늘 잔영이 남아 있었지만, 서로 멀리 떨어져 생활하다보니 졸업 25년 만인 모교 방문 행사 때 처음 만났고 이후 6년 전 서울에서 한 번 만난 것이 전부였다. 세월의 더께만큼 마음의 벽이 쌓여 학창 시절의 순수성이 사라진 것은 아닌지 스스로 반문해보았다.

시골에서 도시로 진학했을 당시 1970년대 후반만 하더라도 '잘 살아보자'는 새마을운동이 뿌리를 내리고 산업화가 급물살을 타던

때였다. 척박하기만 하던 농촌에도 희미한 희망의 불빛이 흘러들어와 모두들 열심이었다. 학생들은 기초 교육 정도를 마치면 부모를 돕기 위해 일찌감치 산업 전선에 뛰어들기 일쑤였다. 그중 일부는 상급 학교에 진학하하는 형편이었다.

시골에서 도시로 나와 학업하는 사춘기 소년에게 대도시는 낯설고 물설었다. 그 당시 고등학교에 진학한 시골 출신 학생은 대개 자취나 하숙을 했다. 형제가 있으면 같이 생활하기도 했다. 나는 처음 1년은 홀로 자취, 1년은 하숙을 했고, 마지막 1년은 부모님께서 도시로 이사를 와서 가족과 함께 따뜻한 밥을 먹으며 지냈다.

하숙은 학교에서 가까운 계성초등학교 건너편인 대구 중구 동산동에서 지냈다. 하숙비로 월 5만 원을 냈던 것으로 기억한다. 주인 아주머니는 3남매를 둔 실향민이었는데, 주인댁은 본채를 쓰고 맞은편의 5개 방은 하숙을 쳤다. 방 하나에 대개 2명 정도 살았으니 10명 정도 하숙 생활을 했다. 그중 절반은 같은 학교 학생이었고, 나머지는 다른 학교 학생, 재수생, 그리고 직장인 등이었다. 주인댁 식구까지 한 집에서 15명 정도가 살았으니 마치 대가족처럼 늘 북적거렸다. 식사 시간이 되면 학생과 어른이 뒤엉켜 야단법석이었다. 즐거운 낭만의 시간이었다. 인기 반찬은 달걀 프라이였다.

사춘기 시절이라 그런지 외로움 속에서 질풍노도의 시기를 보낸 것 같다. 부모가 바라는 학업에는 몰입하지 못하고 방황하며 전전반측, 전전불매의 밤을 보내고는 했다. 같이 하숙한 친구들도 시골에서 올라와 환경이 비슷했다. 경주·합천·울진 등지에서 올라온 친구들은 시골에서 공부 좀 했다는 이유로 거의 반강제로 도시 상급 학교로 떠밀려 왔던 셈이다.

내 옆방에서 하숙하던 친구는 경주가 고향으로 부모님이 양계장을 했다. 토요일 오후에 내려가면 대개 일요일 저녁쯤 하숙집에 돌아오는데, 그는 거리가 가까워 월요일 아침에 오기도 했다. 가끔은 달걀을 가지고 왔다. 그 친구는 누나와 여동생이 있어서 여동생이 없는 나에게는 부러움의 대상이었다. 한번은 누나와 여동생이 하숙집에 왔는데 나는 제대로 얼굴을 쳐다보지 못했다. 내심 여동생을 소개해주었으면 했지만 뜻을 이루지 못했다.

세월은 마음도 무디게 하는지 모르겠다. 하지만 인연은 살아 있었다. 친구의 아버지 장례식장에 들르니 스펀지에 물이 배어드는 것처럼 학창 시절이 떠올랐다. 친구는 지금 공군 장교로 조국을 지키는 간성이 되어 있고, 오랜 세월이 흘러도 누나는 나를 기억하고는 친동생처럼 반겼다. 여동생도 아름다운 중년의 여인이 되어 문상객을 대했다. 빈소 너머 세월의 아쉬움이 살포시 흘러간다.

학창 시절에 누구나 아름다운 낭만과 원대한 꿈을 가진다. 금빛 찬란한 꿈을 온전히 실현하는 이는 그리 많지 않을 것이다. 비록 꿈을 이루지 못하더라도 추억은 아름다운 것이다. 비단 학우만이 아니라 사회의 지인도 열린 마음으로 이어진다면 시공간을 초월해 인연을 계속 이어갈 수 있을 것이다.

— 2011. 2. 17.

바다 왈츠, 그리움 블루스

청소 아주머니의 건강한 긍정

"훠이—"

새 쫓는 소리가 아니다. 나도 모르게 한숨이 새어나왔다.

"왜 한숨을 쉬세요?"

사무실 입구에 서서 일회용 커피를 타면서 청소하는 아주머니가 웃어 보였다. 그러면서 이렇게 덧붙인다.

"즐겁게 사세요. 인생이 그런 걸 어쩝니까?"

하면서 허허 웃었다. 이번 달에 딸을 결혼시키고 아들은 30대에 들어섰는데 직장에 다니고 있다고 한다. 두 자녀를 성장시킨 여유로움이 입가에서 흘러나왔다.

"아침 몇 시에 일어나세요?"

"4시에 일어납니다. 밥하고 대충 치운 뒤 6시에 사무실에 나와서 청소하죠."

"몇 시에 퇴근합니까?"

"오후 3시에 퇴근합니다."

"대단하십니다."

"오전 9시에서 10시까지는 휴식을 취합니다."

"중노동일 텐데 좀 쉬셔야지요."

"힘들지 않으세요?"

"여기 사무실에서 아침에 청소한 지 4년이 되었네요. 이제 만성이 되었습니다."

"처음에는 아주 힘들었겠습니다."

아주머니는 좀 이른 20대 초반에 결혼하여 이제는 자녀 둘이 장성하여 사회생활을 하기 때문에 앞으로는 여유를 가지고 자신의 인생을 살아갈 작정이라며 웃음을 보인다.

아침 일찍 사무실에 나오면 아주머니 혼자 분주히 움직인다. 제법 너른 사무실을 마치 자기 집처럼 쓸고 닦는다. 직원들이 출근하기 전에 업무 환경을 깨끗이 해주는 고마운 분이다. 물론 건물관리소 소속 직원으로 동료들과 일정 기간 건물 층을 바꿔가면서 청소한다고 했다. 처음에는 웃는 표정으로 청소하는 모습이 다소 어색해 보였지만 날이 갈수록 익숙해져 자연스러워 보였다. 아침에 얼굴에 웃음 가득한 아주머니를 볼 때마다 덩달아 기분이 좋아진다. 매일 궂은 일을 하면서도 싫어하는 기색 한 번 없다. 일하는 모습이 아침 햇살처럼 환하다. 사무실에서 일하는 직원들에게 넉넉하고 풍요로운 마음을 전파한다.

어제 저녁 한 TV 프로그램에서 남자도 쉽지 않은 일을 하는 여성들을 소개했다. 이른바 여성에게는 극한 직업이라고 할 수 있는 크레인 기사, 용접공, 차량 정비업에 종사하는 여성들이었다. 당찬 모습의 그들은 한결같이 일에 대한 자부심이 대단했다. 직업에 있어 남녀의 영역이 깨어지고 있음을 실감할 수 있었다. 어느 병원에서는 남자 간호사가 맹활약하는 모습을 TV로 본 적도 있다. 직업에 귀천이 없을 뿐만 아니라 남녀의 영역도 없는 것 같다. 그들도 처음에는 무척 힘들었을 텐데, 용기 있는 그들에게 박수를 보낸다.

모든 것은 마음먹기에 달렸다. 아침에 사무실을 청소하는 아주머니도 자신의 일에 보람과 긍지를 느끼고 있다. 웃는 낯으로 일하고 주위 사람을 대하니 보는 이도 즐거워진다. 일이 어렵고 힘들다고 불평하는 직장인이 많다. 오래도록 직장 생활을 한 사람이나 사회 초년생이나 하는 일이 별반 다를 게 없는 경우도 많다. 어느 방송 아침 특강에서 한근태 컨설턴트는 직장 생활에서 가장 중요한 것은 긍정적인 사고라고 강조했다.

청소 아주머니의 존재는 잘 드러나지 않는다. 회사 직원들이 출근하기 전 새벽 일찍 나와서 건물 구석구석을 쓸고 닦는다. 그러다가 사람과 마주치면 밝은 미소를 날린다. 궂은 일을 하면서도 주위 사람에게 도리어 신선한 기운을 퍼트린다. 아주머니가 말끔히 닦아놓은 유리창에 뚫고 들어온 햇살이 심장에 와 꽂힌다.

— 2011. 3. 23.

어머니의 집국수, 고향의 맛

봄비가 내리는 아침에 안과 진료를 받고 나서 발길 닿는 대로 걸었다. 사근사근 내리는 보슬비는 허허로운 마음을 적시면서 재래시장으로 이끌었다. 회색의 도시 위로 떨어지는 봄비는 구슬픈 비둘기 소리를 내며 어깨를 적신다.

할머니, 아주머니들이 오래도록 지키고 있는 대구 칠성시장은 그저 먹거리와 생필품을 파는 장터가 아니다. 서민의 웃음과 한숨과 해학이 뒤범벅되어 있는 삶의 밭이자 바다이다. 다양한 사연을 가진 상인들의 농축수산물 백화점이며 노동의 신성함과 삶의 외경을 온몸으로 외치는 터전이다.

시장에 들어서면 싱싱한 채소가 살아 숨 쉰다. 오이·호박·부추·콩나물·두부·미나리·우엉·연근·배추·마늘·감자·당근·고구마 등 이루 셀 수 없이 많은 농산물이 시장 통로를 따라 길게 진열되어 있다. 어디를 먼저 봐야 할지 분간이 가지 않는다. 저마다 싱싱하고 값싼 물건을 사고 파느라 흥정 소리 요란하다.

농산물 가게 사이에 생물 수산물과 횟감용 활어, 건어물과 젓갈류

바다 왈츠, 그리움 블루스

가 한자리를 차지하며 선전을 한다. 시장 입구를 따라 길게 이어진 노점에는 오래도록 서민의 반찬이 되어온 바다의 영양 덩어리 고등어가 즐비하다. 소금이 뿌려진 채 한 손씩 포개어진 자반도 있고 탱탱해 보이는 생물도 있다.

건과류 가게 주인이 잠시 한눈을 파는 사이 비둘기가 천막 사이를 비집고 들어와 땅콩을 쪼아 먹고 날아간다. 그러나 주인은 날아간 비둘기를 탓하지 않는다. 저마다 삶의 영역을 차지하고 있다.

칠성시장은 도시의 중심에서 바쁘게 움직인다. 지붕 위로 비가 내리면 시장 찾는 손님이 다소 뜸해진다. 빗물 사이로 삶의 인정이 넘쳐 흐른다. 오래도록 좌판을 이끌어온 상인들에게 칠성시장은 삶의 고마운 터전이자 귀한 보배다.

칠성시장을 이끌어가는 힘은 시장 내 국숫집과 보리밥집에도 흘러넘친다. 시장 한 모퉁이를 비집고 들어와 자리잡은 국수와 보리밥은 오누이가 되어 시장 상인과 손님의 사랑을 듬뿍 받는다. 얼핏 보아도 어릴 적 집에서 버무려 먹던 그 나물들에 그 보리밥이며 그 국수 그대로다.

국수라고 다 같은 국수가 아니다. 국수도 국수 나름이다. 식당마다 가지각맛이요 가지각색이다. 종류도 다양하다. 잔치국수, 해물국수, 해물바지락국수, 칼국수, 참깨국수, 집국수,팥칼국수 등 저마다 화려한 빛깔과 맛을 선보인다. 하지만 세월의 더께에도 변하지 않는 어머니의 손맛이 깃든 집국수를 찾기란 그리 쉽지 않다. 그도 그럴 것이 예전처럼 일일이 손으로 반죽하고 썰다보면 수요를 따라갈 수도 없고 남는 것도 없다. 구수한 맛을 내는 콩가루도 값이 많이 올라

이문 내기가 어렵다. 그러니 요즘 가게에서 파는 집국수는 뭔가 조금 부족한 듯할 수밖에 없다.

어릴 적 어머니가 해준 칼국수 맛을 잊지 못해 도시의 식당들을 전전해보지만 그 맛을 찾기가 쉽지 않았다. 어릴 적 어머니는 칼국수를 가끔 해주었다. 시골 주황색 슬레이트 지붕 아래 넓은 마루에서 어머니는 밀가루에 콩가루를 듬뿍 넣고 반죽했다. 잠시 숙성시켰다가 몇 번이고 다진 뒤 둥근 상 위에서 홍두깨로 얇고 넓게 밀었다. 그리고는 돌돌 말아 길죽하게 만든 다음 도마에 얹어놓고 쫑쫑 썰어 면을 만들었다. 몇 가지 채소와 국숫가락을 펄펄 끓는 물에 넣고 삶은 뒤 건져서 대접에 퍼담으면 끝이다. 양념간장을 치고 무 생채와 같이 먹으면 그 어느 맛과도 비교할 수 없는 어머니표 집국수가 된다. 그 맛은 영원히 잊지 못할 것이다.

오늘 칠성시장에서 먹은 칼국수는 어릴 적 어머니가 끓여 주시던 그 국수 맛이었다. 정확히 말하자면 바로 그맛에는 조금 못 미치기는 했지만 크게 다를 바 없었다. 할머니와 며느리가 부지런히 국수를 삶아냈다. 면발도 굵고 부드러우며 국물까지 구수한 것이 일품이었다. 한 그릇 비우니 속이 편안해졌다. 거기다가 할머니의 걸쭉한 입담이 더해 먹는 내내 귀도 즐거웠다. 주변 손님들도 덩달아 옛 추억에 빠지는 듯했다. 문도 없는 칠성시장 노천 간이식당의 웃음소리와 그릇 달그럭거리는 칠성시장 하늘 위로 퍼져나갔다.

4미터 남짓 일자로 뻗은 긴 걸상에는 고향의 맛을 찾아 나선 듯한 손님들로 빼곡했다. 요즘 일반 식당의 국수가 '디지털 국수'라면 칠성시장 보문식당의 국수는 '아날로그 국수'라고 해도 좋을 듯하다.

식당 이름은 성명도 지명도 아니고 그저 좋아서 붙였다고 한다. 집 국수 맛이 그리워 조금 사려고 했으나 면은 따로 팔지 않는다고 한다. 손으로 빚으니 너무 힘들어서 면을 많이 만들지 못한다고 했다. 나름의 품질 관리인지도 모르겠다.

손으로 빚은 국수는 정성이 들어서일까? 맛도 좋고 양도 푸짐했다. 밑반찬으로 무 생채와 배추김치가 나왔다. 마치 집에서 담아낸 것처럼 맛깔스러웠다. 3,000원에 칼국수 한 그릇을 비우니 돈을 번 기분이었다. 어릴 적 어머니가 끓여주신 집국수, 그 고향의 맛이 오버랩되어 마음 뜨겁게 보낸 하루였다.

— 2011. 4. 24.

나무와 바람

흔적도 남기지 않고 숲속에 바람이 다닌다. 바람은 파란 열기를 뿜으며 파도처럼 일렁인다. 어린 나무를 뒤흔들고 구름다리 따라 소나무 가지를 타고 꼭대기로 기어오르며 "쐐쐐" 서늘한 곡조를 탄다. 나무와 바람이 격렬하게 입맞춤하면 덩달아 가지 끝의 파릇한 잎사귀도 격정에 못 이긴 듯 부산하게 파르르 떤다. 잎사귀는 혹시나 떨어질세라 중심을 잡고 바람을 몰아 하늘로 날려버린다.

심지가 굳은 소나무는 바람에 상반신만 조금 흔들릴 뿐 몸통은 꿈쩍도 하지 않는다. 나무는 고요하고 싶으나 바람이 방해를 한다. 바람은 쉼 없이 동서남북으로 휘몰아치며 나무를 흔들어댄다. 바람의 시샘으로 숲속은 파란 물결이 인다. 파란 물결은 햇빛에 반사된 프리즘으로 초록색·회갈색·고동색·연보라색으로 하늘 멀리멀리 퍼져나간다.

녹음방초 청량한 계절에 바람은 갑자기 숲속으로 돌진하여 한바탕 회오리를 일으키더니 그치지 않는다. 숲속의 고목은 바람을 막으며 관목과 풀잎, 어린 나무들의 방패막이가 되어준다.

바다 왈츠, 그리움 블루스

다 자란 소나무·전나무·떡갈나무 들은 맹렬한 바람이 숲속을 돌진하면 온몸으로 바람을 부대끼면서 도리어 산소로 치환하여 이로운 바람으로 골고루 숲으로 돌려준다. 숲속의 큰 나무, 어린 나무, 꽃나무는 바람과 교감하여 진하고 달콤한 피스톤 향기를 쉴 새 없이 뿜어낸다.

동네 뒷동산 숲길을 거닐면 좁다란 길을 따라 소나무·전나무·떡갈나무 들이 줄지어 서 있다. 척박한 환경을 탓하지 않고 경사진 곳이나 바위 사이나 불평하지 않고 꼿꼿이 서 있는 나무에 신은 긴 수명을 부여한 모양이다. 나무는 신이 준 장수의 은혜에 보답이라도 하듯 자신의 존재를 드러내지 않고 사계절 내내 자연을 찬미하고 합창한다.

나무는 공생하는 무리를 앞세워 화려한 치장으로 산하를 뒤덮는다. 봄이면 울긋불긋 진달래가 피고, 여름이면 녹음방초로 무더위를 가려주고, 가을이면 알찬 밤과 잣 등 먹을거리를 쏟아낸다. 그리고 낙엽이 다 떨어진 늦가을이 지나고 눈이 내리면 독야청청 고고한 나그네처럼 우뚝 솟아 설산의 풍경을 연출한다.

나무는 제법 큰 군락지를 스스로 만들어 다람쥐·토끼·노루 들이 마음껏 뛰어놀 수 있도록 은신처도 만들어주고 까치·까마귀 들에게 보금자리도 아낌없이 내어준다. 나무는 그늘을 만들어 인간의 쉼터를 마련해주고, 무수한 관목 사이로 이끼를 키우고 야생초를 방목한다. 떨어지는 나뭇잎은 거름이 되어 산하를 살찌운다.

나무도 시대를 잘 만나야 하는 모양이다. '잘 살아보자'는 새마을운동과 산업화가 진행되기 전까지만 해도 나무는 땔감용으로 많이 쓰였다. 그러다보니 채 어른 나무로 자라기도 전에 베어진 나무가 부지기수여서 민둥산이란 용어도 나왔다. 하지만 지금은 울울창창한 산들이 많다. 그만큼 시대의 발전과 더불어 나무의 보다 중요한 효용성을 인정받은 셈이다.

나무도 그 모양새가 가지각색이다. 다양한 부류의 나무가 군집하는 숲속에는 동종의 소나무라도 '미인송'이 있는가 하면 '추녀송'도 있다. 고목이 있으면 묘목도 있다. 울창한 산림 속을 거닐다보면 흔히 회자하는 '못생긴 나무가 산을 지킨다'는 말이 틀렸다는 것을 알게 된다. 못 생긴 나무나 잘생긴 나무나 저마다 독특한 개성을 지닌 채 조물주의 뜻대로 제 역할을 다할 뿐이다. 미인송이라고 해서 피톤치드를 더 뿜고 추녀송이라고 피톤치드를 덜 뿜는 것도 아니다. 자연의 조화 속에서 이로움을 더하는 나무도 덜하는 나무도 없는 듯하다.

나무는 단독으로 살지 않는다. 단일 품종만 고집하지도 않는다. 가령 소나무 사이로 떡갈나무나 밤나무가 헤집고 살아도 소나무는 일언반구 말이 없다. 조화와 견제 속에 고유의 향기를 뿜어내며 새들의 보금자리가 되어주고 가뭄과 홍수를 막아준다.

숲은 다양한 품종의 나무로 이루어져 있다. 단일 품종을 심어도 다른 숲에서 바람에 실려 날아온 홀씨가 정착하고 퍼져 다양한 빛깔과 무늬로 각양각색 군집을 이루며 조화롭게 살아간다. 숲속은 거인 나무와 중간 크기의 나무, 어린 나무가 손에 손잡고 제자리를 지키며 오순도순 살아가는 식물의 보고다.

돌개바람은 홀씨를 날려 새로운 나무와 나무의 번식과 교잡을 이어주고 새 생명을 잉태시켜주는 무언의 친구다. 바람은 나무와 부딪혀 휘파람을 쉴 새 없이 불어댄다. 다양한 음색과 음향으로 산새의 지저귐과 온갖 소리들을 모아 은은하고 중후한 숲속의 자연 교향곡을 연주해낸다. 자연 교향곡에 도취한 파릇한 잎사귀가 파란 하늘로 한 잎 두 잎 자기 키를 높인다.

—2011. 5. 3.

마당에 꽃씨를 뿌리는 까닭

까만 밤을 헤집고 귀뚤귀뚤 귀뚜라미가 가을을 부른다. 풀숲과 꽃동산 아래 여기저기서 몸을 숨기고 쉼 없이 울어댄다. 더위가 채 가시지 않은 늦여름의 소나무와 토란·나팔꽃·샐비어·과꽃이 귀뚜라미의 요란한 가을 노래에 불멸의 밤을 보낸다.

마당에 심어놓은 꽃들은 저마다 화려한 자태를 뽐내며 철마다 번갈아 꽃을 피우고 향기를 뿜어낸다. 봄에는 장미·천일홍·목단, 여름에는 백일홍·봉선화·나팔꽃, 가을에는 과꽃·샐비어가 도회의 조그만 마당에서 꽃 잔치를 벌인다.

뜨거운 여름에 비단 위의 붉은 자수 같은 봉선화는 가을 꽃이 피기 전에 스스로 물러설 때를 알고 사그라진다. 하지만 가는 여름이 아쉬운 듯 파란 잎사귀를 축 늘어뜨리고 있다.

봄에는 요염하고 화려한 목단이 단연 압권이다. 선홍색으로 불타는 꽃잎은 햇살의 집중 조명을 받아 더욱 요염하고 매혹적이다. 정열의 꽃잎은 양귀비 입보다 붉고 도톰하다. 바람과의 열정적인 입맞춤으로 생명이 다한 잎은 어지러이 날리며 흙바닥을 뒤덮는다.

바다 왈츠, 그리움 블루스

꽃들은 꽃가루를 흩날리며 사랑 받기를 애타게 갈구하는 연인처럼 중매쟁이 벌을 부른다. 도시에서 벌을 찾기란 그리 쉽지 않다. 마당에 심은 다양한 꽃들에게 이따금 벌이 날아들지만 대부분 혈혈단신으로 오는 경우가 많다. 꽃잎은 요염하지만 매력적인 향기가 없는 목단까지 벌이 날아오기는 거의 없다. 보다 못한 목단 꽃잎은 이리저리 부는 바람을 따라 노란 꽃가루를 붉은 꽃잎 여기저기에 어지러이 흐트린다.

목단은 해 따라 생명의 기지개를 켠다. 햇살 가득 품은 목단은 미끈한 목덜미 위로 요염한 얼굴을 드러내고 노을이 질 무렵 꽃잎을 겹겹이 포개어 얼굴을 숨긴다. 한 번 피면 사그라질 때까지 피어 있는 꽃이 아니라 아침에 피었다가 저녁에 사그라지고 다시 아침에 피어나기를 반복한다. 목단은 유독 비바람에 약하다. 유들유들한 잎은 햇살에 반짝이다 비바람을 맞으면 추풍낙엽처럼 떨어진다. 다행히 떨어지지 않는 꽃잎은 물에 빠진 생쥐처럼 쭈글쭈글해진 모습으로 노란 꽃가루의 거름으로 생을 마감한다.

봄의 여왕 장미가 화려한 시각視覺의 꽃이라면, 천리향은 봄바람을 타고 향기를 널리 전파하는 후각嗅覺의 꽃이다. 꽃잎이 떨어진 천리향은 녹찻잎처럼 잎사귀를 대롱대롱 달고 여름을 맞는다. 꽃향기가 천리를 간다는 봄의 전령사 천리향은 목단이 피기 전에 소리 없이 향기를 마당 가득 퍼뜨린다. 향긋하고 시큼한 향기는 다른 꽃향기를 뒤덮으며 은은하게 오래도록 발산된다.

마당 자투리 땅을 찾아 심어놓은 꽃씨는 스스로 자생력을 길러 해마다 꽃을 피운다. 다양한 변종의 봉선화는 흰 꽃, 붉은 꽃, 분홍 꽃으로 무리를 지어 척박한 땅에도 잘 자란다. 관목용 소나무 아래나 토란 무리 속에서도 햇살을 끌어당기고 얼굴을 내민다.

봉선화·과꽃·샐비어 사이를 헤집고 이웃사촌 나팔꽃은 넝쿨을 만들며 보라색 자태를 드러낸다. 샐비어는 형제처럼 줄기 사이로 길쭉하게 잎이 마주 나 있다. 아카시아 잎처럼 일정한 간격을 두고 대롱대롱 매달린 꽃잎은 군더더기 없이 청아하고 수수하다.

여름의 끝 무렵 과꽃이 분홍빛 얼굴에 노란 연지를 바르고 펑퍼짐한 토란잎 사이로 수줍은 듯 살포시 드러낸다. 장미 같은 정열은 없어도 어릴 적 고향의 옆집 누님처럼 청초하면서도 은은한 향기와 미소를 퍼뜨린다. 과꽃이 일렁이는 고향의 하늘이 그리워지는 계절이다.

—2011. 9. 2.

바다 왈츠, 그리움 블루스

추석, 그 쓸쓸함에 대하여

도심을 흐르는 개천에는 엊그제 내린 비로 물이 제법 많다. 개천 건너편에는 강변을 따라 아파트가 군집을 이루며 병정처럼 꼿꼿이 서 있다. 산과 산 사이를 흐르는 물과 맑은 공기는 개천 앞에 선 빌딩에 가로막혀 답답한 기분으로 도심을 관통한다.

물기를 머금은 강변의 파란 잔디는 한층 보들보들하고 유들유들 해졌다. 파란 잔디로 뒤덮인 강변에는 드문드문 운동 시설이 설치되어 있다. 사방이 뚫린 원두막 형태의 쉼터는 어디서나 종종 볼 수 있다. 상동교 인근 강변 쉼터 위로 뭉게구름이 하릴없이 떠다닌다. 마치 구름 따라 시간을 보내는 듯한 공익요원과 노인이 둘의 세대 차이만큼이나 떨어져 앉아 바로 앞 잔디에 누워 대낮을 즐기는고양이 두 마리를 바라본다.

아무 방해도 되지 않는 고양이를 두고 공익요원과 노인이 갑론을 박을 한다.

"길고양이는 없애야 해요."

"아니야. 미물이어도 생명은 소중한 거야."

이들의 말을 알아듣는지 못 알아듣는지 고양이는 조용히 제 몸을 핥기만 한다. 길고양이 치고는 제법 몸이 깨끗하다. 이윽고 늘어지게 하품을 하며 두 다리를 길게 뻗어 스트레칭을 한다. 엉덩이를 치켜세우며 유연하게 서는 모양이 앙증맞기도 하지만 먹이도 없는 잔디밭에서 사람도 두려워하지 않는 모습이 왠지 안쓰럽다.

도시의 추석맞이 시장에 들르면 송편 만드는 가게만 그래도 명절 냄새가 난다. 추석 대목이란 말도 옛말 같다. 추석 직전이 피크타임이니 많이 팔아야겠지만 요즘은 그리 많이 사는 것 같지도 않다. 차례를 지내는 집이나 가족들이 모이는 집만 맛보기로 송편을 사는 듯 보인다. 가격도 만만치 않다.

요즘 추석에는 저마다의 사정으로 옛날처럼 가족과 친지가 한곳에 모이기가 쉽지 않다. 추석이라고 일부러 고향을 찾는 일도 드물어졌다. 산업화다 도시화다 하여 변화의 거대한 파도 속으로 생활이 함몰되는 느낌이다. 고향에 가족이나 가까운 친척이 있으면 몰라도 과거처럼 추석과 고향은 정비례의 방정식으로 다가오지 않는다. 몸 따로 마음 따로, 추석 따로 고향 따로 지내는 한가위 풍경도 이제 그리 낯설지 않다. 추석 하면 뭐니뭐니해도 고향을 먼저 떠올리지만, 추석에 고향을 찾기란 여간 어려운 게 아니다.

어머니나 아버지가 없는 고향은 쓸쓸하기 그지없다. 그 큰 그림자는 가슴속에 드리워져 있을 뿐이다. 정겨운 친구가 없는 고향은 앙꼬 없는 찐빵처럼 밋밋하기 그지없다. 차량 행렬에 지치고 피곤해도 고향에 부모 형제가 있어 추석을 쇠러 가는 이는 복 받은 사람임에 틀림없다.

언제부터인가 마음이 넉넉하고 풍성해지던 추석이 그리 달갑지 않게 되어버렸다. 왠지 쓸쓸한 추석으로 전락해버린 것 같아 쓸쓸하다. 고향 가는 길은 점점 멀고도 험해지는 느낌이다.

고향이 아니더라도 추석 때 가족이 함께 모일 수 있는 것은 그나마 다행이다. 한 핏줄임을 저마다 확인할 수 있는 가슴 뭉클한 시간이 된다. 하지만 어떤 사정으로 추석날 가족과 함께하지 못하는 이의 마음은 처량하기 이를 데 없다. 쓸쓸함은 가을밤 기러기 신세가 따로 없다. 그저 휴대전화 문자 메시지로 안부를 묻고 인사를 나누는 일이 한편으로는 삭막하기 이를 데 없이 여겨진다.

그나마 소식이 없으면 무소식이 희소식이겠거니 마음을 위로하며 무사히 세월이 흐르기를 바란다. 어떤 때는 이 물질적으로 풍요로운 세상을 함께하지 못한 어머니와 아버지의 추억이 더 크게 반추되어 가슴을 더 시리게 한다.

조용하기 이를 데 없는 도시의 추석을 목전에 두고 동네 PC방에 들렀다. 아이와 어른들로 PC방은 만원이다. 모두 모니터만 뚫어지게 쳐다보며 손을 놀리고 있다. 아, 이것이 새로운 우리의 한가위 풍경인가? PC방 한켠에 켜놓은 에어컨이 산중에서 불어오는 바람을 대신해서 쏴쏴거리며 허전한 마음을 가라앉힌다.

추석은 우리의 전통 미풍양속으로 오래도록 사랑을 받아온 명절이 틀림없지만, 추석 때만 되면 유독 그 쓸쓸함을 떨쳐버릴 수 없는 것은 어쩔 수 없는 인지상정일 것이다. 이번 추석날 밤에는 보름달을 볼 수 없다고 한다. 고향에도 보름달이 뜨지 않을 것이다. 이래저래 썰렁한 한가위 명절이다.

마음의 보름달 만이라도 두둥실 떠올라 답답한 가슴을 훤히 밝혀 주었으면 좋겠다. 마음의 둥근 달을 보며 만나지 못한 친지와 친구들의 건강과 평안을 빌어야 할 듯하다.

온 가족이 둘러앉아 송편을 빚고 차례 음식을 장만하던 그 고향의 추석 명절이 그립다. 더도 덜도 말고 한 번만이라도 그때의 한가위 날로 돌아가봤으면 좋겠다.

－2011. 9. 12.

바다 왈츠, 그리움 블루스

보리차와 주전자와 불

꿈결에 마른기침을 하다가 잠에서 깨어났다. 달빛도 고요히 흐르는 적막한 어둠을 깨뜨리고 일어나 앉았다. 벽에 걸린 시계를 보니 밤 1시 30분을 가리키고 있었다.

참으로 기이한 일이었다. 닫힌 부엌문 틈새로 달그락거리는 소리가 희미하게 들려오고 있었다. 아차 싶어 급히 부엌문을 열었다. 아니나 다를까 가스레인지 쪽을 보니 어둠 속에서 화난 고양이 눈처럼 푸른 빛이 피어오르고 있었다. 빨갛게 달아오른 주전자 뚜껑을 여니 짙은 나무색의 보리차 물이 바닥에서 보글거렸다. 조금이라도 늦었더라면 주전자마저 다 타서 위험천만한 일이 발생할 수도 있었을 것이다.

2시간 전 주전자에 보리차를 넣고 가스레인지 위에 올렸다. 물이 팔팔 끓자 보리차 물을 좀 더 우려내려고 가스불을 약하게 한 뒤 잠시 뒤 끄다는 것이 그만 깜박 잠이 들어버렸던 것이다. 부엌 주변의 유리창은 주전자에서 뿜어져 나온 수증기로 물방울이 맺혀 있었고 보리차에서 우러나온 냄새가 코를 찔렀다. 예전에 한번 낮에 내자가 주전자로 보리차를 끓일 때 가스불을 제때 끄지 않아 주전자를 태운 적이 있는데 이번에는 내가 보리차를 끓여준다는 게 도리어 주전자를 태울 뻔한 것이다.

보리차를 끓이든 국을 끓이든 주방일을 하게 되면 한 번쯤 냄비나 주전자를 태운 일이 있을 것이다. 가스레인지는 가정에서 없어서는 안 될 주방기구지만 불 끄기를 소홀히 하면 낭패를 당하기 십상이다. 흔히 상극이라거나 서로 어울리지 못하는 경우 물과 불의 관계를 언급한다. 극단적인 관계로 여겨지는 물과 불에 관련된 사연 한두 개쯤은 누구나 갖고 있을 법하다.

새해는 신정보다 구정인 설날을 맞아야 실제 시작하는 것으로 받아들여지기도 한다. 농촌에서는 설날이 지나고 정월 대보름을 보내야 본격적으로 한 해를 시작하는 것으로 여긴다. 실개천에는 버들개지가 기지개를 켜고 꽝꽝 얼었던 얼음이 서서히 녹으면 메마른 땅에도 하얀 김이 모락모락 피어오르기 시작한다. 비로소 진짜 새해가 열리는 것이다. 만물이 소생하는 때가 된 것이다.

얼음장 밑으로 물이 통통거리며 흐르기 전 메마른 대지에는 불꽃놀이가 이어졌다. 논두렁을 태우고 겨우내 흩어졌던 온갖 쓰레기를 모아서 불을 질렀다. 시골 노인들이 논두렁 태울 때 간혹 야산 주변으로 불씨가 날아가 산불을 내는 경우도 더러 있었다. 하지만 온 동네는 논두렁을 태우면서 연기와 함께 마지막 겨울을 날려 보냈다. 논두렁을 태운 재는 거름으로 재생된다. 들길 따라 '농자천하지대본農者天下之大本' 깃발을 앞세우고 한 무리의 농악대가 꽹과리·징·북 등을 울리며 동네를 휘젓고 다니면 불의 축제는 막을 내린다. 물론

바다 왈츠, 그리움 블루스

지금은 산불 예방 차원에서 엄격하게 금지하고 있는 행사다.

어릴 적 정월 대보름 전후로 즐기던 쥐불놀이는 변변한 장난감 하나 없던 시절에는 큰 놀이문화였다. 시골 마을 논밭에서 보름달이 휘영청 떠오르면 아이들은 하나둘 모여 깡통에 구멍을 뚫고 잔솔가지를 담아 불을 피웠다. 그런 다음 개도 짖지 않은 달을 보며 줄에 매단 깡통을 빙빙 돌렸다. 빨간 불꽃은 마치 한밤의 태양처럼 환히 빛났다. 아이들은 불타는 깡통을 힘차게 돌리며 달빛 고고한 산천을 헤집고 다녔다.

지구 온난화로 요즘은 예전처럼 겨울의 추위가 그리 심하지는 않다. 40년 전만 하더라도 양력 1월은 눈이 무릎까지 쌓이고 강물이 꽁꽁 얼어붙을 정도로 매우 추웠다. 소한이 대한에 놀러 왔다 얼어 죽었다는 이야기를 어머니에게 몇 번이나 들은 것 같다.

내가 살던 시골 마을에 막 전기가 들어오기 시작하던 무렵 여느 집과 마찬가지로 우리 집도 초가집이었다. 겨울밤에 마을의 청년들은 플래시를 들고 초가지붕 속에 손을 집어넣어 참새를 잡고는 했다. 참새들의 집이 초가지붕 안에 있었던 것이다. 잡은 참새를 노릇노릇하게 구워 먹던 모습이 까마득하다.

아마 대보름 전후로 기억된다. 결코 웃지 못할 실화 사건이 우리 집에서 발생했다. 그것도 추운 겨울 대낮에 불이 난 것이다. 호기심 많던 동생이 초가지붕 옆 장작을 쌓아놓은 곳에서 불장난하다가 불씨가 초가지붕에 옮아 붙어 순식간에 타올랐다. 이를 본 동네 주민들이 양동이에 물을 담아 나르며 간신히 불을 껐다. 다행히 초기에 화재를 진압해 지붕 일부만 태웠다. 마침 어머니는 집에서 한참 떨어진 마을 신작로 옆 가게에 달걀 꾸러미를 사러 가던 중 집에 불이 났다는 소식을 듣고 부리나케 달려오셨다. 철없는 동생의 불장난으로 어머니는 얼마나 놀랐을까? 세월이 흘러도 그 일은 잊히지 않고 뇌리에 잔영으로 남아 있다.

불을 끈 주전자 바닥에 보리차가 마치 농축된 진액처럼 깔려 있었다. 주전자는 온통 그을음투성이였다. 바짝 달구어진 주전자 주둥이에서 김인지 연기인지 하얀 줄기가 실같이 솟아올랐다.

그동안 연료도 많이 변했다. 나무에서 연탄으로, 석유로, 전기로, 가스로 대체되고는 했다. 어쨌든 불의 위험도는 예전과 다를 바 없이 항상 남아 있다. 예전에 수없이 들었던 '꺼진 불도 다시 보자'는 표어가 문득 떠오른다.

— 2012. 1. 30.

바다 왈츠, 그리움 블루스

청라언덕에 봄의 교향악이 울리다

막바지 겨울이 서서히 사라져가는 2월 하순, 요란스럽게 울리는 휴대전화 너머로 아버지의 떨리는 목소리가 날아왔다. 심한 복부 통증으로 동산의료원 응급실에 와 있다면서 빠른 조치를 원했다. 부리나케 병원으로 달려가니 응급실은 만원이었고, 아버지는 계속 복부 통증으로 고통스러워했다. CT 촬영 결과 담도에 돌이 박혀 있어 이를 제거하고 담낭수술을 받아야 한다는 결론이 났다. 담낭 질환에 대해서 문외한 나는 의사와 간호사에게 이것저것 물어보았다. 담석 제거보다 담낭 수술이 더 걱정되어 가만있지 못하고 병원 복도를 빙빙 돌았다.

친구나 지인이 병원에 있으면 아무래도 그들을 찾는 게 인지상정인 것 같다. 병원 행정 업무를 보는 친구와 외과의사 친구를 번갈아 만나서 질환에 대해 물어보니 그렇게 걱정하지 않아도 된다고 했다. 담당 의사에게 전화를 걸어 치료를 잘해주라는 이야기까지 들으니 다소 안도가 되었다. 다만 과거 심장질환으로 입원 진료한 적이 있어 고령에 받는 수술이라 마음이 잡히지 않았다.

담낭 수술 전날인 삼일절에 아버님을 뵈러 집에서 1시간 20분 걸리는 병원까지 걸어갔다. 도심의 젖줄인 신천 강변을 따라 물길과 같은 방향으로 걷다가 작은 다리를 건너고 아파트 단지를 지나 반월당을 거쳐 동산병원까지의 도보행은 그리 지루하지 않았다.

수술 전까지 병원에 있어봐야 별 도움도 안 될 것 같아 신천 강변으로 갔다. 봄이 오는 소리에 마음을 추스르며 흐르는 물처럼 시원스럽게 수술이 잘되기를 기원했다. 살아 숨 쉬는 생명은 모두 귀하고 아름답다. 강변에 서 있는 나무에도 파란 기운이 움트고 있었다. 물막이보에서 떨어지는 물줄기는 겨울 동안 이끼 낀 바닥을 씻어내듯 힘차다. 도시의 겨울을 걷어내듯 강변에는 운동하는 사람들의 옷차림이 화려했다. 오리도 날개를 펴며 물 위에서 자멱질이 한창이다. 봄을 즐기는 자에게 봄은 저만치 왔건만 '春來不似春' 하늘은 회색 구름이 드리워져 있었다.

계산오거리에서 동산의료원으로 가는 길은 보통 달구벌대로를 따라 서문시장역 네거리에서 우측으로 꺾어 서문시장 방면으로 가는 것이 큰길이다. 하지만 제일교회 옆 담벼락을 따라 올라가는 길이 아무래도 지름길 같아 청라언덕을 거쳐 동산병원으로 방향을 잡았다.

'청라언덕'은 푸를 '청靑', 담쟁이 '라蘿'를 써서 푸른 담쟁이 언덕이라는 뜻이다. 푸른 담쟁이로 뒤덮은 동산병원 내 선교사 사택 일대의 언덕을 말한다. 청라언덕으로 오르는 계단 옆 입구에는 역사를 탐구하려는 듯한 학생들이 몇 명 서 있었다. 아버지와 아들인 듯한 두 사람이 계단 앞 담벼락에 붙은 삼일운동 사진을 보며 이야기를

262

나누는 모습도 보였다.

　매일신문사 건너편 청라언덕으로 난생처음 올라가봤다. 동산에 올라서니 대구 시내가 한눈에 들어왔다. 하늘에 닿을 듯 첨탑의 미를 자랑하는 제일교회와 100년 풍상을 겪은 의료선교원과 구한말 선교 및 의술을 베풀었던 외국 선교사 집이 고색창연한 미소를 띠고 우뚝 솟아 있다.

　화려한 스테인드글라스 창과 세월이 녹아든 벽돌 위로 수많은 사연을 간직한 듯한 담쟁이넝쿨이 벽에 가로 세로로 단단히 실타래처럼 엮여 있다. 보는 이에게 청라언덕의 근현대사를 일깨워주는 듯하다. 문화재가 된 의료 선교 고택에 질기게 붙어 있는 담쟁이넝쿨은 청라언덕 주변이 대구의 근대 선교와 교육 및 의료의 발상지임을 말없이 대변하고 있다.

　의료선교관 입구에는 서양 선교사가 가지고 온 수십 그루의 사과나무 중 유일하게 남아 있는 사과나무 한 그루가 보호수 역할을 한다. 마치 세월의 연륜에 어찌할 수 없는 노인처럼 호리호리한 모습으로 여러 개의 지지대에 기댄 채 서 있다.

　선교사 고택 사이에 작곡가 박태준의 〈동무생각〉이 아로새겨진 노래비가 서 있다. 나직하게 흘러나오는 〈동무생각〉을 들으며 그의 사진과 일대기를 적은 커다란 패널을 바라보았다.

　　봄의 교향악이 울려퍼지는

　　청라 언덕 위에 백합 필 적에

　　나는 흰나리꽃 향내 맡으며

너를 위해 노래 노래 부른다

청라언덕과 같은 내 맘에

백합 같은 내 동무야

네가 내게서 피어날 때는

모든 슬픔이 사라진다

의료선교원 터에서 동산의료원 방면으로 바라보면 비슷한 연륜을 자랑하는 계성 동산이 마주하고 있다. 고색창연한 역사관이 마치 오랜 지기처럼 반가운 듯 양 언덕에서 서로 손짓하며 위로하는 듯하다.

문득 고등학교 때 1년 동안 자취하던 시절이 생각났다. 남산동 서현교회 뒤편에서 자취할 때 등하교는 큰 도로를 따라, 지금의 서문시장역 네거리를 따라 시계추처럼 오갔다. 그 당시 낭만이라고는 계성 동산 안에서만 찾을 수 있었는지 이런 길이 있는지 몰랐다. 오늘 처음으로 청라언덕을 오르면서 계산오거리에서 모교로 가는 길이 있음을 알고 내심 탄식해본다.

이렇게 아름다운 거리를 두고 학창 시절에 멋없고 삭막한 아스팔트 길만 다녔으니 시간을 다시 물리고 싶어진다. 그것 말고도 아름다운 사춘기를 헛되이 보내지 않았는지 곱씹어본다. 자취방에서 계산오거리를 지나 청라언덕을 따라 모교로 등교만 했어도 나의 청춘은 더욱 푸르고 아름다웠으리라 감히 상상해본다. 아름다운 공간은 멀리 있는 게 아니며 제대로 못 보고 제때 찾지 못할 따름이 아닌가 생각된다.

봄이 오는 소리에 청라언덕도 꿈틀거린다. 카메라 셔터 소리들. 선교사 고택 앞에 설치된 의자에 앉아 웃음꽃을 터뜨리는 중년의 여성들의 어깨 위로 밝은 햇살이 살포시 쏟아진다. 청라언덕 건너편에 손에 잡힐 듯한 계성 동산의 50계단에도 봄의 교향악이 햇살처럼 쏟아진다.

이후 아버지는 담낭 수술이 잘되어 이틀 후 퇴원해도 좋다는 의사 소견이 있었다.

—2012. 3. 3.

잘 가요, 그리운 엄마

한국 문단의 거장인 소설가 김주영 선생이 장편소설 〈잘 가요 엄마〉를 출간했다. 소설 속 주인공의 무대는 어머니의 터전이자 작가의 고향이기도 한 청송군 진보면 월전리다. 이제 옛말이 되었지만 골이 깊어 달도 머물다 간다는 골짜기가 월전이다. 요즘은 도로 사정과 교통이 좋아져 오가기는 편해졌다. 그러나 공해가 그런 시골까지 미쳐서인지 달도 잘 머물지 않으려는 듯하다. 마을 입구 삼거리에 월전검문소가 현대판 장승처럼 우뚝 서서 영양과 청송을 가르고 동해와 영덕으로 길을 안내한다.

예전에 월전은 동·서·북으로 갈라지는 교통 요지였다. 동서로 제법 너른 벌판 너머로 육지 속의 고도라는 청송교도소가 날을 세우고 있다. 그리고 오일도·조지훈·이문열 등을 배출한 문사의 고장 영양 고을이 초록의 문향을 뿜으며 멀리서 손짓하고 있다.

월전에서 다리 하나 건너면 영양의 최남단 입암면이 어깨를 맞대고 있다. 영양군청으로 통하는 국도를 따라 20여 분 달리면 반변천을 끼고 나지막한 들판과 마을이 놓인 산 좋고 물 좋은 나의 고향 노달이 나온다. 누구에게나 고향은 있다.

〈잘 가요 엄마〉를 4분의 1쯤 읽다가 갑자기 콧등이 시큰해졌다. 불과 10여 년 전에 야단법석을 떨었던 '밀레니엄' 시대가 도래하기 전 이미 이승에 없는 우리들 어머니의 모습이 〈잘 가요 엄마〉가 아닌가 한다. 저마다 어머니는 다르지만 어머니가 자식을, 자식이 어머니를 생각하는 마음은 세월이 흘러도 다를 게 없다. 나도 모르게 눈가에 맺힌 눈물이 아래로 떨어진다.

언제나 그리운 어머니! 내가 아무리 늙어도 어머니는 어머니다. 출근길 시내버스 안은 무더위로 땀 냄새가 진동한다. 어릴 적 외할머니 곁에서 자다가 퀴퀴한 냄새가 싫어 뛰쳐나와 어머니한테 가면 아무 말 없이 이불을 덮어주던 어머니. 이제는 그 외할머니 체취가 향기처럼 그리워진다. 또 사춘기 시절에는 왜 그리도 어머니 마음을 헤아리지 못했던지….

〈잘 가요 엄마〉의 주인공 배경원의 어머니는 94세로 작고했으니 장수한 편이다. 나의 어머니는 그 절반도 사시지 못했다. 갑자기 추석 성묘날이 어서 왔으면 좋겠다는 생각이 든다. 시내버스 안에서 소리 없이 불러보는 어머니! 화장한 어머니의 유골을 산기슭에 흩뿌리며 "잘가요, 엄마!"라고 울부짖는 이는 객지를 떠돌아 다닌 아들이 아닌 살아생전 어머니를 모신 배다른 아우였다. 백 번의 말잔치보다 부모와 부대끼며 울고 웃는 것이 진정한 효도가 아닌가!

모친상을 치른 주인공이 아우의 제자 홍기태가 운영하는 식당 장춘옥에 들르자 그의 모친도 몇 년 전에 사망했다는 소식을 듣는다. "다른 사람은 몰라도 그분은 기억하고 있지. 외삼촌과도 퍽이나 친숙한 사이였는데. 우리는 그래, 자기에게 베풀고 아껴주었던 사람은 금세 잊어버리지만 미워했거나 가슴에 상처 입혔던 사람의 내력 같은 건 오래 기억하게 되잖아."

굳이 '사람은 사회적 동물'이라는 말을 언급하지 않아도 사람은 혼자서는 살 수 없다. 태어난 순간부터 죽을 때까지 도움을 주기도 도움을 받기도 하면서 삶을 강물처럼 흘려보낸다. 강물은 조용히 흐르기도 하고 거세게 흐르기도 한다.

자신을 아껴주고 베풀어주었던 사람이 누구던가? 자신을 미워하고 상처 입혔던 사람은 또 누구던가? 주인공의 말처럼 미워했거나 가슴에 상처를 준 사람이 더 오래도록 각인되는 것은 인지상정인지 모른다. 더구나 가까운 사람에게 상처를 입고 미움을 받았다면 더 아프고 충격도 클 것이다.

남에게 싫은 소리 한 번 못하신 어머니는 당신 자식들의 진학 때문에 도시로 이사를 나왔다. 그 뒤 인내하고 희생하면서 사느라 당신 자신의 삶은 없었다. 당신의 의견 한 번 내놓지 않고 스스로 삭이며 마음의 짐을 고스란히 끌어안고 살다 가셨다고 생각하니 가슴이 터질 것 같다. 어머니의 마음을 조금이라도 헤아리지 못한 불효의 짐은 세월이 흐를수록 산처럼 쌓여만 가고 그리움은 바다처럼 깊어만 간다.

— 2012. 8. 3.

바다 왈츠, 그리움 블루스

김광석이 있는 방천시장 풍경

길었던 무더위와 오랜 가뭄도 어디선가 불어오는 소슬바람에 서서히 고개를 숙이는 듯하다. 일기예보로는 비구름대가 중부와 남부 지방을 오르락내리락하며 국지성 소나기를 뿌릴 거라고 한다. 많게는 수백 밀리미터까지 쏟아질 수 있다니 주의하라고 당부한다.

신천 하늘 위로 먹구름이 잔뜩 끼어 금방이라도 굵은 빗방울이 떨어질 것 같다. 특별한 목적지 없이 운동 삼아 강변을 따라 1시간 정도 걷다보니 방천 너머 방천시장에 다달았다. 시장 후면 입구부터 벽에 그린 그림이 눈에 들어와 계단 따라 시장 쪽으로 내려갔다.

'김광석 다시 그리기 길' 벽에는 알록달록한 그림이 그려져 있고 여러 가지 소품이 놓여 있다. 신천도로를 지나는 옹벽으로 자연스럽게 방천시장 동쪽의 바람막이가 되고 경계선이 된다. 벽마다 다양하게 채색되어 복고풍의 향수를 불러일으킨다. 누구에게나 아득한 과거 여행길로 들어서게 만든다. 어릴 적 대봉동에 잠시 살았다는 가수 김광석의 노래와 일대기, 방천시장 소개 및 간이의자와 공중전화기 등이 소품으로 장식되어 있다. 전봇대도 예술에 한몫을 한다. 신천도로 옆 시장 입구에는 방천시장의 상징물처럼 '기타 치는 김광석' 조각이 놓여 있다.

옹벽 일자 골목은 100여 미터쯤 된다. 어릴 적 아이들이 술래잡기하기에 안성맞춤인 길이다. 여러 갈래의 길이 미로처럼 얽혀 시장을 형성하고 있다. 골목길에는 김광석과 동시대를 살았음직한 사람들이 사진을 찍고 있다.

떡방앗간과 막걸리집, 보리밥집에서 모락모락 향수의 김이 피어오른다. 오래된 한옥에는 고즈넉한 세월의 더께가 묻어 있다. 오전이라 그런지 골목마다 이어진 먹거리 가게는 아직 한가해 보인다. 어디선가 김광석의 통기타 소리가 들려올 듯하다. 한 카페 앞에는 자기 키만 한 통기타를 안은 소녀가 청바지 차림의 아가씨로부터 기타를 배우고 있다.

소시민의 쉼터인 '속닥속닥 수다방'에 들어서니 사람은 없고 인스턴트 커피 자판기가 유일한 현대판 소품처럼 자리하고 있다. 예술과 문화를 덤으로 드린다는 방천시장 소개 책자, 그리고 약간의 시집이 보인다. 다방 가운데는 조그만 탁자와 네 개의 의자가 가지런히 손님을 기다리고 있다. 커피 한 잔을 뽑았다. 하얀 김이 피어오른다. '창문 너머 어렴풋이 옛 생각이 나겠지요' 하는 노랫말이 입속에서 맴돈다.

방천시장 골목 어귀의 생필품 가게 앞 마루에 할머니 몇이 모여 앉아 한담을 나누고 있다. 과거 문전성시를 이뤘던 방천시장의 산증인들일 수 있겠다. 방천시장은 1945년 광복 후 일본과 만주 등지에서 돌아온 전재민戰災民들이 장사를 시작하면서 생겼다고 한다. 한

바다 왈츠, 그리움 블루스

때는 수백 개의 점포를 가진 대형 시장이었으나 점차 쇠퇴해 현재는 소규모 점포만 운영되고 있다. 방천시장은 한때 서문시장, 칠성시장과 함께 대구 3대 시장의 하나였다.

담벼락 곳곳에 소시민의 생각이 붓가는 대로 스케치되어 있다. 가수 김광석의 삶과 예술, 소시민의 삶과 감성이 방천시장 일대를 누빈다. 한 사람이 겨우 다닐 정도의 시장 안 골목길 양쪽 담벼락의 빨랫줄에는 깨끗이 세탁된 속옷들이 보란듯이 널려 있다. 빛바랜 전통시장에 예술이 들어와 옛날의 문전성시를 꿈꾸고 있는 듯하다.

아쉬운 점도 보인다. 구멍 숭숭 뚫린 검은 차광막이 시장 골목 위를 덮고 있어 보기가 좀 그렇다. 비가 오면 그물망 사이로 빗물이 쏟아져 내려 다니기가 거추장스럽다. 불편한 사항들이 손님의 발길을 끊을지 저으기 염려스럽다. 복고도 좋고 레트로도 좋지만 아닌 것은 아닌 것이다. 현명하고 신선한 개발과 보수가 절실해 보인다. 예술이 담긴 공간에 동동주나 파전 이외의 맛스럽고 멋스러운 가게 하나 쉽게 눈에 띄지 않은 점이 아쉽다.

'김광석 다시 그리기 길'을 나오면서 그의 노래와 삶의 궤적을 다시 한 번 돌아보고 싶어진다. 너무 일찍 훌쩍 세상을 떠나버려 더욱 애틋한 가객 김광석. 동시대를 산 그는 갔지만 방천시장과 그를 아끼는 많은 팬의 가슴속에 영원히 살아 숨쉴 것이다.

— 2012. 8. 17.

목단과 천리향

3월 초 이른 아침, 일어나 마당에 나가 보니 경쟁이나 하듯 천리향과 목단이 새순을 터뜨리며 봄소식을 알린다. 목단 가지 끝에는 지난여름 화려한 날들을 보낸 꽃술이 열매가 되어 씨방으로 검게 붙어 있고, 그 옆에는 자색 새순이 곱게 맺혀 있다. 천리향도 목단에 뒤질세라 파릇한 잎사귀 사이로 청초한 새순을 드러내고 있다.

목단은 해 따라 아침에 꽃잎을 열고 저녁에는 붉은 한복을 입은 여인이 사뿐히 앉듯 꽃잎을 닫는다. 어둠이 내리면 욕망의 문을 닫고 제 몸뚱아리의 중심인 씨핵을 혹시 모를 침입자로부터 보호한다. 목단의 씨핵은 양귀비보다 더 깊고 붉다. 겹겹이 포개진 진분홍 꽃잎에 아침 이슬이 맺히면 목단은 수줍은 꽃님이 된다.

꽃봉오리가 벌어지면 씨핵 주변으로 노란 암술이 군무하듯 어지러이 휘날리고 꽃잎은 꽃가루와 하나되어 온몸을 달군다. 오뉴월 뜨거운 태양과 호흡하며 꽃잎은 매일 열렸다 닫혔다 하면서 고혹적인 자태를 드러낸다. 한 시절 짧은 순간 정열적으로 불꽃을 태우다가 곱게 떨어지기도 하고 비바람에 진보라색으로 변하며 볼품없는 모습으로 떨어지기도 한다. 향기 없는 목단 꽃잎이 흙바닥에 떨어지면 붉은 치마에 놓인 수처럼 마지막 정염을 토해낸다. 붉은빛이 빛바래면 옅은 자주로 변하다가 끝내 검은색으로 그 생을 마감한다.

목단이 향기 없는 꽃이라면, 천리향은 화려하지는 않지만 천리까지 그 향기를 발산한다. 목단은 베르테르의 슬픈 계절에 붉은 자태를 드러내지만 향기가 없어 벌과 나비가 오지 않는다. 여름과 가을에는 푸른 잎사귀만 무성하게 달리고, 겨울이 되면 앙상한 모습으로 서성이다 봄이 되면 다시 새순이 돋는다.

목단꽃은 화중지왕花中之王이요 부귀를 뜻하는 부귀화富貴花라고도 부른다. 가지는 굵고 털이 없으며 잎은 3엽으로 되어 있고 작은 잎은 달걀 모양이며 2~5개로 갈라진다. 꽃받침 조각은 5개이고 꽃잎은 8개 이상이다. 꽃은 5월에 피고 열매는 9월에 익는다. 꽃의 빛깔은 보통 붉으나 개량 품종에 따라 흰색, 붉은보라색, 누런색, 검은 자주색이 있다.

— 브리태니커백과사전

천리향은 사시사철 푸르고 단조로우며 잎사귀도 볼품없지만 춘삼월에 새순이 돋고 목단이 피는 계절에 그 향기를 마음껏 발산하여 지나가는 벌과 나비를 불러 모은다. 거북손을 닮은 새순이 불그스름하게 피어나면 봄의 전령사가 따로 없다. 나른한 봄날 입맛이 없을 때 미각을 돋우는 들판의 달래처럼 식곤증에 지친 나그네에게 생기를 불어넣어준다. 후각을 자극하여 파릇하고 상큼한 봄의 정기를 느끼게 한다. 천리향은 작고 소박하지만 그 향기는 가히 일품이다.

개개의 꽃은 꽃대로 향기를 발산한다. 꽃잎이 모여 꽃봉우리를 만들고 그 향이 뭉쳐져 천리까지 날아간다고 한다. 그 어떤 명품 향수보다 그윽하게 심신을 편하게 해준다. 중국에서는 향이 좋아서 신랑 각시의 신혼방에 넣어주는 전통이 있다. 봄꽃을 대표하는 상서로운 향기라 '서향'이라고도 부른다. 꽃말은 불멸, 명예, 꿈속의 사랑, 달콤한 사랑을 의미를 가지고 있다.

3미터 간격을 두고 마당 가에 나란히 서 있는 목단과 천리향은 맨 먼저 봄소식을 알리는 닮은 점도 있지만 형태나 모양만큼 다른 점도 많다. 뭔가 2퍼센트 서로 부족한 듯한 천리향과 목단은 향기와 꽃을 다 가지지 못하되 꽃은 꽃대로 향기는 향기대로 각각의 특성을 가진다. 마당 가에 서로 나란히 있음으로 해서 궁합이 잘 맞는 듯하고 부조화 속에 조화로움이 있는 듯하다.

목단과 천리향은 꽃과 향기를 전부 취하지 않는다. 꽃과 향기를 다 취하는 욕심 많은 꽃나무가 아니라 겸손하게 하나만을 취한다. 재물과 권력, 돈과 명예를 한꺼번에 가질 수 있다는 인간의 끝없는 욕심 앞에 잔잔한 경종을 울려주는 듯하다. 계절의 여왕에 산들바람이 불면 보는 즐거움과 상큼한 향기 속에 빨려들 듯 목단과 천리향은 가슴을 붉게 적신다.

해거리로 내년에 많은 과실을 맺을 옆 감나무는 아직은 고목처럼 미동조차 없다. 해마다 봄이 오면 반가운 친구처럼 목단과 천리향이 제일 먼저 겨울을 거두고 봄을 알린다.

— 2013. 3. 14.

바다 왈츠, 그리움 블루스

바람이 불어오는 거리에서

광석은 나와 동갑이다. '광석'이라는 이름은 '철수'나 '영희'처럼 친숙하고 정겨운 이름이다. 광석이가 젊은 날 기타칠 때 나는 쓸쓸한 거리를 한동안 헤맸다. 신천의 가을 햇살에 억새가 은비늘처럼 반짝거릴 때, 신천을 친구로 곁에 두고 있는 방천시장 옆구리 광석의 거리에는 광석의 노래가 흘러가고 광석의 노래를 찾는 사람들이 하나둘 모여든다.

광석의 노래는 영원한 청춘처럼 쉼 없이 반복적으로 나직하게 울려 퍼진다. 오래된 벽 사이로 흐르는 노래는 스펀지에 물기가 서서히 스며들 듯 가슴을 파고든다. 광석의 노래는 흥분과 분노, 고저와 장단의 무게 없이 평이하게 사람의 마음을 편안하게 해주는 매력이 있다.

스산한 바람이 불어오는 날, 방천시장 어느 상인 부부의 사진이 붙은 벽화를 바라보니 마치 희미한 사진관이 불쑥 솟아오른다. 어느 특정한 삶의 모습보다 질곡의 삶을 살아온 이 땅의 모든 부모의 모습처럼 밝은 빛으로 투영된다. 시장 한구석에서 치열한 삶을 펼친

노부부의 주름은 세월의 더께만큼 깊다. 빛바랜 벽화와 낡은 의자, 공중전화기 옆에 서니 문득 잃어버린 소중한 추억에 왠지 눈물이 날 것 같다.

잃어버린 소중한 것과 추억은 단순한 언어다. 밥·똥·삶·돈·부모·형제·친구·친지·우정·추억·공부·시간 등 단순 명료하다. 방천시장 광석의 거리를 지나면 잃어버린 소중한 그 무엇이 거리를 뒹굴고, 바람에 떨어진 설익은 낙엽이 아쉬운 미련에 거리를 헤매듯 잃어버린 추억도 나그네의 꽁무니를 졸졸 따라온다.

김광석의 거리는 짧고 그의 인생도 짧지만, 그가 남긴 족적의 거리는 길고도 화려하다. 한때는 문전성시를 이뤘던 방천시장이지만 지금은 도심의 한쪽 양지 바른 길목에서 시장의 역할보다 문화예술의 거리로 더 알려진 방천시장. 인생은 짧고 예술은 길다지만 잔인한 세월 앞에 너무 일찍 가버린 낭만 가수 김광석.

그리운 이나 추억을 회상하기에 가을은 너무 시리고 청명한 하늘은 너무 높고 푸르다. 영원한 청년 광석의 거리에는 남녀노소 모두 찾아온다. 인생의 깊이를 아는 자나 모르는 자나 광석의 거리에 들어서면 광석의 친구가 된다.

광석의 거리에는 노래만이 흐르지 않는다. 시와 산문, 그림이 그려져 있고 설치미술과 장식, 만화가 도배되어 있다. 이것만이 아니다. 지극히 개인적인 메모와 삽화뿐만 아니라 심지어 욕과 음담패설도 약방의 감초처럼 붙어 있다. 유명한 사람의 흔적도 보이지만 대부분 이를 모를 소시민의 삶과 궤적이 그려져 있다. 어떤 것은 가볍고 또 어떤 것은 무겁고 철학적이다.

광석의 거리는 계절마다 다양한 색깔을 입는다. 가을에는 슬픔의 미학이 나뭇잎 되어 뚝뚝 떨어지고 웃음과 추억이 거리를 나뒹군다. 좁고 짧은 거리 벽화에는 인간의 희노애락과 오욕이 모두 깃들어 있고, 빈자도 마음이 풍성해진다. 기타 치는 광석은 어른과 아이의 친구가 되고 시대를 초월하여 팔방미인이 된다. 광석의 거리는 종합예술의 길이요 시인의 길이며 낭만의 길이다.

　김광석의 꿈은 어쩌면 너의 꿈이고 나의 꿈이다. 화려하거나 가식적인 꿈이 아니라 자연스러운 꿈이다. 소시민의 꿈을 알고 소시민을 스스로 체득하고 소시민처럼 살아온 그의 꿈은 어쩌면 영원히 우리 가슴속에 살아 있는 꿈일지 모른다.

　지난날 광석의 노래를 애써 외면한 적도 없지 않다. 왠지 너무 서글프고 때로는 감정을 격하게 부추기는 면도 있어 가까이하지 않았던 것이다. 그런 선입견으로 광석의 노래와 광석의 거리를 그냥 스쳐 지나갔다. 광석의 거리가 제법 자리를 잡았을 즈음 우연히 그 거리를 지난 적이 있다. 처음에는 그냥 지나쳤으나 그 다음, 또 그 다음에는 방천시장과 광석의 거리를 찬찬히 살피게 되었다. 그러자 광석이가 가까이 다가왔다. 그제야 광석이가 친근해지고 광석이 부른 노래가 애잔하게 가슴을 울렸다.

　7년 후, 40이 되면 오토바이를 사서 세계 일주를 하겠다는 소박한 꿈, 환갑 때 연애하고 싶다는 청춘의 꿈을 그린 그림은 묘한 실소를 자아낸다. 환갑 때도 저런 낭만이 올까? 어쩌면 이해타산적인 연애가 아니라 예술을 사랑하는 자의 흘러간 낭만의 노래이리라!

　광석의 벽보에는 광석의 노래와 시만 그려져 있는 게 아니다. 이름 모를 어른과 아이의 흔적들이 글이 되고 시가 되고 눈물이 된다. 아이가 아이다움의 모습이 없고 어른스런 모습으로 눈물이 메마르고, 노인의 주름 속에 인생을 바라볼 때 왠지 슬픈 노래를 부르고 싶다는 어느 글귀에서 가을의 허기가 깊어간다.

또 하루가 저물어간다. 잃어버린 소중한 무엇도 해 따라 또 넘어가겠지만, 그 소중함의 깊이와 넓이를 지나고 나면 종종 깨닫는다. 현실의 어려움과 고통이 커서 이 또한 지나가리라는 말도 낙서할 수 있지만 쉽게 지나가서는 안 될 것도 있다.

현재와 과거, 그리고 미래가 공존하는 방천시장과 김광석의 거리에 청춘의 꿈을 노래하는 김광석이 영원히 살아 있다. 방천시장 너머로 가볍고 싱그런 바람이 불어온다. 귀천해서도 영원한 청춘의 삶을 노래하는 김광석의 거리에 한번쯤 걸어보자. 바람이 불어오는 날, 청춘도 서서히 야위어간다.

— 2013. 10. 28.

바다 왈츠, 그리움 블루스

내게 힘이 되는 명량 이순신

조조 〈명량〉 입장권 5,000원, 오징어 버터구이 2,000원. 싸게 대작을 관람한다. 영화 입장권 5,000원에는 부가세 441원과 영화발전 기금 3퍼센트가 포함된 가격이라고 친절하게 표시되어 있다. 물론 조조가 아닌 시간에는 관람료가 9,000원이지만, 대작에 비하자면 저렴한 비용이라는 생각이 든다.

인터넷으로 검색해보니 최신식 극장은 대부분 매진으로 표시되어 있어 중심가에서 좀 떨어졌지만 가장 오래된 영화관이라는 '만경관'을 택했다. 여름 휴가 중 아침에 영화를 보기는 처음이다. 그러고 보니 근 25년 만에 극장에서 영화를 본다. 오래된 기억으로는 샤론 스톤의 강렬한 이미지가 드러난 〈원초적 본능〉과 케빈 코스트너 주연의 〈늑대와 춤을〉을 본 것이 마지막인 것 같다. 정말 오랜만에 극장에 발을 디뎌본다.

만경관 예매소 직원은 오전 9시 10분에 상영되는 영화 〈명량〉의 잔여석 번호를 선택하라고 했다. 얼떨결에 앞줄이 좋을 것 같아 앞쪽 첫 줄 중앙을 지정하고는 영화관에 입장했다. 평일 아침이어서 그런지 관람객이 별로 없어 전체 스크린을 한눈에 볼 수 있는 좌석 중간쯤 자리를 옮기고 여유 있게 관람했다.

짧은 공익 광고가 끝나자 영화는 바로 상영되었다. 주인공을 맡은 배우 최민식 씨의 얼굴이 화면 전체를 덮는다. 그리고 김명곤, 이정현 씨 등이 열연한 이순신의 명량대첩이 시작되었다. 전쟁 영화답게 수군 전투 신이 박진감 있게 펼쳐진다. 하지만 전투 신 그 자체는 눈에 익어 큰 감흥을 불러오지 못하는 듯하다. 입맛이 변하는 것처럼 어지간한 전투 신으로는 뇌리에 각인되지 않는다. 물론 감독이나 배우의 입장에서는 전투 신만큼 어렵고 위험하며 제작 비용도 많이 드는 촬영노 없을 것이다.

명량해전은 1597년 임진왜란 6년 이순신 장군이 단 12척의 배를 이끌고 330척의 왜군을 무찌른 전투이다. 원균이 칠천량 전투에서 대패한 후 일본에게 해상권을 빼앗겨 누란의 위기에 몰렸던 조선의 역사를 바꾼 전쟁으로 기록된다.

성웅 이순신 장군이 최후를 맞았던 노량해전에 앞서 치열하게 격전을 치렀던 명량해전은 바다의 회오리가 이는 진도와 해남의 울돌목에서 치러진 전투라고 알려진다. 울돌목은 전라남도 해남군 문내면 학동리의 화원반도와 진도군 군내면 녹진리 사이의 있는 해협이다. 길이 약 1.5킬로미터이며, 폭이 가장 짧은 곳은 약 300미터 정도가 된다. 밀물 때에는 넓은 남해의 바닷물이 한꺼번에 명량해협을 통과하여 서해로 빠져 나가 조류가 5m/s 이상으로 매우 빠르다. 물길이 암초에 부딪혀 튕겨 나오는 소리가 매우 커 바다가 우는 것 같다고

바다 왈츠, 그리움 블루스

하여 울돌목이라고도 불린다. 유속은 약 10노트(시속 약 20킬로미터)라
고 한다.

— 위키백과사전

영화 〈명량〉은 이순신 장군과 그 부하들, 그리고 그 시대 백성의
인간적인 모습이 특히 돋보였다. 당시의 절박한 상황에 대처하는 인
물들의 움직임에 몰두하다보니 상영 2시간이 금방 지나갔다.

성웅이라 일컫는 이순신 장군은 영웅이기에 앞서 한 사람의 순수
한 인간이었다. 평화 시 그의 언행을 보면 지극히 소탈하고 평범한
필부였던 것 같아 더욱 존경스럽다. 완전무결한 영웅이 아니라 백성
의 아픔과 자식 잃은 슬픔, 그리고 모친에 대한 그리움을 솔직담백
하게 표현함으로써 우리 곁에 영원히 살아 있는 한 사람이다.

아들 이회와 대화를 나누는 대목에서는 백성에 대한 사랑이 그저
사탕발림이 아니라 진심에서 우러나는 심성임을 알게 했다. 마지막
전투 신이 끝나고 장군은 이회에게 명량대첩은 천행이었다고 말한
다. 이회가 울돌목 바다의 회오리가 승리의 원동력이 아니냐고 되물
으니 장군은 백성이 나를 구했다며 함축적이고 의미 있는 말을 남긴
다. 흔히 나라가 어지러울 때 예나 지금이나 영웅을 찾는다. 사방 곳
곳에서 자신이 영웅이라며 어중이떠중이까지 손을 들고 나서기도
한다. 진정한 영웅이나 앞서가는 리더는 "백성이 나를 구했다"는 장
군의 말을 되새겨야 할 것이다.

전투에서는 이름 없는 수군 장졸과 백성의 힘이 지대했다. 역사적
으로 크게 부각되지는 않지만 노를 젓는 수군의 혈투는 박진감 있게

그려졌다. 이순신 장군의 명량대첩 승리는 뛰어난 지략과 전술에 기인한다. 일자진과 백병전, 그리고 적선을 아군의 배로 부딪쳐 침몰시키는 충파는 좁은 길목의 지형을 잘 활용한 해전 전술이다. 길고 협소한 바다 회오리 속으로 왜선을 격침하는 전투 장면은 정말 통쾌했다.

더불어 또 다른 승리의 요인은 이 지역 바다 주변의 지형과 지물을 잘 아는 어민과 첨사의 의견에 귀를 기울이고 잘 활용한 것이라 생각된다. 12척의 배를 가지고 330척의 적군을 물리친 명량대첩은 물러설 곳 없는 사지에서 모두 하나가 되어 필사즉생 필생즉사必死則生 必生則死의 각오로 전투에 임했기 때문에 하늘도 감동하여 천행이 조선에게 돌아온 것이다.

덧붙이면 명량해전에서는 무엇보다 참모의 역할이 컸다. 스크린에서는 거제도 현령 안위가 돋보였지만 이외 거북선 제작에 참여한 나대용·송희립 등 휘하 참모들의 역할이 부각되지 않아 아쉬움을 남겼다. 아무리 뛰어난 장군이 있더라도 참모가 부실하면 제대로 전쟁을 치르기 어렵다. 오늘날도 마찬가지다. 리더도 중요하지만 리더를 보좌하는 참모가 제대로 그 역할을 다하지 못하면 배는 순항하지 못하고 난파될 수 있다.

영화 후반부에 장졸과 이순신 장군이 나누는 담소는 다소 코믹하면서도 의미 있는 말이었다. 전쟁 중에도 휴식이 있고 생리적인 현상은 해결해야 한다. 격전을 치른 후 부하가 건네준 토란을 먹으며 "살아서 먹을 수 있으니 좋구나" 하는 장군의 말은 지극히 인간적인 면모를 보여주는 장면이다.

노를 젓는 수군 중 한 사람이 "후대 사람이 우리들의 개 같은 고생을 알아줄까?" 하자 옆에 있던의 수졸이 "모르면 호로 자슥이제"라고 받는다. 그 대사로 우리는 그들의 존재를 오늘 기억할 수 있게 되었다. 후대 사람들은 역사를 제대로 배우는 것일까? 역사에서 교훈을 얻는다지만 일본 침탈은 계속되었고, 그로부터 300여 년 뒤 급기야 강제점령으로 36년 동안 압제에 시달렸다. 임진왜란 때 치열하게 맞서 싸운 선조들이 후대 사람들을 나무라도 할 말이 없을 것이다. 오늘도 역사의 수레바퀴는 돌아가고 있다.

아이러니한 영화 신 하나를 고르라면 경상우수사 배설의 장면이다. 칠천량전투에서 전세를 관망하다 12척의 배를 끌고 이순신 장군 휘하에 있다가 도망쳐서 후일 권율에게 붙잡혀 참형되었다. 훗날 무공은 인정된 배설은 영화 〈명량〉에서는 도망치다 부하 안위에게 화살을 맞고 죽는다. 역사에서 가정은 의미 없다지만, 만일 배설이 12척의 배를 끌고 오지 않았다면 어떻게 되었을까?

평일 조조 시간대라 관람객이 별로 없어 중간 중간 휴대폰으로 영화 신을 찍었다. 얼마 뒤 누가 영화 보는 데 방해가 된다며 사진을 찍지 말아달라기에 후반부 불꽃 튀는 전쟁 신은 찍지 못했다. 오랜만에 극장에서 영화에 푹 빠져 있다보니 관람 에티켓을 망각하고 그저 명랑한 소년으로 돌아간 기분이어서 송구스러웠다.

〈명량〉은 박진감 넘치는 전투 신과 이순신 장군의 인간적인 면모가 돋보였다. 사족을 달면 편지 끝의 추신처럼 영화 끝 장면에 1592년 임진왜란 때 '구선(거북선)'을 보고 놀라자빠지는 왜군 모습이 왜 끝에 나왔는지 아리송하다. 차라리 전반부에 나왔으면 낫지 않았을까 하는 생각이 든다.

"백성이 나를 구했다."

아들 이회와 들판을 걸어가는 모습이 길고 긴 여운을 남긴다.

"신에게는 아직 12척의 배가 남아 있사옵니다."

이순신의 묵직한 어록은 누구나 인생길에서 부닥치는 크고 작은 어려움 속에서도 힘을 준다. 두려움이나 낙담하지 않고 용기를 불러 일으키는 불멸의 명언으로 영원히 회자할 것이다.

— 2014. 8. 12.

어제와 오늘의 고구마 이야기

대구 서부정류장 옆 관문시장에서 고구마 모종 6포기 사서 지난 3월 조그마한 정원에 심었다. 재작년까지만 해도 매실나무 한 그루가 있어서 매실을 조금 수확했다. 그리고 약간의 꽃을 심었지만 매실나무가 병들어 할 수 없이 베어내고 밋밋하게 한 해를 보냈다.

올해도 꽃을 심을까 하다가 정원에 녹색을 입히고자 작물 모종을 심기로 했다. 땅은 배수가 잘되는 곳이라 뭐든 심어도 잘 자란다. 매실 찌꺼기와 꽃나무에서 떨어진 자양분이 썩을 대로 썩어 토양은 비교적 좋은 편이다.

어느 날 고구마 모종이 땅 위로 삐죽이 솟아오르더니 날이 가고 해가 가고 달이 차니 고구마 잎이 봉긋 펴지고 고구마 줄기는 옆으로 뻗어가기 시작했다. 고구마를 직접 심어본 적이 없어 다른 작물처럼 6포기가 다 살아난다 해도 큰 공간을 차지하지 않을 것이어서 잘 자라주기를 바랐다. 고추 모종처럼 크게 뻗지 않고 제자리에서 얌전히 자랄 것으로 상상했으나 착각이었다. 고구마 모종 옆에 심은 열무가 채 자라나기도 전에 고구마 줄기는 옆으로 기더니 급기야 열무를 덮치고 전진 또 전진했다.

잎이 돋은 고구마의 성장 상태를 보니 마치 오뉴월 야산의 칡넝쿨처럼 하루가 다르게 뻗어갔다. 줄기 끝에 눈이 달렸는지 고구마 줄기는 온통 제 세상인 양 사정없이 영역을 넓혔다. 좁은 정원을 지나 마당으로 줄기를 뻗어 다시 비좁은 공간으로 줄기를 돌려놓기도 했다. 비료 한 톨 주지 않았는데 오직 햇볕과 바람과 빗물로 자라는 고구마는 염천시하 가물 때 가끔 물을 가끔 뿌려준 것 외에는 전부 스스로 생육하고 번식했다. 그 생명력은 참으로 놀라웠다. 나중에 고구마가 어떻게 달릴지 몰라도 줄기는 쉬지 않고 무성한 잎을 매단 채 끝없이 뻗어갔다.

고구마 줄기는 바닥을 기며 뿌리를 내리는데, 땅에서 솟은 부분은 인위적으로 흙을 고르고 덮어줘야 한다. 땅속으로 파고들어가려는 가느다란 뿌리는 새털처럼 보드랍다. 그것이 땅속에 단단히 뻗고 자라면 덩이뿌리 고구마가 되는 것이다. 고구마에 대한 지식을 얻고자 인터넷으로 검색하니 고구마에 대한 이야기가 고구마 줄기처럼 마구마구 쏟아졌다. 고구마는 당근과 함께 3대 적황색 식품으로 알려져 있단다. 영양소가 골고루 들어 있어 세계적으로 완전한 식품으로 평가받고 있다고 했다.

100년에 한 번 핀다는 고구마의 꽃말은 '행운'이어서 더욱 정감이 간다. 자연박물관에 따르면 고구마는 대략 다음과 같다.

아메리카 대륙 열대 지역이 원산지이나 열대와 따뜻한 온대 지방에서도 널리 기른다고 한다. 줄기는 길게 땅 위를 기어가고 잎은 갈라지거나 갈라지지 않으며, 그 모양이 다양하다. 꽃은 깔때기 모양으로 붉은 자주색이고 잎겨드랑이에 모여 핀다. 먹을 수 있는 부분은 아주 커진 덩이뿌리인데 방추형, 긴 타원형, 뾰족한 계란 모양 등 여러 가지다. 뿌리의 색깔은 다양한데 안쪽은 흰색에서 오렌지색 또는 보라색을 띠기도 하고 바깥쪽은 연한 황갈색에서 갈색 또는 자주색을 띠기도 한다. 뿌리에는 녹말이 아주 많고 오렌지색을 띠는 변종에는 카로틴이 풍부하다. 고구마는 통째로 굽거나 삶아서 먹기도 하고 짓이겨서 요리하거나 파이의 속으로도 쓴다.

고구마는 미국 남부, 열대 지방, 태평양의 따뜻한 섬들, 일본, 러시아, 한국 등지에서 재배되고 있다. 영양생식營養生殖으로 증식해 뿌리나 잘라낸 줄기에서 싹이 나고, 사질양토沙質壤土와 같이 부슬부슬한 땅에서 가장 잘 자란다. 수확을 많이 하려면 적어도 4~5개월 정도 날이 따뜻해야 한다. 일본에서는 말린 고구마에서 녹말과 알코올을 얻기 위해 오래 전부터 농작물로서 심어왔다. 우리나라에서는 조선시대 영조 39년(1783)부터 고구마를 심기 시작했는데, 그 당시 일본에 사신으로 갔던 사람이 고구마를 들여온 것으로 알려지고 있다. 흔히 간식으로 먹지만 옛날에는 쌀이 떨어졌을 때 밥 대신 먹었다고 한다. 찌거나 구워서 또는 기름에 튀겨 먹거나 밥이나 떡에 섞어 먹기도 한다. 알코올이나 녹말의 원료로도 쓰이며, 특히 녹말로는 당면을 만든다. 줄기나 잎을 나물로 먹으며 가축의 먹이로도 쓴다.

빈곤한 시대에 구황작물로 분류되던 고구마에 대한 특별한 어릴 적 추억은 한 번쯤 가지고 있을 것이다. 고구마 하면 으레 덩이뿌리

고구마가 주류다. 길고 긴 겨울밤에 호호 불며 먹던 군고구마뿐만 아니라 제철의 고구마는 주로 삶아서 먹었다. 고구마는 고구마 자체로도 맛나는 먹거리지만 감자와 옥수수를 곁들여 먹어도 한끼 음식으로 부족함이 없었다. 고구마에다 잘 익은 김치 한 점 얹어 먹는 그 맛은 가히 일품이다.

어릴 적 어머니가 삶아준 고구마 맛이 아련히 떠오른다. 지금은 그 맛을 찾을 길이 없다. 고구마에 달린 줄기와 잎은 사실 어릴 적에 맛본 기억이 없다. 요즘은 웰빙식품이라 하여 고구마뿐만 아니라 줄기와 잎도 많이 찾는다.

어릴 적 먹거리가 빈곤하던 시절 어머니가 도시락 반찬으로 고추장에 멸치를 담아도 군소리 없이 달게 먹었지만, 사실 고구마 줄기로 만든 반찬은 깔깔하고 밋밋해서 통 먹지 않았다. 고구마 단맛에 길들여진 입맛이라 고구마 줄기나 잎은 그저 버리는 정도로 혹은 소의 여물 등으로 이용되는 줄 알았다. 이제 고구마의 참맛을 찾는 시절이 다가왔다. 고구마는 버릴 게 없다. 줄기와 잎도 잘 요리하면 훌륭한 영양소가 된다. 세월이 흐르고 추억을 더듬다보면 뿌리만 찾지 않고 뿌리에서 뻗어나간 줄기와 잎도 찾는다.

마냥 자연에만 맡기지 말고 제멋대로 뻗어가는 고구마 줄기와 잎을 약간씩 솎아주어야겠다. 칡넝쿨처럼 자유롭게 뻗어가는 줄기를 그대로 내버려두면 고구마에 대한 예의가 아닐 듯하다.

어릴 적 시골에서 한끼 먹거리로 혹은 간식으로 먹었던 고구마가 이제 맛으로가 아니라 멋으로 다가온다. 즐겨 먹은 추억의 고구마를 직접 몇 포기만이라도 키워보니 작물의 자람이 신기하다 못해 경이

바다 왈츠, 그리움 블루스

롭기까지 하다. 자연을 배반하지 않고 제철에 사람에게 이로움을 주는 고구마를 가을에 캔다고 생각하니 벌써부터 마음이 설렌다. 추억으로 물든 온갖 사연이 토실토실하고 주렁주렁 달린 고구마 덩이가 툭툭 튀어나오리라.

— 2014. 8. 24.

호박꽃은 호박꽃이다

뜨거운 한여름에도 소리 없이 자신의 영역을 넓혀가는 호박이야말로 열일염염烈日炎炎에 제격인 넝쿨채소다. 호박꽃은 해바라기처럼 고개를 들고 태양에 맞서지 않고 더위에 순응한다. 낮은 데서 기어 다니는 줄기에 매달리다보니 꽃 색깔도 화려하지 않다. 누르스름하지만 자신을 드러내지 않고 겸손하다.

호박은 더운 여름이라고 인간처럼 호들갑스럽지 않다. 다만 소리 없는 비명으로 타는 목마름을 해소할 물을 간절히 바란다. 사람이나 호박이나 목마르기는 매 한가지다. 너희들만 물 먹냐? 나도 물 좀 다오. 호박의 소리 없는 외침에 주저 없이 자주 뿌리에 물을 준다. 호박꽃은 넓은 잎에 잘 감추어지고 은은한 모습 때문에 잘 드러나지 은 꽃일 따름이다. 조물주가 인정한 개성 있는 꽃이다. 호박꽃은 호박꽃이다.

어느 봄날 작은 화단에 조선호박 모종 세 포기를 심었다. 호박은 자라 줄기는 한없이 뻗어 갔지만, 잎만 무성하고 호박은 몇 개 밤톨처럼 자라다가 이내 쪼그라들고 말라버렸다. 처음에 도심의 작은화단을 벌거숭이로 버려둔다면 밋밋하고 삭막할 듯해서 고추와 토마토 등 작물을 조금 심었다. 작물의 성장 과정을 지켜보는 재미는 은근히 쏠쏠하다. 아직까지 제대로 자란 호박이 없어 조금 아쉽다.

원래 호박은 잘 열리지 않는다지만, 혹시나 해서 고추나 토마토에 비해 거름은 많이 주고 더운 여름날에는 목마름에 시들해질까봐 물도 자주 준다. 역시나 한여름 맹더위는 피할 수 없었던지 맺힌 호박도 허걱거리며 오그라졌다. 화단에 핀 호박꽃에는 벌은 없고 벌 대신 개미가 꽃방을 헤집고 다닌다. 호박꽃은 꽃 지지대가 매우 약해서 조금만 건드려도 이내 툭 떨어진다.

호박의 뿌리에서 뻗어난 줄기는 제자리에 가만있지 못하고 한없이 옆으로 뻗어간다. 좁은 화단을 돌고 돌아 벌써 20미터 넘게 뻗어 있다. 줄기에서 파생된 여러 갈래 넝쿨손이 다시 줄기를 만들고 장애물 벽에 부딪치면 위로 뻗어가는 관성 때문에 약간 돌려주면 다시 옆으로 뻗어간다. 칡넝쿨처럼 뻗어가는 생명력이 대단하다.

호박 모종을 심은 뒤 원 뿌리 주변에 물을 자주 주는 편이다. 페터 볼레벤은 〈나무수업〉에서 나무는 물이 부족하면 비명을 지른다고 했는데, 호박 같은 넝쿨채소도 나무와 마찬가지로 물이 부족하면 소리 없는 비명을 지를 것이다.

자고 나면 거침없이 쭉쭉 뻗어가는 호박 줄기를 보니 원뿌리에서 많은 줄기를 지나 넝쿨손까지 공급하는 자양분과 수액의 끌고 당기는 힘이 엄청나지 않나 상상이 된다. 줄기의 뻗음과 비례하여 뿌리 주변 줄기는 굵어지며 색깔은 무뎌지고 거칠어진다.

만일 뿌리나 주변 줄기가 부실하다면 호박잎과 호박꽃, 그리고 호박은 제대로 달리지 않는다. 또한 뻗어 있는 어느 줄기에 인위적인 때가 묻어 조금이라도 비틀어지거나 말라버린다면 수십 미터나 뻗은 줄기나 잎은 금방 시들어버린다. 원줄기가 뻗어가면서 곁가지 넝쿨손도 사방팔방으로 뻗어나가는데, 그대로 두면 가끔 담벼락을 통해 남의 집을 넘나들수 있어 줄기를 밑으로 돌려 화단을 빙빙 돌게 한다.

작은 화단이지만 어미 뿌리의 넉넉함으로 아무 탈 없이 줄기는 계속 뻗어나간다. 호박이 열리지 않아도 좋다. 건강하고 튼튼하게 그저 녹색의 향연으로 이 여름을 보내다오. 호박의 성장에서 많은 이치를 배운다.

뿌리의 좋은 본성과 천성을 가지 줄기에서 지속적으로 간직하지 못하고 함부로 행동하거나 일탈한다면 그날부터 인연은 소리 없이 사라진다. 호박 원뿌리에서 온갖 자양분을 공급한 어미 줄기를 잊지 말 일이다. '신체발부身體髮膚는 수지부모受之父母'라는 말을 언급하지 않더라도 항상 몸과 마음을 바로 가져야 한다. 한 번뿐인 인생을 남의 이목에 신경 쓰지 말고 호박처럼 자신만의 영역과 내공을 키우고 다듬어야 하겠다.

— 2016. 8. 6.

호박 예찬

여러 작물 가운데 호박이 최근에 더욱 친근해졌다. 등잔 밑이 어둡다고 그저 흔한 작물로 여겼던 호박. 우선 모난 데가 없고 둥글둥글해서 참 좋다. 세월이 흐를수록 사람도 그런 것 같다. 빼어나거나 뛰어나거나 모난 사람보다 수수하고 자연스럽고 호박처럼 둥글둥글한 사람이 더 정감이 간다. 지난봄에 심은 호박 모종이 자라 수평으로 영역을 확장하여 여름을 지나고 가을을 맞아 도심의 쥐뿔 화단을 온통 잎과 줄기, 꽃 그리고 넝쿨손으로 장식했다.

왜 호박꽃도 꽃이냐는 말이 생겼는지 모르겠다. 예로부터 편견과 선입견으로 호박꽃은 꽃으로서의 대접을 못 받은 것 같다. 화사하게 피고 지는 호박꽃은 사람과 가장 가까운 친근한 꽃이다.

봄에 심은 모종이 6개월 지나면서 호박잎은 늙은 잎과 어린 잎이 순환하며 날개를 폈다 접는 것처럼 쉼 없이 뻗어간다. 긴 대롱 같은 줄기를 따라 듬성듬성 넝쿨이 새끼 치고, 넝쿨은 다시 긴 대롱을 만들고 잎과 꽃을 키운다. 도심의 조그마한 화단을 온통 녹색으로 치장한 조선호박은 모종이 세 포기에 불과하지만 성장 과정은 다른 꽃

몇 만 포기와 견주어도 아쉬움이 없을 정도다. 호박은 온갖 사연을 안고 성장한다.

어떤 지인은 호박은 별로 좋아하지 않지만 호박잎은 특별히 좋아한단다. 어린 호박잎을 살짝 데쳐 된장으로 쌈을 싸 먹으면 그 맛은 어느 쌈에 비길 데 없다며 호박잎을 선호했다. 어떤 이는 호박죽을, 또 어떤 이는 호박범벅이나 호박으로 조리한 반찬을 좋아한다. 호박 요리는 실로 다양하다. 나는 그중 호박범벅만은 매일 먹어도 질리지 않을 정도로 좋아한다.

어릴 적 시골에 살 때 어머니는 마당에 토마토·고추·감자·옥수수·오이·호박 등을 심고 제철 작물을 그때그때 따서 반찬으로 만들어 내놓았다. 하지만 호박조림이나 호박잎, 호박줄기 반찬은 입에 맞지 않아 잘 먹지 않았다. 다만 호박범벅만은 즐겨 먹었다. 특히 호박범벅 안에 수제비 비슷한 새알심과 같이 먹을 때 그 식감은 오래도록 즐거운 먹거리 추억으로 남아 있다.

무성한 호박잎 사이로 호박꽃이 피어도 실제 열리는 호박은 별로 없다. 그나마 열린 호박도 폭염에 지쳐버렸는지 조막만 한 열매로 시들어버렸다. 위대한 여름을 보낸 호박은 원줄기는 시꺼멓게 굵어지면서 대롱으로 부지런히 자양분과 수분을 공급해준 탓인지 연한 줄기는 끝없이 뻗어갔다.

가을로 들어서자 자고 일어나면 아침에 호박꽃이 여기저기서 노란색으로 펑펑 터졌다. 한 개의 호박꽃보다, 가까이서 보는 것보다 거리를 두고 여러 개를 보니 호박꽃은 화려한 양귀비나 목단보다 더 화사하고 정다운 꽃으로 다가왔다. 가까이하기에는 너무 먼 양귀비가 아니라 노란 치마를 두르고 수줍은 듯 살포시 다가오는 언제 봐도 정겨운 연인이었다.

호박 넝쿨손은 아기 손처럼 보드랍고 어미 줄기의 자양분을 공급받아 부지런히 영역을 확장한다. 강한 장벽을 만나면 부드럽게 피해서 뻗어가지만 장벽이 없으면 끝없이 뻗어 가기 때문에 인위적으로 손을 써서 넝쿨손을 돌려줘야 한다. 세 포기에서 뻗은 넝쿨이 여러 갈래로 뻗어 손으로 몇 번 돌리다보니 화단가를 빙빙 돈다. 화단 끝에 서 있는 포플라나무 잎과 줄기를 붙잡아 칭칭 매는 것은 말할 것도 없고 넝쿨손을 곧추세우고 담을 넘어갈 기세다. 의기양양한 넝쿨손을 담벼락 아래로 살짝 내리누른다.

자유자재로 뻗어가는 줄기 중 하나를 건물 벽에 걸쳐놓았더니 넝쿨손은 에어컨과 가스 배관까지 뻗어 파고든다. 건물 벽 쪽으로 돌린 줄기에 열린 호박 하나가 쏟아지는 빗줄기를 견디지 못하고 10미터 높이에서 떨어져 아쉽게도 망가지고 말았다. 처음에는 새나 쥐가 파먹은 줄 알았는데 호박잎에 뻥뻥 뚫려 있고 지지대마저 처참하게 망가져 있는 것을 보고는 천재天災라기보다 넝쿨손을 잘못 돌린 인재人災라는 것을 알았다.

'호박이 넝쿨째 굴러온다'는 말은 호박만 얻어도 좋은데 잎과 줄기를 덩달아 한꺼번에 얻게 되니 뜻밖의 횡재라는 뜻이리라. 잎은 무성하고 꽃이 많이 피어도 실제 제대로 자라 튼실한 열매를 수확하는 것은 별로 없다. 눈에 띄는 어린 호박은 대부분 기대와 달리 일찍 떨어지고 잎과 줄기 사이에 숨어 눈에 띄지 않는 호박이 크게 자라는 일이 있어 그 기쁨은 배가 된다. 호박도 낯을 가리는 것인지, 아니면 보호본능인지 모르겠다. 너무 커버려 쌈으로 먹기에는 거북한 잎은 깨끗이 씻어 차처럼 끓여 마셔도 된다. 맛은 밋밋한 편이지만 색다른 건강차로 즐길 수 있다. 호박은 잎·줄기·열매 등 버릴 게 없는 유용한 작물이다.

호박이 열리지 않는다고 한순간에 호박 줄기를 확 걷어낼 필요는 없다. 호박이 열리지 않으면 어떠랴! 도심의 조그마한 화단에 호사스럽지는 않더라도 몇 달 동안 녹색의 향연을 퍼뜨리며 메마른 마음의 윤활유가 되어주니 고마울 따름이다. 조선호박은 웬만한 사람보다 더 친근하고 정겹다.

끈질기게 넝쿨손을 뻗어가며 삶을 영위하는 호박을 바라볼 때마다 조물주의 신비를 한껏 느낀다. 삶이 고되고 힘들 때, 사람과 사람사이에 섬이 많다고 느껴질 때, 호박 같은 작물에서 위안을 얻고 우주의 진리도 찾아보는 것도 좋을 일일 듯하다.

문득 고등학교 3학년 때 담임선생님의 삶의 지표로 일러주신 "둥글게 살자" 말이 떠오른다. 그 말에 잘 어울리는 작물이 호박이 아닐까 해서 은사님의 모습과 오버랩된다. 개똥밭에서 눈치 보며 살기에는 인생이 짧다. 호박 넝쿨손처럼 인생이라는 항구에 끈질기게 달라붙어 질긴 희망을 가지고 둥글둥글 둥글게 살아야겠다.

— 2016. 9. 19.

바다 왈츠, 그리움 블루스

세계문화유산 경주 불국사

오랜만에 휴가를 내어 경주의 한 콘도에서 2박 3일 지냈다. 찌는 듯한 무더위는 경주의 불국토마저 달구어서 첫날은 그냥 실내에서 머물렀다. 콘도 5층에서 야경을 즐겼다. 엑스포공원 건너 보문단지의 황홀한 조명은 한여름의 무더위를 잠시 잊게 해주었다.

이튿날 아침에는 30분 거리의 감포로 가서 잠시 바닷바람을 쐬고 오후에는 불국사로 향했다. 불국사까지 걸어갈까 망설이다가 결국 시내버스에 몸을 실었다. 보문단지 건너 엑스포공원 앞에서 불국사까지는 시내버스로 10분 정도 소요되고 시내버스도 자주 다니는 편이라 몸이 먼저 움직이니 마음은 그냥 따라왔다.

낯선 길은 늘 마음의 자로 재어보고 발걸음을 머뭇거리게 되지만 막상 가는 길을 알고 나서게 되면 생각보다 수월해진다. 불국사는 대중교통으로도 쉽게 갈 수 있는 코스다.

불국사 주차장에서 불국사까지는 숲이 우거진 언덕길을 따라 조금 걸어 올라가야 한다. 불국사 입구까지는 그저 밋밋한 동네 뒷산 같다. 언덕길을 오르기 전에 불국사 체험 영상관에서 셀프 사진도

찍고 메일도 보낼 수 있다.

매표소에서 표를 끊은 뒤 정문에 다다르자 주변에 갑자기 외국인 단체 관광객이 모여든다.

커다란 현판이 내려다보고 있다. '사국불寺國佛'—가로쓰기처럼 글자를 왼쪽에서 오른쪽으로 읽으면 정문 현판은 '불국사'가 아니라 '사국불'이 된다. 자료에 나와 있는 불국사 이야기를 잠시 살펴본다.

경주 불국사는 사적 제502로 신라 경덕왕 10년(751년)에 재상 김대성이 발원하여 혜공왕 10년(774년)에 완성되었다. 조선 선조 26년(1593년) 임진왜란 때 의병의 주둔지로 이용된 탓에 일본군에 의해 목조 건물이 불타버렸다. 그 후 대웅전 등 일부를 다시 세웠고, 1969~1973년 처음 건립 당시의 건물 터를 발굴 조사하고 대대적으로 복원하여 현재의 모습을 갖추게 되었다. 동서 길이 90여 미터 되는 석축과 청운교 백운교 위에 자하문·대웅전·무설전이 남북으로 놓였고 석가탑과 다보탑이 서 있다. 그 서쪽에 연화교·칠보교·안양문과 여래좌상 금동아미타불을 모신 극락전이 있다.

무설전 뒤편에는 금동비로자나불좌상을 모신 비로전과 관음전이 있다. 불국사는 화려하고 장엄한 부처의 나라를 이 땅에 세워 찬미하던 수도자들이 불도를 닦던 곳이다. 풍부한 상상력과 예술적 기량이 어우러진 신라 불교 미술의 정수로, 1995년 석굴암과 더불어 유네스코 세계문화유산으로 등재되었다.

불국사 정문에서 쭉 가다보면 주변은 숲이 잘 우거져 있고 이내 청운교와 백운교가 고풍스러우면서 단아하게 서 있다. 대웅전으로 오르

바다 왈츠, 그리움 블루스

는 계단이다. 위쪽 청운교는 16단, 백운교는 18단이다. 계단 경사면이 45도의 안정된 각도로 되어 있다. 석축 연화교 및 칠보교와 함께 8세기 중엽에 건립되었으며 완전한 형태로 남아 있는 통일신라의 계단으로 매우 중요한 자료이다.

석가탑(국보 제21호), 다보탑(국보 제20호)이라는 이름은 인도 영취산에서 석가모니 부처님이 설법하신 진리를 다보부처님이 증명하였다고 하는 법화경 견보탑품의 내용에서 유래한 것이다. 두 탑 모두 8세기 중엽 신라 재상이었던 김대성이 불국사를 건립했을 때 세워졌다. 석가탑은 2층 기단 위에 3층 탑신을 올린 전통적인 신라 석탑으로 높이 10.6미터이다. 엄격한 조화와 균형미를 갖추어 통일신라 석탑을 대표하는 탑으로 꼽힌다. 1966년 도굴범에 의해 훼손된 석탑을 복원하는 과정에서 세계에서 가장 오래된 목판 인쇄물인 무구정광대다라니경을 비롯한 다수의 사리장엄이 발견되었다.

다보탑은 목조건축의 여러 요소들을 조합한 독창적인 형태의 탑으로 높이 10.3미터이다. 기단 위에 놓인 돌사자는 원래 4마리였으나 일제강점기를 거치며 없어져 현재 1마리만 남아 있다.

1995년 유네스코 세계문화유산으로 등록된 경주 불국사! 불국정토의 이상향을 꿈꾸는 세계의 문화유산으로 입장료가 결코 아깝지 않다. 우리의 문화유산답게 웅장하고 기교적이며 주변 풍광과 어우러져 산중의 극락정토를 본 듯하다. 고풍스러운 불국사는 전체가 수수하면서도 은은한 향기를 발산한다. 불국정토를 꿈꾼 김대성과 신라인의 집념이 녹아들어 석가탑·다보탑·청운교·백운교는 이제 세계의 작품이 되었다. 가히 자랑스러운 세계문화유산 불국사라 하겠다. 어릴 적 초등학생 때의 수학 여행지였지만 그때는 철이 없어 제대로 알지 못했으니 이번이 첫 방문이나 다름없다.

눈으로 직접 체험한 불국사는 책 속에서 사진으로 보던 것보다 훨씬 감동적이다. 한치의 흐트러짐 없이 쌓은 탑과 돌기단이 모여 융합된 예술품은 그 시대의 신라인의 정성과 땀의 소산이다. 아쉽게도 설명서에는 임진왜란 때 대부분 불타버리고 지금 서 있는 작품은 이후 재건축된 것이라 하니 마음이 아프다. 세계적인 문화유산의 값어치도 모른 왜인들도 밉지만 신라인의 정성과 혼을 제대로 이어받지 못한 후대의 아쉬움에 탄식할 따름이다.

말이 필요 없는 무설전無說殿을 접하니 백언이 불여일행이라!

경전을 강의하고 공부하는 무설전은 말로 설법이 이루어짐에도 설법이 없는 곳 '무설전'이라고 한 것은 진리의 본질이 언어를 통해서 도달할 수 없는 언어도단의 경지에 있음을 표현한 것이다. 〈불국사고금역대기〉에 의하면 의상대사가 이곳에서 화엄경을 강의하였다고 전해진다. 1593년 임진왜란 때 불타 1648년 다시 세운 것으로 추정되며 1708년에 수리하였다.

역설의 미학인 무설전은 오늘날 언어의 난무, 언어의 유희로 번지는 말의 어지러운 세상에 경종을 울리는 정문일침頂門一鍼을 보는

　　　　　　　　　　　　　　　　바다 왈츠, 그리움 블루스

듯하다.

　불교는 세속과 불가근불가원인지 세속에 깊이 빠져서도, 그렇다고 세속을 멀리할 수 없는지라 중생구제 염원의 현실이 극락전에도 고스란히 보인다. 극락전 앞에는 복돼지 형상이 이색적이다. 복돼지 앞에서 사진을 찍는 외국인이 그 값으로 낸 듯 복돼지 옆에는 외국 동전이 듬성 놓여 있다. 어느 왕궁 못지않게 수려한 풍광을 두르고 정교한 기단과 돌로 쌓은 담은 은은한 채색에 잘 어울린다.

　불국사 경내에는 세계문화유산답게 외국인들이 많이 들렀다는 증거로 알 수 없는 언어들이 즐비하다. 특히 일본과 미국 단체 관광객이 많고 태국인들도 많이 찾는다고 한다. 단체 관광객을 안내하는 문화해설사의 귀동냥도 즐겁다. 우리가 하찮게 혹은 가볍게 보는 부분도 외국인이 보기에는 색다른 모습으로 보이는 모양이다. 문지방과 동물 문양을 촬영하는 모습이 차라리 이색적이다.

　불국사 정문을 나서며 연로하신 문지기와 몇 마디 주고받았다.

　"참 대단한 불국사입니다. 이건 사찰이라기보다 거대한 불국정토요, 서울의 경복궁·창경궁을 능가하는 불교 왕궁입니다."

　"통일신라의 염원을 세세년년 길이 보장하고자 신라 왕실과 백성, 그리고 신라 불교가 하나 되어 호국불교의 상징으로 남아 있는 호국의 염원의 상징물입니다."

　통일신라는 삼국의 영토 통일과 더불어 문화적 동일성 회복과 한 민족의 흩어진 뿌리를 한데 모아야 했다. 이후 나라를 굳건히 할 구심점이 필요했을 것이다. 물이 고이면 썩고, 썩은 물은 흘려보내야 하고, 새로운 물을 받아들여야 한다. 삼국 통일 후 새로운 신라를 염원하고 기원했던 신라인의 구심점이 근 100년 만에 화룡점정으로 드러난 것이 불국사가 아닐까?

불국사가 있는 산 너머로 추령터널 지나 경주에서 동해로 가는 길목에 부채살 형태로 동북으로 골군사가 포진하고 인근에 석굴암과 토함산 등이 있다. 동남으로는 감은사와 문무대왕 해수중릉이 있어 일대는 불교 유적들이 넘친다. 신라인의 염원이 동해로 뻗어가고 호국 불교의 정신이 천년의 세월을 넘나드는 곳이 바로 경주다.

— 2017. 7. 21.

고맙다, 덧니야

아기 때라고 한다. 하도 울어서 마음 여린 어머니께서 당신 자식의
덧니를 빼지 못하고 그냥 그대로 두었다. 어지간히도 떼쓰던 아기였
던 모양이다. 윗니 가운데 바른 치아를 하나 두고 양쪽에 덧니가 2
개 있었다. 오른쪽 하나는 안쪽으로 들어갔고 왼쪽은 앞니와 간격을
약간 두고 안쪽으로 나 있었다. 이후 생활하는 데는 지장이 없었으
나 입을 벌리거나 대화할 때 덧니 2개가 보이고 치아 사이로 바람이
새어나가 발음도 어색해서 치아만큼은 자신이 없었다.

반백 넘게 2개의 덧니를 지닌 채 지내다가 왼쪽 덧니를 살짝 가리
는 앞니가 상해 작년에 이를 뺐다. 빠지려면 있으나 마나 한 덧니가
빠져야 하는데 정작 앞니를 빼고 나니 애물단지 같은 덧니가 원망스
러웠다. 덧니와 옆 치아 사이 공간이 눈에 보일 정도로 드러나고 식
사 때도 상당히 불편했다. 단골 치과에서 덧니와 앞니 사이의 간극
이 좁아 치아를 넣을 수 없어 교정치료를 하라며 교정 전문 치과를
소개해주었다.

9개월 동안의 교정치료는 길고 지루했다. 처음 몇 달은 입천장 쪽

으로 교정 기구를 치아에 씌우고 잠을 잔 뒤 아침에는 빼서 세척하기를 반복했다. 이후 철사를 윗니 가로로 단단히 붙여 몇 개월 교정치료를 지속했다. 음식물 섭취와 양치질이 번거로웠다. 특히 치간 칫솔질에도 신경을 쓰다보니 양치질 시간도 자연 길어졌다. 교정치료를 시작할 때 주의 사항으로 제대로 양치질을 안 하면 치아가 썩을 수 있다는 말을 들었다.

오늘 오랜 교정치료를 거의 마무리했다. 치아를 가로로 두른 철사를 빼니 마치 치아가 살아난 듯했다. 음식물을 제대로 씹을 수 있고 걸리적거리는 게 없으니 날아갈 것 같았다. 거울을 보니 윗니 치아가 가지런하다. 옛 덧니 2개는 옆 치아와 나란히 배열되어 있고 옆으로 새던 바람이 원천적으로 막히다보니 발음도 한결 또렷해진 것 같았다.

때로 부정교합치 치아 배열 정도에 따라 대화에 불편함도 초래한다. 자녀들의 발음이 부정확하다면 여러 가지 요인이 있겠지만 구강구조에 문제가 없는지 살펴볼 필요가 있다. 교정치료는 미용치료도 많지만 사실 생활 불편, 특히 음식물 섭생과 관련된 치료는 건강보험 진료가 사안별로 필요하다.

요즘 교정치료는 학생들이 대부분이다. 사실 나이 때문에 처음 교정치료가 잘될지 반신반의했다. 하지만 담당 의사와 치과기공사의 열의와 뛰어난 치과 기술로 교정치료는 성공적이었다.

또한 교정치료를 하면서 치아의 소중함과 치아 관리, 특히 양치질의 소중함을 다시 한 번 깨달았다. 예전 청소년기에 제대로 양치질을 못한 일이 나이 들어 그 대가를 톡톡히 치르게 된다. 양치질도 대충 하고 만 점이 후회스러웠다. 음식 섭취 후 제때의 양치질뿐만 아니고 치간 칫솔질도 이번 교정치료하면서 그 중요성을 인식했다. 치실 사용은 좀 번거롭지만 양치질에 치간 칫솔질도 동시에 하는 습관을 길러야 한다.

치아를 건강하게 오래도록 보존하려면 구석구석 양치 시간도 늘리고 정기적으로 동네 치과에서 점검을 받는 것이 좋다. 우리 몸 구성 요소는 어느 것 하나 중요하지 않은 것이 없다. 신의 창조물인 몸의 구성 요소 가운데 소중하지 않은 곳이 어디 있겠는가? 50년 넘게 제 역할을 하지 못한 덧니는 교정치료로 새로운 앞니가 되어 다른 치아와 나란히 당당하게 할 일을 하고 있다.

덧니 때문에 35년 전 천상으로 가버린 어머니를 한때 속으로 원망도 했다. 오늘 거울에 비친 일렬 치아를 보면서 마치 새로 태어난 느낌을 받는다. 교정 전문의의 열성과 치과 기술에 놀라움을 감출 수 없다. 신체발부身體髮膚는 수지부모受之父母라, 어머니가 물려준 덧니도 늦게 햇빛을 보니 그저 감사할 따름이다. 제대로 먹어야 제대로 배설하고, 제대로 먹으려면 제대로 씹어야 한다. 음식 섭취와 배설의 중요성은 새삼 강조할 필요도 없다. 덧니야, 고맙다.

― 2019. 3. 28.

고목에도 꽃이 피고

동네 뒷산 고산골에 오르다보면 나도 모르게 봄노래가 흘러나온다.

> 봄이 왔네. 봄이 와. 숫처녀의 가슴에도
> 나물 캐러 간다고 아장아장 들로 가네.
> 산들산들 부는 바람 아리랑 타령이 절로 나네.

멀리 벚꽃이 흐드러지고 관리소에서 틀어놓은 음악이 숲 사이로 잔잔히 흐른다. 확실히 봄이 좋다. 꽃피는 계절이 좋다.

바람의 시샘으로 몸은 움츠러들지만 마음은 봄 속으로 깊숙히 빨려든다. 봄바람의 시기는 고산골 입구 노점 아저씨의 보따리를 일찍 짐싸게 한다. 옆의 노점 동료 아저씨는 "벌써 가냐?" 하며 핀잔을 주다가 "오늘 장사 안 되네. 벚꽃은 흐드러지게 피었는데, 봄바람 때문인지…" 하며 맞장구친다.

소나무 사이로 봄바람이 파도처럼 밀려왔다 밀려간다. 멀리 산언저리에 벚꽃이 군락을 이루고 있다. 벚꽃 터널이 장관이다. 산바람과 바닷바람은 그 소리가 닮았다. 봄을 질투하는 앞산 산속의 꽃샘 바람은 영덕 창포말 등대 앞의 바람과 비슷하다. 파도 소리 같은 산 바람에 귀를 기울이고 걷다보면 산과 바다는 하나가 되어 산속에서 바다를 느끼게 한다.

봄은 시각과 청각이 발달하는 계절이다. 봄의 세계에 접어들면 사방 산하 어디를 둘러봐도 푸름에 눈이 맑아지고 깨끗해지는 느낌이 든다. 잠시 시야를 멀리 두고 곰곰이 귀를 기울이면 새소리, 꽃 피는 소리가 가까이 들리면서 자연의 품에 깊이 안긴다. 산속에서 눈과 귀를 열면 열수록 그만큼 눈과 귀의 감각이 발달한다.

앞산에는 수백 개의 트레킹 코스가 있다. 둘레길, 등산길, 올레길 등 이름을 붙이기 나름이다. 사계절 앞산에 발을 들여놓았지만 만물이 생동하는 봄 앞산이 가장 좋은 것 같다. 계절 따라 때때옷을 갈아입는 앞산, 그중에도 봄의 앞산, 그중에도 고산골 앞산자락 길은 개나리·복숭아꽃·벚꽃이 연이어 피고 지니 시민들의 사랑을 듬뿍 받는 길이 된다.

해마다 봄이 되면 앞산이 가까워 별다른 차림새도 갖추지 않고 부담 없이 마음을 내려놓고 들어선다. 해마다 오지만 고산골의 봄은 그때마다 늘 새롭다. 고목에도 꽃이 피고 벌이 날아온다. 겨울에는 마치 죽은 듯 서 있던 산자락의 거무튀튀한 벚나무 고목에도 4월이 되면 마치 생명의 안테나처럼 잔가지에서 잎이 돋고 꽃이 핀다. 그리고 이내 벌들이 날아든다.

생식의 본능인가? 사람이나 나무나 다를 게 없다. 고목도 노인도 생명이 다하는 날까지 얼마든지 아름다운 꽃을 피울 수 있다. 그리고 아름답게 지는 일에 박수를 보낼 일이다.

고산골 입구 계곡에는 공룡 발자국 화석터가 있다. 물결무늬의 화석은 약 1억 년 전 중생대 백악기에 나타난 것으로, 당시 거대한 호숫가에 많은 공룡이 서식했음을 증명한다.

개나리·복숭아꽃·벚꽃이 만개한 고산골에는 가는 봄이 아쉬운 듯 바람이 꽃향기 날리며 하늘에 수를 놓는다.

— 2019. 4. 8.

바다 왈츠, 그리움 블루스

신천의 새와 물고기 사냥

어젯밤 잠든 사이 달구벌 분지에 많은 비가 내렸다. 신천 상동교 부근 내를 보니 수량이 제법 많다. 비 갠 뒤 습도는 높고 하늘은 맑다. 신천변을 따라 자전거 도로가 잘 꾸며져 있다. 상동교에서 가창 방면으로 라이딩하는데, 조금 달리다 흙탕물이 내려가는 신천가에 새 한 마리가 시선을 끌어 자전거를 세우고 한참 관찰했다.

새는 물이 흐르는 냇가 조그만 돌 위에 서서 사방을 두리번거렸다. 휴대전화 페이스북 라이브 방송으로 화면을 잡았다. 미끈하게 긴 다리를 지닌 하얀 날개와 털로 뒤덮인 새는 먹이를 잡으려는 모양이었다. 돌이 많이 모인 약간 경사진 곳에 물살이 셌다. 빠른 물살 사이로 지나가는 물고기를 잡으려고 새는 돌 위에서 연신 고개를 숙였다 폈다를 반복했다.

주둥이를 길게 늘어뜨리고 한참 물속을 노려보더니 기어이 물고기 한 마리를 날렵하게 낚아챘다. 낚은 물고기를 입에 문 채 안전한 곳으로 가서 쪼아 먹었다. 힘든 노동 후 먹는 밥맛처럼 저 새도 중노동으로 어렵게 낚은 물고기라 꿀맛이었는지 다 먹은 후 날갯짓에 온

몸을 비틀며 춤춘다. 그러더니 다시 냇가로 가서 물 한 모금 마신 뒤 고개를 치켜들고 하늘을 쳐다본다.

물고기 사냥을 한참 지켜보니 새의 먹이 사냥이나 인간의 물고기 사냥이나 흡사 닮았다. 바닷가 갯바위 낚시할 때 조금이라도 좋은 공간이 있으면 건너뛰어 자리를 잡고는 한다. 좀더 확실하게 물고기를 잡고자 조금 더 나가다보면 때로 변덕쟁이 파도에 물세례를 가끔 받는 경우가 있다. 대개 안전한 갯바위에서 행동반경을 줄이고 조심스럽게 낚시하는데, 신천에서 물이 빠져나가는 돌 위에서 물고기 사냥하는 새도 위험을 감수하면서 조심스럽게 행동했다. 세찬 물살 사이 돌 위에서 발 한 번 잘못 옮기거나 균형 감각을 잃으면 그냥 물속에 처박힐 수 있다. 빠른 물살 위 드러난 돌 위에 그 새는 다시 조심스럽게 서 있다. 또 물고기 한 마리를 잡으려면 눈을 부릅뜨고 주둥이를 세워야 한다.

새는 찰나의 순간에 먹이를 낚아챈다. 그것은 지루하도록 긴 시간속의 한 순간이다. 동영상을 촬영하던 내가 지쳐버렸다. 하지만 첫 번째 먹이 사냥의 순간 포착으로 마치 프류듀서가 된 기분을 느낀다. 새는 그 돌 위에서 가느다란 발로 중심을 잡고 눈은 물속에 집중하며 주둥이는 날카롭게 방향을 잡을 것이다.

비가 갠 뒤 습도는 높고 하늘은 쾌청하고 달구벌은 무덥다. 세차게 흐르는 물소리에 귀가 먹먹하다. 저 새도 물소리에 귀가 얼얼할 것이다. 마치 기차가 터널을 지날 때 귀가 먹먹해지듯이….

― 2020. 6. 15.

아름답고 신비한 꽃과 나무

사막의 한 점 오아시스 같은 도심 속의 조그마한 화단에도 여름이 깊어간다. 화단에는 녹음방초 꽃과 나무가 자란다. 뽕나무·산딸기·감나무·앵두나무·무화과나무·아로니아가 있고 그 사이로 봉선화·채송화·선인장·알로에·장미·백합, 1년 내내 피는 꽃 로즈마리 등이 심어져 있다. 유금삭석流金鑠石 작열하는 태양의 레이저에 봉선화도 지쳐 쓰러졌다.

화단에는 뽕나무가 제일 연장자로 7년 정도 되었고, 감나무와 산딸기는 2년, 무화과나무와 앵두나무와 아로니아는 3년이 지났다. 뽕나무는 이제 오디를 맺고 산딸기나무도 산딸기가 달리건만 무화과나무와 앵두나무는 아직 열매가 없다. 나무 사이로 예전에는 고추·호박·토마토 등 작물을 심었는데 작년부터는 꽃을 틈틈이 심어 이제는 꽃동산으로 탈바꿈 중이다.

화단의 꽃이 아름다운 것은 그 생명의 신비함 때문이다. 한겨울 쭉정이같이 죽은 듯 서 있던 이름 모를 꽃이 초여름 어느 날 화려하게 꽃을 피운다. 작년에 꽃꽂이용 장미 묘목 두 그루를 심었는데 하나는 살아 5월에 화려한 붉은 꽃을 터뜨렸다.

예전 화단에 가끔 개똥이 보여 개가 접근하지 못하도록 가시가 달린 선인장을 심었다. 서문시장에 갈 때마다 틈틈이 사서 심은 선인장이 예닐곱 수 정도 된다. 거기에 알로에도 심었다. 구색을 다 갖춘 셈이다. 1년 내내 피는 꽃이 꽃동산을 지키고 철 따라 피는 꽃이 계절을 알린다. 도중에 야자수와 선인장은 관리를 제대로 못해 죽은 것도 있다. 약간의 거리를 두면 꽃에는 약육강식 적자생존이 없다. 대부분 죽은 꽃나무는 주인의 관리 소홀이 크다는 것을 이제 조금 알게 된다. 그것은 다양한 꽃의 특성과 생육을 모르는 무지의 관리자 탓이다.

선인장만 해도 사막에서 자라는 여름에 강한 작물로 여느 꽃처럼 무더위에 자주 물을 줘도 괜찮은 줄 알았다. 어제 서문시장의 꽃가게에서 선인장을 사면서 주인으로부터 들어 새로 안 것이 있다. 선인장은 물을 많이 주면 녹는다며 채송화를 권장해서 채송화를 샀는데, 장마철에 물에 약한 선인장 관리가 조금 걱정되었다.

사람의 인성도 각인각색이듯 꽃의 생육 특성도 가지각색이다. 어제 서문시장에서 산 채송화가 아침에 일어나니 벌써 꽃이 피었다. 채송화 옆 봉선화도 붉은 발목을 드러낸 채 곧추서서 하루 중 가장 경외스런 아침을 맞이한다.

태양이 이글거리는 한낮에 맥없이 쓰러졌던 봉선화가 아침에 꼿꼿하게 선 모습을 보니 놀랍기만 하다. 부지런하고 강인한 봉선화 생명력과 조물주의 신비에 찬사를 보낸다. 뜨거운 대낮에 쓰러져 있던 봉선화는 지쳐 쓰러진 게 아니라 생명 보존을 위해 더위에 잠시 몸을 낮추고 땅바닥에 누워 있었던 것일까? 만물이 고요히 잠든 밤에 소리 없이 제 몸뚱아리를 스스로 일으켜 세워 아침에 꼿꼿이 선 모습을 관찰하면 그 꽃이 얼마나 아름다운지! 저절로 노래가 흥얼거려진다.

울 밑에 선 봉선화야 네 모양이 처량하다

길고 긴 날 여름철에 아름답게 꽃필 적에

어여쁘신 아가씨들 너를 반겨 놀았도다

봉선화 하면 대개 어릴 적 손톱에 꽃물 들이던 시골 동네 누나들이 생각난다. 추억은 아름답고 애틋한 것인가? 도심 화단의 봉선화가 나이 깊어갈수록 더 애틋함을 불러온다. 어릴 적 손톱에 봉선화 꽃물 들인 손으로 앵두를 건네주던 마음 예쁜 누나들….

얼마 전 장수하신 고모님 빈소에서 고종사촌 누님을 40년 만에 뵈니 세월의 더께 속에 내 나이는 잊고 연로한 누님이 애틋해 보였다. 세월은 속절없이 지나가고 추억은 어릴 적 시골 그때 모습으로 머물러 있다. 오늘 도심 화단에 피어난 한 송이 봉선화가 아름답다 못해 처량하기까지 하다.

아침에 핀 채송화는 화려하고 싱그럽다. 상쾌한 친구 나팔꽃만 있으면 더 좋으련만…. 산딸기는 심은 지 2년, 벌써 산딸기 열매가 맺혔다. 5년 전 영덕 칠보산에서 무수한 산딸기에 매료되었는데 이제 화단에서 볼 수 있다. 요즘은 인공 재배로 시장에서 산딸기를 쉽게 볼 수 있다. 아침에 일어선 봉선화는 염천 대낮에 다시 드러눕고 아침을 꽃피운 채송화는 꽃잎을 늘어뜨린다. 사람이나 꽃이나 더위 대처법은 다 각양각색이다.

무화과나무에서 올해 처음 망울이 맺혔다. 잎이 무성하여 잎을 솎아줘야 하나 잎 끝에 뽀얀 우윳빛 같은 액이 눈물처럼 나와 솎아주기가 쉽지 않다.

2022년 대구꽃박람회 때 꽃잎을 차로도 먹는다는 금화규와 은쑥을 사서 화단에 심었다. 야생화 은쑥은 사람 이름 같은 친근한 위에서 보면 오랑캐 머리 같다 하여 오랑캐꽃이라고도 한다. 추운 날씨에 강하고 건조하고 서늘한 곳을 좋아한다니 별 걱정은 없다. 7월에 꽃이 피면 은빛색으로 변한다. 꽃말은 '사모하는 마음'이라니 애정이 가는 야생화다.

7월 1일 오후 4시 40분 대구 기온 36도, 염천이 식을 줄 모른다. 놀라운 사실 하나는 아로니아와 앵두나무는 잎이 가림막 역할을 해서 뜨거운 햇볕에 노출되어도 줄기는 달아오르지 않는다는 것이다. 쇠도 녹일 듯한 무더위에 살아 있는 생명은 스스로 체온을 유지하며 더위를 버티는 것이 신비롭기만 하다.

— 2022. 7. 2.

꽃은 벌써 봄을 기다린다

화단에 오밀조밀 살아가는 꽃나무들이 찬바람에 노출되어 있다. 봄, 여름, 가을에 무성한 잎과 꽃 속에서 쉽게 보이지 않던 선인장 무리가 화단에 주류를 이룬다. 춥고 시린 겨울에 의지할 것이라고는 담벼락뿐인 조그마한 화단에 자리잡은 꽃과 나무는 저마다 겨울나기 생존에 들어갔다.

화단의 꽃과 나무는 봄이 오면 적자생존의 순리에 따라 피고 또 진다. 한 가지 확실한 사실은 이미 몇 년을 산 꽃과 나무는 이미 정착하여 봄이면 무성한 잎과 꽃이 맺힌다는 것이다. 타지에서 이사한 꽃과 나무는 낯선 화단에서 겨울나기가 쉽지 않을 듯한데 이듬해 봄이 되면 뿌리를 잘 내렸는지 확실히 알 수 있다. 각인각색이듯 꽃과 나무도 그 모습부터 다양하지만 겨울에는 특히 그 외양만으로는 상태가 어떤지 알 수 없다. 살아 있는지 시들어가는지 알기 어렵다.

화단에는 선인장이 주류이고 백일홍·와송·장미·야자수·꽃그린 선인장·유명각·국화 등과 감나무·무화과나무·뽕나무·산딸기나무·아로니아 등이 심어져 있다. 선인장이나 와송 등은 소나무처럼 겨울에도 그 푸름으로 싱싱함을 알 수 있지만 백일홍 등은 그렇지 못하다. 꽃씨를 남기고 산화한 것인지 아닌지 내년 봄이 되어야 알 수 있다. 고목처럼 색깔이 변했다 해서 섣불리 뽑아버릴 수는 없다. 겨울에 죽은 듯한 꽃과 나무가 봄이 되면 다시 살아나는 것을 보면 더 신비롭고 애정이 간다.

움츠린 꽃나무 사이로 겨울에 쌀밥처럼 꽃핀 와송과 늘푸른커피나무가 있다. 해마다 봄이면 뽕잎이 무성하고 오디도 맺는 뽕나무와 달리 3년째 잎만 무성한 무화과나무는 베어버릴까 생각도 해봤지만 참았다. 열매를 맺지 못한다고 베어버리면 이 또한 옳지 않은 짓이 될 듯하여 그대로 두기로 했다. 사람이나 나무나 과실이 있고 없음을 어찌 탓하리오. 다 운명인 것을….

볼품없는 도심의 조그마한 화단에도 삼라만상 조물주의 진리가 철 따라 피고 진다.

— 2022. 12. 10.

바다 왈츠, 그리움 블루스

아름답게 일하는 노장들

가끔 집 앞 가판대에서 교통카드를 충전한다. 버스와 지하철 모두 이용이 가능한 교통카드다. 교통카드 충전 외에 신문과 복권 등을 파는 가판대는 버스 이용자에게는 없어서는 안 될 버스의 배다른 소프트웨어 부속품이다.

우중충한 겨울 날씨에 가는 비가 추적거리는 주말 낮. 70 중반쯤 되어 보이는 주인이 주차장에서 들어온다. 가판대의 개구멍 같은 공간에는 투명한 거치대가 설치되어 있다. 그 아래 틈새로 교통카드와 세종대왕 그림 지폐 한 장을 집어넣었다. 그가 주차 관리하는 모습을 간혹 보아온 터라 그동안 서비스로 이웃 횟집의 손님 주차 일을 도와주는 줄 알았다. 행여 교통카드 충천 등의 일로는 수입이 모자라 그런가보다 싶어 물어보았다.

"주차 관리도 하십니까?"

그의 대답은 뜻밖이었다.

"내가 주차장 앞 건물 주인이오."

적이 놀랐다.

"갑부가 무슨 교통카드 충전 판매까지 하십니까?"

"갑부는 아니고, 놀면 뭐하는교. 활동하면 건강에 좋지."

그곳의 횟집은 대구에서 알아주는 맛집으로, 특히 연말 연초에는 단체 손님으로 주차장은 빈틈이 없을 정도다.

"대단하십니다."

자전거로 출퇴근하며 나이가 들어도 한결같이 주 6일 조그만 공간에서 일하는 것이 쉽지 않을 텐데 예나 지금이나 한결같다. 거기다 횟집의 주차 관리까지 도와주고 교통카드 판매소에서 일하는 검소함과 부지런함에 고개가 숙여졌다. 가끔 버스 정류소 가판대나 지하철역 충전소를 이용하지만, 앞으로는 이왕이면 집 앞 그 노인의 판매소를 이용해야겠다는 생각이 들었다.

몇 달 전 가까운 직장 동료가 퇴직 후 개인택시를 운행한다는 소식에 박수를 보냈다. 또 경찰관으로 있다가 퇴직한 초등학교 친구가 한 달 전 개인택시를 운행한다는 소식을 듣고는 찬사를 보냈다. 그들은 생활비를 버는 의미보다 뭔가 일하려는 의지가 더 강해 보였다. 이전 일의 체면 따위는 던져버리고 서민의 발이 되어주는 가장 대중적인 일자리를 찾아 뛰어든 것이었다.

결코 만만치 않은, 어쩌면 과거 직장 때보다 더 힘들지도 모른다. 하지만 이른바 제2 인생을 길 위에서 길 따라 내딛는 또 다른 걸음을 기꺼이 성원하고 싶었다. 늘 탄탄하고 안전한 운행 길이 되기를 기원하면서….

— 2023. 1. 14.

바다 왈츠, 그리움 블루스

바다 왈츠, 그리움 블루스

2023년 2월 10일 발행

지은이 | 김창수
펴낸이 | 홍영철
펴낸곳 | 홍영사
주소 | 03150 서울시 종로구 우정국로 45-11, 4층 (동산빌딩)
전화 | (02)736-1218
이메일 | hongyocu@hanmail.net
등록번호 | 제300-2004-135호